九天图书

2018

刘慈欣
作品

江苏凤凰文艺出版社
JIANGSU PHOENIX LITERATURE AND
ART PUBLISHING, LTD

图书在版编目（ＣＩＰ）数据

2018 / 刘慈欣著 . -- 南京 : 江苏凤凰文艺出版社，2014

ISBN 978-7-5399-6404-1

Ⅰ . ① 2… Ⅱ . ① 刘… Ⅲ . ① 中篇小说－小说集－中国－当代② 短篇小说－小说集－中国－当代 Ⅳ . ① I247.7

中国版本图书馆 CIP 数据核字 (2014) 第 248635 号

书　　　　名	2018
作　　　　者	刘慈欣
出 版 统 筹	黄小初　周亚林
选 题 策 划	赵志巍　后　超
版 式 设 计	孙　波
责 任 编 辑	姚　丽
责 任 监 制	刘　巍　江伟明
出 版 发 行	凤凰出版传媒股份有限公司
	江苏凤凰文艺出版社
出版社地址	南京市中央路165号，邮编：210009
出版社网址	http://www.jswenyi.com
经　　　　销	凤凰出版传媒股份有限公司
印　　　　刷	北京建泰印刷有限公司
开　　　　本	880×1230毫米　1/32
字　　　　数	290千字
印　　　　张	10.5
版　　　　次	2014年12月第1版　2015年11月第2次印刷
标 准 书 号	ISBN　978-7-5399-6404-1
定　　　　价	32.00元

（江苏凤凰文艺版图书凡印制、装订错误可随时向承印厂调换）

【序】　第五位面壁者的冥思

　　与其他四位面壁者有点不同，他是一个自带干粮的面壁者，没有任何特殊权力，有的只是汪洋恣肆的想象力。从上世纪80年代开始他就一直在冥思，直到21世纪才有了威慑所有C基生命的《三体》问世，以单枪匹马姿态将中国科幻提升到世界级水平。而在面壁的这数十年时间里，可能只有少部分的幽灵知道他在想些什么，那就是这本书要告诉你的秘密：在银河系最偏远宁静的角落，连光线也照不到的某个三维空间，偶尔有超新星爆发，点燃一大片壮丽的血红，当血红褪尽，在灰烬边可以看到一个黯淡的身影，那就是时光尽头的第五位面壁者，他面容凝重，目视遥远……

Ⅰ.光年尺度下的宇宙审美

　　刘慈欣从不轻易浪费笔墨去写那些感性个体，即使描写也让人感觉干瘪晦涩，这也是许多人诟病他的作品缺乏"人文关怀"的原因。无限接近的零度理性，摒弃"善恶论"，信奉"丛林法则"，欣赏机械文明齿轮咬合……什么爱，什么恨，什么智慧，什么诗意，什么信念，什么道德，什么宗教，什么文明，在刘慈欣笔下都成了随时可以舍弃的尘埃和慧尾。面对这样一种赤裸裸的数学真理，对于习惯了模糊处理的中国人来说，无疑像是吞下一根鱼刺。

但纵观整个科幻世界，包括阿西莫夫、克拉克、海因莱因这样的大师，也没有留下特别鲜明的人物形象。让人记住的仍然是太空深处的黑暗，机器智能的反思，灵魂出壳的火星来客。因为科幻是宏观叙事，是光年尺度下的宇宙审美。大家关注的是一个族群的命运，是一个星系的发展，是统一的数学规律本身。在他们心中，个体已经被族群所代替，族群就是个体。

不必强求一个科幻作家去挖掘人的内心，这是严肃文学界在做的事情，他们有一个上百万的创作群体，并且占据了文学主流语境。科幻是飞在天空的航天器，不必要求它像甲虫一样在地上爬行。

当然，刘慈欣也并不缺乏对微观的描写，他爱好粒子流的运行，电脑的虚拟运算，数理逻辑的线性辨证，星球毁灭后的末日描绘。他写得最好的地方，是用三维视角对四维空间的全景式描绘，从翘曲的空间如何一点点进入；是对文明被毁后的详细解剖，像一个残忍的变态狂面带笑容对人类进行肢解。每每写到这里，他就开始暴走，开始癫狂，好像人类毁灭与他无关，他从容地直达理性与荒诞的终点，一千万年的时间坐标被他一笔带过，情人的相约则被鲁莽的摔到光年的两岸，刚刚建立的致命均衡立刻被无情撕毁——从来没有什么和平与友爱，从来就没有救世主，每个文明都是森林里的猎手，每一个文明都同样也是猎物———一些读者难免抱怨作者为什么这么冷酷无情，因为在大刘笔下的，常常是超脱一切的冷冰冰的数学视角。

科幻和艺术是从两个不同角度揭示世界，科幻一直在简化现实，而艺术则强化细节，前者是抽象过程，后者则是具象过程。科幻视角追求唯一的太阳，并动不动就把它干掉，艺术视角却从太阳里寻找诗意的想象，但让人想不到的是，刘慈欣竟别出心裁地弄出了个写诗的软件，这怎么能让人受得了？

Ⅱ. 面壁者的沉思录

成为一个面壁者有历史的必然，也有个体的偶然。就在刘慈欣开始尝试科幻写作时，中国科幻却遭到打压，被很多人认为是文学复苏的1983年，但就是那一年，科幻文学却被视为一种"精神污染"遭到批判。在当时那种情况下成为一个沉默的面壁者也是一种必然选择，然后进入表面的宁静，烈火却在地下运行。

从1989年到1999年，再从1999年到2009年，二十年间，刘慈欣在山西的一个果壳空间里独自沉思、创作，默默构建着一个庞大的三体星系，他最终爆发，完成蜕变。也因此，从刘慈欣二十余年间所创作的那些中短篇作品中，我们常能若隐若现的看到《三体》的影子，并从中感触到一种童真般的简约哲思，像闪电一样划过夜空……另外若从思想层面上看，刘慈欣前期的中短篇，甚至超越了其后期作品。

像《朝闻道》里对绝对真理的向往，从中便已经能看到刘的"铁石心肠"，一个个科学家面对真理的诱惑不但可以抛家弃子，甚至不惜以生命作为交换——这些违背传统价值，只有反派大BOSS之类才会做出的冷酷选择，然而在刘慈欣的作品里，这种选择竟成为理所当然。

对现实的反思，对权威的批判，为看似天马行空的科幻世界注入了关于人性和道德的严肃思考。从《朝闻道》到《人和吞食者》，从《混沌蝴蝶》到《时间移民》，从《乡村教师》到《中国太阳》，从《诗云》到《微纪元》，从《赡养上帝》到《赡养人类》，刘慈欣的创作正是依靠着一个个中短篇的积累，才逐渐形成如今的宏大气场，使中国新科幻发展有了坚实"基石"。刘慈欣依靠类型写作给读者带来或雄浑或冷峻的美感，更承担了传统文学部分的批判责任，其中《赡养人类》对当代社会贫富分化的冷眼相看，重拾了俄罗斯文学带给这个民族的深刻。无论是有意或者无意，这些文字，都能让一部分人在自由空间里呼吸吐纳，重返当代思想文化最激荡的风云岁月。

Ⅲ. 人类世界毕竟不是动物庄园

"五四"以来国人常以民主和科学并举，关于"德先生"和"赛先生"的事，在这片土地上讨论了近百年，但至今仍没有想明白是怎么回事。我们通常也会将这个问题忽略掉，然后用物质去填充内心的空虚。

可人类世界毕竟不是动物庄园，仅仅填饱肚子是远远不够的。所以我们还是要谈科学。

谈到科学，必然谈到科普和科幻。这两者是培养科学精神的两根拐杖，科普是现实和功利主义的，科幻是感性和理想主义的，科普是知识的灌输，而科幻则是心灵的启迪。两者相较，科幻对于一个民族科学精神的养成，有着异乎寻常的引导性意义。因为知识的传承是同步递减的，而灵魂的启迪则会同步递增。

目睹中国近年来众多冲突，PX项目上发生的群体性事件，垃圾焚烧站的选址问题……太多事件说明这个民族需要科学滋养，个人更迫切需要获取科学元素。在这里，科幻虽不能即时起到消解作用，但对于未来却有着非常清晰的良性引导。

然而现实情况与我们的渴望恰恰相反，中国奇幻作品远比科幻作品要多，网络上动辄百万字的奇幻作品层出不穷，而真正的科幻作品屈指可数。这和中国奇幻文学的传统相关，从《山海经》到《西游记》，从《聊斋志异》到现在的《诛仙》，因为情节无需太多限制，作品结构也无需严谨构思，这让以经验论为主导的中国人更习惯。而科幻在很长一段时间里却是落寞的，像一个拥有极高智慧却曲高和寡的面壁者。

于是我们知道，像大刘这样的面壁者一定是孤独的、特立独行的、极具远见的。

任何时代都需要面壁者，用他们的理性找到人类前行的密钥，用他们的冷静推动数学规律的进一步普及。科幻界有刘慈欣这样的面壁者是中国人的幸运，歌者最后的叹息也会让爬虫思考：我们将走向哪里？

《南方都市报》 罗金海

2014年10月18日

目　录

2018年

2018年4月1日　晴

又是犹豫的一天，这之前我已经犹豫了两三个月，犹豫像一潭死滞的淤泥，我感觉自己的生命在其中正以几十倍于从前的速度消耗着。这里说的从前是我没产生那个想法的时候，是基延还没有商业化的时候。

从写字楼顶层的窗子望出去，城市在下面扩展开来，像一片被剖开的集成电路，我不过是那密密麻麻的纳米线路中奔跑的一个电子，真的算不了什么，所以我做出的决定也算不了什么，所以决定就可以做出了。像以前多少次一样，决定还是做不出，犹豫还在继续。

强子又迟到了，带着一股风闯进办公室，他脸上有瘀青，脑门上还贴着一块创可贴。但他显得很自豪，昂着头，像贴着一枚勋章。他的办公桌就在我对面，他坐下后没开电脑，直勾勾地看着我，显然等我发问，但我没那个兴趣。

"昨晚电视里看到了吧？"强子兴奋地说。

他显然是指"生命水面"袭击市中心医院的事，那也是国内最大的基延中心。医院雪白的楼面上出现了两道长长的火烧的黑迹，像如玉的美人脸被脏手摸了一下，很惊心。"生命水面"是众多反基延组织中规模最大的一个，也是最极端的一个，强子就是其中的一员，但我没在电视中看到他，当时，医院外面的人群像愤怒的潮水。

"刚开过会，你知道公司的警告，再这样你的饭碗就没了。"我说。

基延是基因改造延长生命技术的简称，通过去除人类基因中产生衰老时钟的片段，可将人类的正常寿命延长至三百岁。这项技术在五年前开始商业应用，现在却演化为一场波及全世界的社会和政治灾难，原因是它太贵了。在这里，一个人的基延价格相当于一座豪华别墅，只有少数人能消费得起。

"我不在乎，"强子说，"对一个连一百岁都活不到的人来说，我在乎什么？"他说着点上一支烟，办公室里严禁吸烟，他看来是想表示自己真的不在乎。

"嫉妒，嫉妒是一种有害健康的情绪。"我挥手驱散眼前的烟雾说，"以前也有很多人因为交不起医疗费而降低寿命的。"

"那不一样，看不起病的人是少数，而现在，百分之九十九的人眼巴巴地看着那百分之一的有钱人活三百岁！我不怕承认嫉妒，是嫉妒在维护着社会公平。"他从办公桌上探身凑近我，"你敢拍胸脯说自己不嫉妒？加入我们吧。"

强子的目光让我打了个寒战，一时间真怀疑他看透了我。是的，我就要成为一个他嫉妒的对象，我就要成为一个基延人了。

其实我没有多少钱，三十多岁一事无成，还处于职场的最底层。但我是财务人员，有机会挪用资金。经过长期的策划，一切都已完成，现在我只要点一下鼠标，基延所需的那五百万新人民币就能进入我的秘密账户，然后再转到基延中心的账户上。这方面我是个很专业的人，在迷宫般的财务系统中我设置了层层掩护，至少要半年时间，这笔资金的缺口才有可能被发现，那时，我将丢掉工作，将被判刑、被没收全部财产，将承受无数鄙夷的目光……

但那时的我已经是一个能活三百岁的人了。

可我还在犹豫。

我仔细研究过法律，按贪污罪量刑，五百万元最多判二十年。二十年后，我前面还有两百多年的诱人岁月。现在的问题是，这么简单的算术题，难道只有我会做吗？事实上只要能进入基延一族，现有法律中除死刑之外的所有罪行都值得一犯。那么，有多少人和我一样处于策划和犹豫中？这想法催我尽快行动，同时也使我畏缩。

但最让我犹豫的还是简简，这已经是属于理性之外了。在遇到简简之前，我不相信世界上有爱情这回事；在遇到她之后，我不相信世界上除了爱情还有什么，离开她，我活两千年又有什么意思？现在，在人生的天平上，一边是两个半世纪的寿命，另一边是离开简简的痛苦，天平几乎是平的。

部门主管召集开会。从他脸上的表情我就能猜出来，这个会不是安排工作，而是针对个人。果然，主管说他今天想谈谈某些员工的"不能被容忍的"社会行为。我没有转头看强子，但知道他要倒霉了，可主管说出的却是另一个人的名字。

"刘伟，据可靠消息，你加入了IT共和国？"

刘伟点点头，像走上断头台的路易十六般高傲："这与工作无关，我不希望公司干涉个人自由。"

主管严肃地摇摇头，冲他竖起一根手指："很少有事情与工作无关的，不要把你们在大学中热衷的那一套带到职场上来，如果一个国家可以在大街上骂总统那叫民主，但要是都不服从老板，那这个公司肯定会崩溃的。"

"虚拟国家就要被承认了。"

"被谁承认？联合国？还是某个大国？别做梦了。"

其实主管最后这句话中并没有多少自信。现在，人类社会拥有的领土分为两部分，一部分是地球各大陆和岛屿，另一部分则是互联网广阔的电子空间。后者以快百倍的速度重复着文明史，在那里，经历了几十年无序的石器时代之后，国家顺理成章地出现了。虚拟国家主要有两个起源，一是各种聚集了大量ID的BBS，二是那些玩家已经上亿的大型游戏。虚拟国家有着与实体国家相似的元首和议会，甚至拥有只在网上出现的军队。与实体国家以地域和民族划分不同，虚拟国家主要以信仰、爱好和职业为基础组建，每个虚拟国家的成员都遍布全世界，多个虚拟国家构成了虚拟国际，现已拥有二十亿人口，并建立了与实体国际对等的虚拟联合国，成为叠加在传统国家之上的巨大的政治实体。

IT共和国就是虚拟国际中的一个超级大国，人口八千万，还在迅速增长中。这是一个主要由IT工程师组成的国家，有着咄咄逼人的政治诉求，也有着对实体国际产生作用的强大力量。我不知道刘伟在其中的公民身份是什么。据说IT共和国的元首是某个IT公司的普通小职员，相反，也有不止一个实体国家的元首被曝是某个虚拟国家的普通公民。

主管对大家进行严重警告，不得拥有第二国籍，并阴沉地让刘伟到总经理办公室去一趟，然后宣布散会。我们还没有从座位上起身，一直待在电脑屏幕前的郑丽丽让人头皮发炸地大叫起来，说出大事儿了，让大家看新闻。

我回到办公桌前，把电脑切换到新闻频道，看到紧急插播的重要新闻。播音员一脸阴霾地宣布，在联合国否决IT共和国要求获得承认的3617号决议被安理会通过后，IT共和国向实体国际宣战，半小时前已经开始了对世界金融系统的攻击。

我看看刘伟，他对这事好像也很意外。

画面切换到某个大都市，鸟瞰着高楼间的街道，长长的车流拥堵着，人们从车中和两旁的建筑物中纷纷拥出，像是发生了大地震一般。镜头又切换到一家大型超市，人群像黑色的潮水般涌入，疯狂地争抢货物，一排排货架摇摇欲坠，像被潮水冲散的沙堤。

"这是干什么？"我惊恐在问。

"还不明白吗？！"郑丽丽继续尖叫道，"要均贫富了！所有的人都要一文不名了！快抢吃的呀！！"

我当然明白，但不敢相信噩梦已成现实。传统的纸币和硬币已在三年前停止流通，现在即使在街边小货亭买盒烟也要刷卡。在这个全信息化时代，财富是什么？说到底不过是计算机存储器中的一串串脉冲和磁印。以这座华丽宏伟的写字楼来说，如果相关部门中所有的电子记录都被删除，公司的总裁即使拿着房产证，也没有谁承认他的所有权。钱是什么？钱不再是王八蛋了，钱只是一串比细菌还小的电磁印记和转瞬即逝的脉冲，对于IT共和国来说，实体世界上近一半的IT从业者都是其公民，抹掉这些印记是很容易的。

程序员、网络工程师、数据库管理员这类人构成了IT共和国的主体，这个阶层是19世纪的产业大军在21世纪的再现，只不过劳作的部分由肢体变成大脑，繁重程度却有增无减。在浩如烟海的程序代码和迷宫般的网络软硬件中，他们如两百多年前的码头搬运工般背起重负，如妓女般彻夜赶工。信息技术的发展一日千里，除了部分爬到管理层的幸运儿，其他人的知识和技能很快过时，新的IT专业毕业生如饥饿的白蚁般成群涌来，老的人（其实不老，大多三十出头）被挤到一边，被代替和抛弃，但新来者没有丝毫得意，这也是他们中大多数人不算遥远的前景……这个阶层被称作技术无产阶级。

不要说我们一无所有，我们要把世界格式化！这是被篡改的国际歌歌词。

我突然像遭雷劈一样，天啊，我的钱，那些现在还不属于我，但即将为我买来两个多世纪生命和生活的钱，要被删除了吗？！但如果一切都格式化了，结果不是都一样吗？我的钱、我的基延，我的梦想……我眼前发黑，无头苍蝇般在办公室中来回走着。

一阵狂笑使我停下脚步，笑声是郑丽丽发出的，她在那里笑得蹲下了。

"愚人节快乐。"冷静的刘伟扫了一眼办公室一角的网络交换机说。我顺着他的目光看去，发现交换机与公司网络断开了，郑丽丽的笔记本电脑接在上面，充当了服务器。这个婊子！为了这个愚人节笑话，她肯定费了不少劲，主要是做那些新闻画面，但在这个一个人猫在屋里就能用3D软件做出一部大片的时代，这也算不了什么。

别人显然并不觉得郑丽丽的玩笑过分了，强子又用那种眼光看着我说："咋啦，你应该对他们发毛才对啊，你怕什么？"他指指高管们所在的上层。

我又出了一身冷汗，怀疑他是不是真看透我了，但我最大的恐惧不在于此。

世界格式化，真的只是IT共和国中极端分子的疯话？真的只是一个愚人节玩笑？吊着这把悬剑的那根头发还能支持多久？

一瞬间，我的犹豫像突然打开的强光灯下的黑暗那样消失了，我决定了。

晚上我约了简简，当我从城市灯海的背景上辨认出她的身影时，坚硬的心又软了下来，她那小小的剪影看上去那么娇弱，像一条随时都会被一阵微风吹灭的烛苗，我怎么能伤害她？！当她走近，我看到她的眼睛时，心中的天平已经完全倾向另一个方向，没有她，我要那两百多年有什么用？时间真会抚平创伤？那可能不过是两个多世纪漫长的刑罚而已。爱情使我这个极端自私的人又崇高起来。

但简简先说话了，说出的居然是我原来准备向她说的话，一字不差："我犹豫了好长时间，我们还是分手吧。"

我茫然地问她为什么。

"很长时间后，当我还年轻时，你已经老了。"

我好半天才理解了她的意思，随即也读懂了她那刚才还令我心碎的哀怨目光，我本以为是她已经看透了我或猜到了些什么。我轻轻笑了起来，很快变成仰天大笑。我真是傻，傻得不透气，也不看看这是个什么时代，也不看看我们前面浮现出怎样的诱惑。笑过之后，我如释重负，浑身轻松得像要飘起来，不过在这同时，我还是真诚地为简简高兴。

"你哪来那么多钱？"我问她。

"只够我一个人的。"她低声说，眼睛不敢看我。

"我知道，没关系，我是说你一个人也要不少钱的。"

"父亲给了我一些，一百年时间是够的。我还存了一些钱，到那时利息应该不少了。"

我知道自己又猜错了，她不是要做基延，而是要冬眠。这是另一项已经商业化的生命科学成果，在零下五十摄氏度左右的低温状态，通过药物和体外循环系统使人体的新陈代谢速度降至正常状态的百分之一，人在冬眠中度过一百年时间，生理年龄仅长了一岁。

"生活太累了，也无趣，我只是想逃避。"简简说。

"到一个世纪后就能逃避吗？那时你的学历已经不被承认，也不适应当时的社会，能过得好吗？"

"时代总是越来越好的，实在不行我到时候再接着冬眠，还可以做基延，到那时一定很便宜了。"

我和简简默默地分别了。也许，一个世纪后我们还能再相会，但我没向她承诺什么，那时的她还是她，但我已经是一个经历了一百三十多年沧桑的人了。

简简的背影消失后，我没再犹豫一刻，拿出手机登录到网银系统，立刻把那五百万元新人民币转到基延中心的账户上。虽然已近午夜，我还是很快收到了中心主任的电话，他说明天就可以开始我的基因改良操作，顺利的话一周就能完成。他还郑重地重复了中心的保密承诺（身份暴露的基延族中，已经有三人被杀）。

"你会为自己的决定庆幸的，"主任说，"因为你将得到的不只是两个多世纪的寿命，可能是永生。"

我明白这点，谁也不知道两个世纪后会出现什么样的技术，也许，到时可以把人的意识和记忆拷贝出来，做成永远不丢失的备份，随时可以灌注到一个新的身体中；也许根本不需要身体，我们的意识在网络中像神一般游荡，通过数量无限的传感器感受着世界和宇宙，这真的是永生了。

主任接着说："其实，有了时间就有了一切，只要时间足够，一只乱敲打字机的猴子都能打出《莎士比亚全集》，而你有的是时间。"

"我？不是我们吗？"

"我没有做基延。"

"为什么？"

对方沉默良久后说："这世界变化太快了，太多的机会、太多的诱惑、太多的欲望、太多的危险，我觉得头晕目眩的，毕竟岁数大了。不过你放心，"他接着说出了简简那句话，"时代总是越来越好的。"

现在，我坐在自己狭小的单身公寓中写着这篇日记，这是我有生以来记的第一篇日记，以后要坚持记下去，因为我总要留下些东西。时间也会让人失去一切，我知道，长寿的并不是我，两个世纪后的我肯定是另一个陌生人了，其实仔细想想，自我的概念本来就很可疑，构成自我的身体、记忆和意识都是在不断的变化中，与简简分别之前的我，以犯罪的方式付款之前的我，与主任交谈之前的我，甚至在打出这个"甚至"之前的我，都已经不是同一个人了，想到这里我很释然。

但我总是要留下些东西。

窗外的夜空中，黎明前的星星在发出它们最后的寒光，与城市辉煌的灯海相比，星星如此暗淡，刚能被辨认出来，但它们是永恒的象征。就在这一夜，不知有多少与我一样的新新人类上路了，不管好坏，我们将是第一批真正触摸永恒的人。

赡养人类

　　业务就是业务，与别的无关。这是滑膛所遵循的铁的原则，但这一次他遇到了一些困惑。

　　首先客户的委托方式不对，他要与自己面谈，在这个行业中，这可是件很稀奇的事。三年前，滑膛听教官不止一次地说过，他们与客户的关系，应该是前额与后脑勺的关系，永世不得见面，这当然是为了双方的利益考虑。见面的地点更令滑膛吃惊，是在这座大城市中最豪华的五星级酒店中最豪华的总统大厅里，那可是世界上最不适合委托这种业务的地方。据对方透露，这次委托加工的工件有三个，这倒无所谓，再多些他也不在乎。

　　服务生拉开了总统大厅包金的大门，滑膛在走进去前，不为人察觉地把手向夹克里探了一下，轻轻拉开了左腋下枪套的按扣。其实这没有必要，没人会在这种地方对他干太意外的事。

　　大厅金碧辉煌，仿佛是与外面现实毫无关系的另一个世界，巨型水晶吊灯就是这个世界的太阳，猩红色的地毯就是这个世界的草原。这里初看很空旷，但滑膛还是很快发现了人，他们围在大厅一角的两个落地窗前，撩开厚重的窗帘向外面的天空看，滑膛扫了一眼，立刻数出竟有十三个人。客户是他们而不是他，也出乎滑膛的预料，教官说过，客户与他们还像情人关系——尽管可能有多个，但每次只能与他们中的一人接触。

滑膛知道他们在看什么：哥哥飞船又移到南半球上空了，现在可以清晰地看到。上帝文明离开地球已经三年了，那次来自宇宙的大规模造访，使人类对外星文明的心理承受能力增强了许多，况且，上帝文明有铺天盖地的两万多艘飞船，而这次到来的哥哥飞船只有一艘。它的形状也没有上帝文明的飞船那么奇特，只是一个两头圆的柱体，像是宇宙中的一粒感冒胶囊。

看到滑膛进来，那十三个人都离开窗子，回到了大厅中央的大圆桌旁。滑膛认出了他们中的大部分，立刻感觉这间华丽的大厅变得寒酸了。这些人中最引人注目的是朱汉杨，他的华软集团的"东方3000"操作系统正在全球范围内取代老朽的Windows。其他的人，也都在福布斯财富500排行的前50内，这些人每年的收益，可能相当于一个中等国家的GDP，滑膛处于一个小型版的全球财富论坛中。

这些人与齿哥是绝对不一样的，滑膛暗想，齿哥是一夜的富豪，他们则是三代修成的贵族，虽然真正的时间远没有那么长，但他们确实是贵族，财富在他们这里已转化成内敛的高贵，就像朱汉杨手上的那枚钻戒，纤细精致，在他修长的手指上若隐若现，只是偶尔闪一下温润的柔光，但它的价值，也许能买几十个齿哥手指上那颗核桃大小金光四射的玩意儿。

但现在，这十三名高贵的财富精英聚在这里，却是要雇职业杀手杀人，而且要杀三个人，据首次联系的人说，这还只是第一批。

其实滑膛并没有去注意那枚钻戒，他看的是朱汉杨手上的那三张照片，那显然就是委托加工的工件了。朱汉杨起身越过圆桌，将三张照片推到他面前。扫了一眼后，滑膛又有微微的挫折感。教官曾说过，对于自己开展业务的地区，要预先熟悉那些有可能被委托加工的工件，至少在这个大城市，滑膛做到了。但照片上这三个人，滑膛是绝对不认识的。这三张照片显然是用长焦距镜头拍的，上面的脸孔蓬头垢面，与眼前这群高贵的人简直不是一个物种。细看后才发现，其中有一个是女性，还很年轻，与其他两人相比她要整洁些，头发虽然落着尘土，但细心地梳过。她的眼神很特别，滑膛很注意人的眼神，他这个专业的人都这样，他平时看到的眼神分为两类：充满欲望焦虑的和麻木的，但这双眼睛充满少见的平静。滑膛的心微微动了一下，但转瞬即逝，像一缕随风飘散的轻雾。

"这桩业务，是社会财富液化委员会委托给你的，这里是委员会的全体常委，我是委员会的主席。"朱汉杨说。

社会财富液化委员会？奇怪的名字，滑膛只明白了它是一个由顶级富豪构成的组织，并没有去思考它名称的含义，他知道这是属于那类如果没有提示不可能想象出其真实含义的名称。

"他们的地址都在背面写着，不太固定，只是一个大概范围，你得去找，应该不难找到的。钱已经汇到你的账户上，先核实一下吧。"朱汉杨说，滑膛抬头看看他，发现他的眼神并不高贵，属于充满焦虑的那一类，但令他微微惊奇的是，其中的欲望已经无影无踪了。

滑膛拿出手机，查询了账户，数清了那串数字后面零的个数后，他冷冷地说："第一，没有这么多，按我的出价付就可以；第二，预付一半，完工后付清。"

"就这样吧。"朱汉杨不以为然地说。

滑膛按了一阵手机后说："已经把多余款项退回去了，您核实一下吧，先生，我们也有自己的职业准则。"

"其实现在做这种业务的很多，我们看重的就是您的这种敬业和荣誉感。"许雪萍说，这个女人的笑很动人，她是远源集团的总裁，远源是电力市场完全放开后诞生的亚洲最大的能源开发实体。

"这是第一批，请做得利索些。"海上石油巨头薛桐说。

"快冷却还是慢冷却？"滑膛问，同时加了一句，"需要的话我可以解释。"

"我们懂，这些无所谓，你看着做吧。"朱汉杨回答。

"验收方式？录像还是实物样本？"

"都不需要，你做完就行，我们自己验收。"

"我想就这些了吧？"

"是，您可以走了。"

滑膛走出酒店，看到高厦间狭窄的天空中，哥哥飞船正在缓缓移过。飞船的体积大了许多，运行的速度也更快了，显然降低了轨道高度。它光滑的表面涌现着绚丽的花纹，那花纹在不断地缓缓变化，看久了对人有一种催眠作用。其实飞船表面什么都没有，只是一层全反射镜面，人们看到的花纹，只是地球变形的映像。滑膛觉得它像一块纯银，觉得它很美，他喜欢银，不喜欢金，银很静、很冷。

三年前，上帝文明在离去时告诉人类，他们共创造了六个地球，现在还有四个存在，都在距地球两百光年的范围内。上帝敦促地球人类全力发展技术，必须先去消灭那三个兄弟，免得他们来消灭自己。但这信息来得晚了。

那三个遥远地球世界中的一个：第一地球，在上帝船队走后不久就来到了太阳系，他们的飞船泊入地球轨道。他们的文明历史比太阳系人类长两倍，所以这个地球上的人类应该叫他们哥哥。

滑膛拿出手机，又看了一下账户中的金额，齿哥，我现在的钱和你一样多了，但总还是觉得少了什么，而你，总好像是认为自己已经得到了一切，所做的就是竭力避免它们失去……滑膛摇摇头，想把头脑中的影子甩掉。这时候想起齿哥，不吉利。

　　齿哥得名，源自他从不离身的一把锯，那锯薄而柔软，但极其锋利，锯柄是坚硬的海柳做的，有着美丽的浮世绘风格的花纹。他总是将锯像腰带似的绕在腰上，没事儿时取下来，拿一把提琴弓在锯背上划动，借助于锯身不同宽度产生的音差，加上将锯身适当地弯曲，居然能奏出音乐来。乐声飘忽不定，音色忧郁而阴森，像一个幽灵的呜咽。这把利锯的其他用途滑膛当然听说过，但只有一次看到过齿哥以第二种方式使用它。那是在一间旧仓库中的一场豪赌，一个叫半头砖的二老大输了个精光，连他父母的房子都输掉了，眼红得冒血，要把自己的两只胳膊押上翻本。齿哥手中玩着骰子对他微笑了一下，说胳膊不能押的，来日方长啊，没了手，以后咱们兄弟不就没法玩了吗？押腿吧。于是半头砖就把两条腿押上了。他再次输光后，齿哥当场就用那条锯把他的两条小腿齐膝锯了下来。滑膛清楚地记得利锯划过肌腱和骨骼时的声音，当时齿哥一脚踩着半头砖的脖子，所以他的惨叫声发不出来，宽阔阴冷的大仓库中只回荡着锯拉过骨肉的声音，像欢快的歌唱，在锯到膝盖的不同部分时呈现出丰富的音色层次，雪白雪白的骨末撒在鲜红的血泊上，形成的构图呈现出一种妖艳的美。滑膛当时被这种美震撼了，他身上的每一个细胞都加入了锯和血肉的歌唱，这他妈的才叫生活！那天是他十八岁生日，绝好的成年礼。完事后，齿哥把心爱的锯擦了擦缠回腰间，指着已被抬走的半头砖和两根断腿留下的血迹说：告诉砖儿，后半辈子我养活他。

滑膛虽年轻，也是自幼随齿哥打天下的元老之一，见血的差事每月都有。当齿哥终于在血腥的社会阴沟里完成了原始积累，由黑道转向白道时，一直跟随着他的人都被封了副董事长、副总裁之类的，唯有滑膛只落得给齿哥当保镖。但知情的人都明白，这种信任非同小可。齿哥是个非常小心的人，这可能是出于他干爹的命运。

　　齿哥的干爹也是非常小心的，用齿哥的话说恨不得把自己用一块铁包起来。许多年的平安无事后，那次干爹乘飞机，带了两个最可靠的保镖，在一排座位上他坐在两个保镖中间。在珠海降落后，空姐发现这排座上的三个人没有起身，坐在那里若有所思的样子，接着发现他们的血已淌过了十多排座位。有许多根极细的长钢针从后排座位透过靠背穿过来，两个保镖每人的心脏都穿过了三根，至于干爹，足足被十四根钢针穿透，像一个被精心钉牢的蝴蝶标本。这十四肯定是有说头的，也许暗示着他不合规则吞下的一千四百万，也许是复仇者十四年的等待……与干爹一样，齿哥出道的征途，使得整个社会对于他除了暗刃的森林就是陷阱的沼泽，他实际上是将自己的命交到了滑膛手上。

　　但很快，滑膛的地位就受到了老克的威胁。老克是俄罗斯人，那时，在富人们中有一个时髦的做法：聘请前克格勃人员做保镖，有这样一位保镖，与拥有一个影视明星情人一样值得炫耀。齿哥周围的人叫不惯那个拗口的俄罗斯名，就叫这人克格勃，时间一长就叫老克了。其实老克与克格勃没什么关系，真正的前克格勃机构中，大部分人不过是坐办公室的文职人员，即使是那些处于秘密战最前沿的，对安全保卫也都是外行。老克是前苏共中央警卫局的保卫人员，曾是葛罗米克的警卫之一，是这个领域货真价实的精英，而齿哥以相当于公司副董事长的高薪聘请他，完全不是为了炫耀，真的是出于对自身安全的考虑。老克一出现，立刻显出了他与普通保镖的不同。这之前那些富豪的保镖们，在饭桌上比他们的雇主还能吃能喝，还喜欢在主人谈生意时乱插嘴，真正出现危险情况时，他们要么像街头打群架那样胡来，要么溜得比主人还快。而老克，不论在宴席还是谈判时，都静静地站在齿哥身后，他那魁梧的身躯像一堵厚实坚稳的墙，随时准备挡开一切威胁。老克并没有机会遇到威胁他保护对象的危险情况，但他的敬业和专业使人们都相信，一旦那种情况出现时，他将是绝对称职的。虽然与别的保镖相比，滑膛更敬业一些，也没有那些坏毛病，但他从老克的身上看到了自己的差距。过了好长时间他才知道，老克不分昼夜地戴着墨镜，并非是扮酷而是为了掩藏自己的视线。

虽然老克的汉语学得很快，但他和包括自己雇主在内的周围的人都没什么交往。直到有一天，他突然把滑膛请到自己简朴的房间里，给他和自己倒上一杯伏特加后，用生硬的汉语说："我，想教你说话。"

"说话？"

"说外国话。"

于是滑膛就跟老克学外国话，几天后他才知道老克教自己的不是俄语而是英语。滑膛也学得很快，当他们能用英语和汉语交流后，有一天老克对滑膛说："你和别人不一样。"

"这我也感觉到了。"滑膛点点头。

"三十年的职业经验，使我能够从人群中准确地识别出具有那种潜质的人，这种人很稀少，但你就是，看到你第一眼时我就打了个寒战。冷血一下并不难，但冷下去的血再温不起来就很难了，你会成为那一行的精英，可别埋没了自己。"

"我能做什么呢？"

"先去留学。"

齿哥听到老克的建议后，倒是满口答应，并许诺费用的事他完全负责。其实有了老克后，他一直想摆脱滑膛，但公司中又没有空位子了。

于是，在一个冬夜，一架喷气式客机载这个自幼失去父母，从最底层黑社会中成长起来的孩子，飞向遥远的陌生国度。

开着一辆很旧的桑塔纳，滑膛按照片上的地址去踩点。他首先去的是春花广场，没费多少劲就找到了照片上的人，那个流浪汉正在垃圾桶中翻找着，然后提着一个鼓鼓的垃圾袋走到一个长椅处。他的收获颇丰，一盒几乎没怎么动的盒饭，还是菜饭分放的那种大盒；一根只咬了一口的火腿肠，几块基本完好的面包，还有大半瓶可乐。滑膛本以为流浪汉会用手抓着盒饭吃，但看到他从这初夏仍穿着的脏大衣口袋中掏出了一个小铝勺。他慢慢地吃完晚餐，把剩下的东西又扔回垃圾桶中。滑膛四下看看，广场四周的城市华灯初上，他很熟悉这里，但现在觉得有些异样。很快，他弄明白了这个流浪汉轻易填饱肚子的原因。这里原是城市流浪者聚集的地方，但现在他们都不见了，只剩下他这个目标。他们去哪里了？都被委托加工了吗？

滑膛接着找到了第二张照片上的地址。在城市边缘一座交通桥的桥孔下，有一个用废瓦楞和纸箱搭起来的窝棚，里面透出昏黄的灯光。滑膛将窝棚的破门小心地推开一道缝，探进头去，出乎意料，他竟进入了一个色彩斑斓的世界，原来窝棚里挂满了大小不一的油画，形成了另一层墙壁。顺着一团烟雾，滑膛看到了那个流浪画家，他像一头冬眠的熊一般躺在一个破画架下，头发很长，穿着一件涂满油彩像长袍般肥大的破T恤衫，抽着五毛一盒的玉蝶烟。他的眼睛在自己的作品间游移，目光充满了惊奇和迷惘，仿佛他才是第一次到这里来的人，他的大部分时光大概都是在这种对自己作品的自恋中度过的。这种穷困潦倒的画家在上世纪90年代曾有过很多，但现在不多见了。

"没关系，进来吧。"画家说，眼睛仍扫视着那些画，没朝门口看一眼，听他的口气，就像这里是一座帝王宫殿似的。在滑膛走进来之后，他又问："喜欢我的画吗？"

滑膛四下看了看，发现大部分的画只是一堆凌乱的色彩，就是随意将油彩泼到画布上都比它们显得有理性。但有几幅画面却很写实，滑膛的目光很快被其中的一幅吸引了：占满整幅画面的是一片干裂的黄土地，从裂缝间伸出几枝干枯的植物，仿佛已经枯死了几个世纪，而在这个世界上，水也似乎从来就没有存在过。在这干旱的土地上，放着一个骷髅头，它也干得发白，表面布满裂纹，但从它的口洞和一个眼窝中，居然长出了两株活生生的绿色植物，它们青翠欲滴，与周围的酷旱和死亡形成鲜明对比，其中一株植物的顶部，还开着一朵娇艳的小花。这个骷髅头的另一个眼窝中，有一只活着的眼睛，清澈的眸子瞪着天空，目光就像画家的眼睛一样，充满惊奇和迷惘。

"我喜欢这幅。"滑膛指指那幅画说。

"这是《贫瘠》系列之二，你买吗？"

"多少钱？"

"看着给吧。"

滑膛掏出皮夹，将里面所有的百元钞票都取了出来，递给画家，但后者只从中抽了两张。

"只值这么多，画是你的了。"

滑膛发动了车子，然后拿起第三张照片看上面的地址，旋即将车熄了火，因为这个地方就在桥旁边，是这座城市最大的一个垃圾场。滑膛取出望远镜，透过风挡玻璃从垃圾场上那一群拾荒者中寻找着目标。

这座大都市中靠垃圾为生的拾荒者有三十万人，已形成了一个阶层，而他们内部也有分明的等级。最高等级的拾荒者能够进入高尚别墅区，在那里如艺术雕塑般精致的垃圾桶中，每天都能拾到只穿用过一次的新衬衣、袜子和床单，这些东西在这里是一次性用品；垃圾桶中还常常出现只有轻微损坏的高档皮鞋和腰带，以及只抽了三分之一的哈瓦那雪茄和只吃了一角的高级巧克力……但进入这里捡垃圾要重金贿赂社区保安，所以能来的只是少数人，他们是拾荒者中的贵族。拾荒者的中间阶层都集中在城市中众多的垃圾中转站，那是城市垃圾的第一次集中地，在那里，垃圾中最值钱的部分：废旧电器、金属、完整的纸制品、废弃的医疗器械、被丢弃的过期药品等，都被捡拾得差不多了。那里也不是随便就能进来的，每个垃圾中转站都是某个垃圾把头控制的地盘，其他拾荒者擅自进入，轻者被暴打一顿赶走，重者可能丢了命。

经过中转站被送往城市外面的大型堆放和填埋场的垃圾已经没有多少"营养"了，但靠它生存的人数量最多，他们是拾荒者中的最底层，就是滑膛现在看到的这些人。留给这些最底层拾荒者的，都是不值钱又回收困难的碎塑料、碎纸等，再就是垃圾中的腐烂食品，可以以每公斤1分的价格卖给附近农民当猪饲料。在不远处，大都市如一块璀璨的巨大宝石闪烁着，它的光芒传到这里，给恶臭的垃圾山镀上了一层变幻的光晕。其实，就是从拾到的东西中，拾荒者们也能体会到那不远处大都市的奢华：在他们收集到的腐烂食品中，常常能依稀认出只吃了四只腿的烤乳猪、只动了一筷子的石斑鱼、完整的鸡……最近整只乌骨鸡多了起来，这源自一道刚时兴的名叫乌鸡白玉的菜，这道菜是把豆腐放进乌骨鸡的肚子里炖出来的，真正的菜就是那几片豆腐，鸡虽然美味但只是包装，如果不知道吃了，就如同吃粽子连芦苇叶一起吃一样，会成为有品位的食客的笑柄……

这时，当天最后一趟运垃圾的环卫车来了，当自卸车厢倾斜着升起时，一群拾荒者迎着山崩似的垃圾冲上来，很快在飞扬的尘土中与垃圾山融为一体。这些人似乎完成了新的进化，垃圾山的恶臭、毒菌和灰尘似乎对他们都不产生影响。当然，这是只看到他们如何生存而没见到他们如何死亡的普通人产生的印象，正像普通人平时见不到虫子和老鼠的尸体，因而也不关心它们如何死去一样。事实上，这个大垃圾场多次发现拾荒者的尸体，他们静悄悄地死在这里，然后被新的垃圾掩埋了。

在场边昏暗的灯光中，拾荒者们只是一群灰尘中模糊的影子，但滑膛还是很快在他们中发现了自己要寻找的目标。这么快找到她，滑膛除了借助自己锐利的目光外，还有一个原因：与春花广场上的流浪者一样，今天垃圾场上的拾荒者人数明显减少了，这是为什么？

滑膛在望远镜中观察着目标，她初看上去与其他的拾荒者没有太大区别，腰间束着一根绳子，手里拿着大编织袋和顶端装着耙勺的长杆，只是她看上去比别人瘦弱，挤不到前面去，只能在其他拾荒者的圈外捡拾着，她翻找的，已经是垃圾的垃圾了。

滑膛放下望远镜，沉思片刻，轻轻摇摇头。世界上最离奇的事正在他的眼前发生：一个城市流浪者、一个穷得居无定所的画家，加上一个靠拾垃圾为生的女孩子，这三个世界上最贫穷、最弱势的人，有可能在什么地方威胁到那些处于世界财富之巅的超级财阀呢，这种威胁甚至于迫使他们雇佣杀手置之于死地？！

后座上放着那幅《贫瘠》系列之二，骷髅头上的那只眼睛在黑暗中凝视着滑膛，令他如芒刺在背。

垃圾场那边发出了一阵惊叫声，滑膛看到，车外的世界笼罩在一片蓝光中，蓝光来自东方地平线，那里，一轮蓝太阳正在快速升起，那是运行到南半球的哥哥飞船。飞船一般是不发光的，晚上，自身反射的阳光使它看上去像一轮小月亮，但有时它也会突然发出照亮整个世界的蓝光，这总是令人们陷入莫名的恐惧之中。这一次飞船发出的光比以往都亮，可能是轨道更低的缘故。蓝太阳从城市后面升起，使高楼群的影子一直拖到这里，像一群巨人的手臂，但随着飞船的快速上升，影子渐渐缩回去了。

在哥哥飞船的光芒中，垃圾场上那个拾荒女孩能看得更清楚了，滑膛再次举起望远镜，证实了自己刚才的观察，就是她，她蹲在那里，编织袋放在膝头，仰望的眼睛有一丝惊恐，但更多的还是他在照片上看到的平静。滑膛的心又动了一下，但像上次一样这触动转瞬即逝，他知道这涟漪来自心灵深处的某个地方，为再次失去它而懊悔。

飞船很快划过长空，在西方地平线落下，在西天留下了一片诡异的蓝色晚霞，然后，一切又没入昏暗的夜色中，远方的城市之光又灿烂起来。

滑膛的思想又回到那个谜上来：世界最富有的十三个人要杀死最穷的三个人，这不是一般的荒唐，这真是对他的想象力最大的挑战。但思路没走多远就猛地刹住，滑膛自责地拍了一下方向盘，他突然想到自己已经违反了这个行业的最高精神准则，校长的那句话浮现在他的脑海中，这是行业的座右铭：

瞄准谁，与枪无关。

到现在，滑膛也不知道他是在哪个国家留学的，更不知道那所学校的确切位置。他只知道飞机降落的第一站是莫斯科，那里有人接他，那人的英语没有一点儿俄国口音。他被要求戴上一副不透明的墨镜，伪装成一个盲人，以后的旅程都是在黑暗中度过的。又坐了三个多小时的飞机，再坐一天的汽车，才到达学校，这时是否还在俄罗斯境内，滑膛真的说不准了。学校地处深山，围在高墙中，学生在毕业之前绝对不准外出。被允许摘下墨镜后，滑膛发现学校的建筑明显地分为两大类，一类是灰色的，外形毫无特点；另一类的色彩和形状都很奇特。他很快知道，后一类建筑实际上是一堆巨型积木，可以组合成各种形状，以模拟变化万千的射击环境。整所学校，基本上就是一个设施精良的打靶场。

开学典礼是全体学生唯一的一次集合，他们的人数刚过四百。校长一头银发，一副令人肃然起敬的古典学者风度，他讲了如下一番话：

"同学们，在以后的四年中，你们将学习一个我们永远不会讲出其名称的行业所需的专业知识和技能，这是人类最古老的行业之一，同样会有光辉的未来。从小处讲，它能够为做出最后选择的客户解决只有我们才能解决的问题；从大处讲，它能够改变历史。

"曾有不同的政治组织出高价委托我们训练游击队员，我们拒绝了，我们只培养独立的专业人员，是的，独立，除钱以外独立于一切。从今以后，你们要把自己当成一支枪，你们的责任，就是实现枪的功能，在这个过程中展现枪的美感，至于瞄准谁，与枪无关。A持枪射击B，B又夺过同一支枪射击A，枪应该对这每一次射击一视同仁，都以最高的质量完成操作，这是我们最基本的职业道德。"

在开学典礼上，滑膛还学会了几个最常用的术语：该行业的基本操作叫加工，操作的对象叫工件，死亡叫冷却。

学校分L、M、S三个专业，分别代表长、中、短三种距离。

L专业是最神秘的，学费高昂，学生人数很少，且基本不和其他专业的人交往，滑膛的教官也劝他们离L专业的人远些："他们是行业中的贵族，是最有可能改变历史的人。"L专业的知识博大精深，他们的学生使用的狙击步枪价值几十万美元，装配起来有两米多长。L专业的加工距离均超过1000米，据说最长可达到3000米！1500米以上的加工操作是一项复杂的工程，其中的前期工作之一就是沿射程按一定间距放置一系列的"风铃"，这是一种精巧的微型测风仪，它可将监测值以无线电波发回，显示在射手的眼镜显示器上，以便他（她）掌握射程不同阶段的风速和风向。

M专业的加工距离在10米至300米之间，是最传统的专业，学生也最多，他们一般使用普通制式步枪，M专业的应用面最广，但也是平淡和缺少传奇的。

滑膛学的是S专业，加工距离在10米以下，对武器要求最低，一般使用手枪，甚至还可能使用冷兵器。在三个专业中，S专业无疑是最危险的，但也是最浪漫的。校长就是这个专业的大师，亲自为S专业授课，他首先开的课程竟然是——英语文学。

"你们首先要明白S专业的价值。"看着迷惑的学生们，校长庄重地说，"在L和M专业中，工件与加工者是不见面的，工件都是在不知情的状态下被加工并冷却的，这对他们当然是一种幸运，但对客户却不是，相当一部分客户，需要让工件在冷却之前得知他们被谁、为什么委托加工的，这就要由我们来告知工件。这时，我们已经不是自己，而是客户的化身，我们要把客户传达的最后信息向工件庄严完美地表达出来，让工件在冷却前受到最大的心灵震慑和煎熬，这就是S专业的浪漫和美感之所在。工件冷却前那恐惧绝望的眼神，将是我们在工作中最大的精神享受。但要做到这些，就需要我们具有相当的表达能力和文学素养。"

于是，滑膛学了一年的文学。他读《荷马史诗》，背莎士比亚，读了很多的经典和现代名著。滑膛感觉这一年是自己留学生涯中最有收获的一年，因为后面学的那些东西他以前多少都知道一些，以后迟早也能学到，但深入地接触文学，这是他唯一的机会。通过文学，他重新发现了人，惊叹人原来是那么一种精致而复杂的东西，以前杀人，在他的感觉中只是打碎盛着红色液体的粗糙陶罐，现在惊喜地发现自己击碎的原来是精美绝伦的玉器，这更增加了他杀戮的快感。

接下来的课程是人体解剖学。与其他两个专业相比，S专业的另一大优势是可以控制被加工后的工件冷却到环境温度的时间，术语叫快冷却和慢冷却。很多客户是要求慢冷却的，冷却的过程还要录像，以供他们珍藏和欣赏。这需要很高的技术和丰富的经验，人体解剖学当然也是不可缺少的知识。

然后，真正的专业课才开始。

垃圾场上拾荒的人渐渐走散，只剩下包括目标在内的几个人。滑膛当即决定，今晚就把这个工件加工了。按行业惯例，一般在勘察时是不动手的，但也有例外，合适的加工时机会稍纵即逝。

滑膛将车开离桥下，经过一阵颠簸后在垃圾场边的一条小路旁停下，滑膛观察到这是拾荒者离开垃圾场的必经之路，这里很黑，只能隐约看到荒草在夜风中摇曳的影子，是很合适的加工地点，他决定在这里等着工件。

滑膛抽出枪，轻轻放在驾驶台上。这是一支外形粗陋的左轮，7.6口径，可以用大黑星（注：黑社会对五四手枪的称呼）的子弹，按其形状，他叫它大鼻子，是没有牌子的私造枪，他从西双版纳的一个黑市上花三千元买到的。枪虽然外形粗陋，但材料很好，且各个部件的结构都加工正确，最大的缺陷就是最难加工的膛线没有做出来，枪管内壁光光的。滑膛有机会得到名牌好枪，他初做保镖时，齿哥给他配了一支三十二发的短乌齐，后来，又将一支七七式当作生日礼物送给他，但那两支枪都被他压到箱子底，从来没带过，他只喜欢大鼻子。现在，它在城市的光晕中冷冷地闪亮，将滑膛的思绪又带回了学校的岁月。

专业课开课的第一天，校长要求每个学生展示自己的武器。当滑膛将大鼻子放到那一排精致的高级手枪中时，很是不好意思。但校长却拿起它把玩着，由衷地赞赏道："好东西。"

"连膛线都没有，消声器也拧不上。"一名学生不屑地说。

"S专业对准确性和射程要求最低，膛线并不重要；消声器嘛，垫个小枕头不就行了？孩子，别让自己变得匠气了。在大师手中，这把枪能产生出你们这堆昂贵的玩意儿产生不了的艺术效果。"

校长说得对，由于没有膛线，大鼻子射出的子弹在飞行时会翻跟头，在空气中发出正常子弹所没有的令人恐惧的尖啸，在射入工件后仍会持续旋转，像一柄锋利的旋转刀片，切碎沿途的一切。

"我们以后就叫你滑膛吧！"校长将枪递还给滑膛时说，"好好掌握它，孩子，看来你得学飞刀了。"滑膛立刻明白了校长的话：专业飞刀是握着刀尖出刀的，这样才能在旋转中产生更大的穿刺动量，这就需要在到达目标时刀尖正好旋转到前方。校长希望滑膛像掌握飞刀那样掌握大鼻子射出的子弹！这样，就可以使子弹在工件上的创口产生丰富多彩的变化。经过长达两年的苦练，消耗了近三万发子弹，滑膛竟真的练成了这种在学校最优秀的射击教官看来都不可能实现的技巧。

滑膛的留学经历与大鼻子是分不开的。在第四学年，他认识了同专业的一个名叫火的女生，她的名字也许来自那头红发。这里当然不可能知道她的国籍，滑膛猜测她可能来自西欧。这里不多的女生，几乎个个都是天生的神枪手，但火的枪打得很糟，匕首根本不会用，真不知道她以前是靠什么吃饭的。但在一次勒杀课程中，她从自己手上那枚精致的戒指中抽出一根肉眼看不见的细线，熟练地套到用作教具的山羊脖子上，那根如利刃般的细线竟将山羊的头齐齐地切了下来。据火介绍，这是一段纳米丝，这种超高强度的材料未来可能被用来建造太空电梯。

火对滑膛没什么真爱可言，那种东西也不可能在这里出现。她同时还与外系一个名叫黑冰狼的北欧男生交往，并在滑膛和黑冰狼之间像斗蛐蛐似的反复挑逗，企图引起一场流血争斗，以便为枯燥的学习生活带来一点儿消遣。她很快成功了，两个男人决定以俄罗斯轮盘赌的形式决斗。这天深夜，全班同学将靶场上的巨型积木摆放成罗马斗兽场的形状，决斗就在斗兽场中央进行，使用的武器是大鼻子。火做裁判，她优雅地将一颗子弹塞进大鼻子的空弹仓，然后握住枪管，将弹仓在她那如常春藤般的玉臂上来回滚动了十几次，然后，两个男人谦让了一番，火微笑着将大鼻子递给滑膛。滑膛缓缓举起枪，当冰凉的枪口吻到太阳穴时，一种前所未有的空虚和孤独向他袭来，他感到无形的寒风吹透了世界万物，漆黑的宇宙中只有自己的心是热的。一横心，他连扣了五下扳机，击锤点了五下头，弹仓转动了五下，枪没响。咔咔咔咔咔，这五声清脆的金属声敲响了黑冰狼的丧钟。全班同学欢呼起来，火更是快活得流出了眼泪，对着滑膛高呼她是他的了。这中间笑得最轻松的是黑冰狼，他对滑膛点点头，由衷地说："东方人，这是自柯尔特（注：左轮手枪的发明者）以来最精彩的赌局了。"他然后转向火，"没关系亲爱的，人生于我，一场豪赌而已。"说完他抓起大鼻子对准自己的太阳穴，一声有力的闷响，血花和碎骨片溅得很潇洒。

之后不久滑膛就毕业了，他又戴上了那副来时戴的墨镜离开了这所没有名称的学校，回到了他长大的地方。他再也没有听到过学校的一丝消息，仿佛它从来就没有存在过似的。

回到外部世界后，滑膛才听说世界上发生的一件大事：上帝文明来了，要接受他们培植的人类的赡养，但在地球的生活并不如意，他们只待了一年多时间就离去了，那两万多艘飞船已经消失在茫茫宇宙中。

回来后刚下飞机，滑膛就接到了一桩加工业务。

齿哥热情地欢迎滑膛归来，摆上了豪华的接风宴，滑膛要求和齿哥单独待在宴席上，他说自己有好多心里话要说。其他人离开后，滑膛对齿哥说：

"我是在您身边长大的，从内心里，我一直没把您当大哥，而是当成父亲。您说，我应当去干所学的这个专业吗？就一句话，我听您的。"

齿哥亲切地扶着滑膛的肩膀说："只要你喜欢，就干嘛，我看得出来你是喜欢的，别管白道黑道，都是道儿嘛，有出息的人，哪股道上都能出息。"

"好，我听您的。"

滑膛说完，抽出手枪对着齿哥的肚子就是一枪，飞旋的子弹以恰到好处的角度划开一道横贯齿哥腹部的大口子，然后穿进地板中。齿哥透过烟雾看着滑膛，眼中的震惊只是一掠而过，随之而来的是恍然大悟后的麻木，他对着滑膛笑了一下，点点头。

"已经出息了，小子。"齿哥吐着血沫说完，软软地倒在地上。

滑膛接的这桩业务是一小时慢冷却，但不录像，客户信得过他。滑膛倒上一杯酒，冷静地看着地上血泊中的齿哥，后者慢慢地整理着自己流出的肠子，像码麻将那样，然后塞回肚子里，滑溜溜的肠子很快又流出来，齿哥就再整理好将其塞回去……当这工作进行到第十二遍时，他咽了气，这时距枪响正好一小时。

滑膛说把齿哥当成父亲是真心话，在他五岁时的一个雨天，输红了眼的父亲逼着母亲把家里全部的存折都拿出来，母亲不从，便被父亲殴打致死，滑膛因阻拦也被打断鼻梁骨和一条胳膊，随后父亲便消失在雨中。后来滑膛多方查找也没有消息，如果找到，他也会让其享受一次慢冷却的。

事后，滑膛听说老克将自己的全部薪金都退给了齿哥的家人，返回了俄罗斯。他走前说，送滑膛去留学那天，他就知道齿哥会死在他手里，齿哥的一生是刀尖上走过来的，却不懂得一个纯正的杀手是什么样的人。

垃圾场上的拾荒者一个接一个离开了，只剩下目标一人还在那里埋头刨找着，她力气小，垃圾来时抢不到好位置，只能借助更长时间的劳作来弥补了。这样，滑膛就没有必要等在这里了，于是他拿起大鼻子塞到夹克口袋中，走下了车，径直朝垃圾中的目标走去。他脚下的垃圾软软的，还有一股温热，他仿佛踏在一只巨兽的身上。当距目标四五米时，滑膛抽出了握枪的手……

这时，一阵蓝光从东方射过来，哥哥飞船已绕地球一周，又转到了南半球，仍发着光。这突然升起的蓝太阳同时吸引了两人的目光，他们都盯着蓝太阳看了一会儿，然后互相看了对方一眼，当两人的目光相遇时，滑膛发生了一名职业杀手绝对不会发生的事：手中的枪差点滑落了，震撼令他一时感觉不到手中枪的存在，他几乎失声叫出："果儿——"

但滑膛知道她不是果儿，十四年前，果儿就在他面前痛苦地死去。但果儿在他心中一直活着，一直在成长，他常在梦中见到已经长成大姑娘的果儿，就是眼前她这样儿。

齿哥早年一直在做着他永远不会对后人提起的买卖：他从人贩子手中买下一批残疾儿童，将他们放到城市中去乞讨。那时，人们的同情心还没有疲劳，这些孩子收益颇丰，齿哥就是借此完成了自己的原始积累。

一次，滑膛跟着齿哥去一个人贩子那里接收新的一批残疾孩子，到那个旧仓库中，看到有五个孩子，其中的四个是先天性畸形，但另一个小女孩儿却是完全正常的。那女孩儿就是果儿，她当时六岁，长得很可爱，大眼睛水灵灵的，同旁边的畸形儿形成鲜明对比。她当时就用这双后来滑膛一想起来就心碎的大眼睛看看这个看看那个，全然不知等待着自己的是怎样的命运。

"这些就是了。"人贩子指指那四个畸形儿说。

"不是说好五个吗？"齿哥问。

"车厢里闷，有一个在路上死了。"

"那这个呢？"齿哥指指果儿。

"这不是卖给你的。"

"我要了，就按这些的价儿。"齿哥用一种不容商量的语气说。

"可……她好端端的，你怎么拿她挣钱？"

"死心眼，加工一下不就得了？"

齿哥说着，解下腰间的利锯，朝果儿滑嫩的小腿上划了一下，划出了一道贯穿小腿的长口子，血在果儿的惨叫声中涌了出来。

"给她裹裹，止住血，但别上消炎药，要烂开才好。"齿哥对滑膛说。

滑膛于是给果儿包扎伤口，血浸透了好几层纱布，直流得果儿脸色惨白。滑膛背着齿哥，还是给果儿吃了些利菌沙和抗菌优之类的消炎药，但是没有用，果儿的伤口还是发炎了。

两天以后，齿哥就打发果儿上街乞讨，果儿可爱而虚弱的小样儿，她的伤腿，都立刻产生了超出齿哥预期的效果，头一天就挣了三千多块。以后的一个星期里，果儿挣的钱每天都不少于两千块，最多的一次，一对外国夫妇一下子就给了四百美元。但果儿每天得到的只是一盒发馊的盒饭，这倒也不全是由于齿哥吝啬，他要的就是孩子挨饿的样子。滑膛只能在暗中给她些吃的。

一天傍晚，他上果儿乞讨的地方去接她回去，小女孩儿附在他的耳边悄悄地说："哥，我的腿不疼了呢。"一副高兴的样子。在滑膛的记忆中，这是他除母亲惨死外唯一的一次流泪，果儿的腿是不疼了，那是因为神经都已经坏死，整条腿都发黑了，她已经发了两天的高烧。滑膛再也不顾齿哥的禁令，抱着果儿去了医院，医生说已经晚了，是血液中毒。第二天深夜，果儿在高烧中去了。

从此以后，滑膛的血变冷了，而且像老克说的那样，再也没有温起来。杀人成了他的一项嗜好，比吸毒更上瘾，他热衷于打碎那一个个叫作人的精致器皿，看着它们盛装的红色液体流出来，冷却到与环境相同的温度，这才是它们的真相，以前那些红色液体里的热度，都是伪装。

完全是下意识地，滑膛以最高的分辨率真切地记下了果儿小腿儿上那道长伤口的形状，后来在齿哥腹部划出的那一道，就是它准确的拷贝。

拾荒女站起身，背起那个对她显得很大的编织袋慢慢走去。她显然并非因滑膛的到来而走，她没注意到他手里拿的是什么，也不会想到这个穿着体面的人的到来与自己有什么关系，她只是该走了。哥哥飞船在西天落下，滑膛一动不动地站在垃圾中，看着她的身影消失在短暂的蓝色黄昏里。

滑膛把枪插回枪套，拿出手机拨通了朱汉杨的电话："我想见你们，有事要问。"

"明天九点，老地方。"朱汉杨简洁地回答，好像早就预料到了这一切。

走进总统大厅，滑膛发现社会财富液化委员会的十三个常委都在，他们将严肃的目光聚集在他身上。

"请提你的问题。"朱汉杨说。

"为什么要杀这三个人？"滑膛问。

"你违反了自己行业的职业道德。"朱汉杨用一个精致的雪茄剪切开一根雪茄的头部，不动声色地说。

"是的，我会让自己付出代价的，但必须清楚原因，否则这桩业务无法进行。"

朱汉杨用一根长火柴转着圈点着雪茄，缓缓地点点头："现在我不得不认为，你只接针对有产阶级的业务。这样看来，你并不是一个真正的职业杀手，只是一名进行狭隘阶级报复的凶手，一名警方正在全力搜捕的，三年内杀了四十一个人的杀人狂，你的职业声望将从此一泻千里。"

"你现在就可以报警。"滑膛平静地说。

"这桩业务是不是涉及了你的某些个人经历？"许雪萍问。

滑膛不得不佩服她的洞察力，他没有回答，默认了。

"因为那个女人？"

滑膛沉默着，对话已超出了合适的范围。

"好吧，"朱汉杨缓缓吐出一口白烟，"这桩业务很重要，我们在短时间内也找不到更合适的人，只能答应你的条件，告诉你原因，一个你做梦都想不到的原因。我们这些社会上最富有的人，却要杀掉社会上最贫穷、最弱势的人，这使我们现在在你的眼中成了不可理喻的变态恶魔，在说明原因之前，我们首先要纠正你的这个印象。"

"我对黑与白不感兴趣。"

"可事实已证明不是这样，好，跟我们来吧。"朱汉杨将只抽了一口的整根雪茄扔下，起身向外走去。

滑膛同社会财富液化委员会的全体常委一起走出酒店。

这时，天空中又出现了异常，大街上的人们都在紧张地抬头仰望。哥哥飞船正在低轨道上掠过，由于初升太阳的照射，它在晴朗的天空上显得格外清晰。飞船沿着运行的轨迹，撒下一颗颗银亮的星星，那些星星等距离排列，已在飞船后面形成了一条穿过整个天空的长线，而哥哥飞船本身的长度已经明显缩短了，它释放出星星的一头变得参差不齐，像折断的木棒。滑膛早就从新闻中得知，哥哥飞船是由上千艘子船形成的巨大组合体，现在，这个组合体显然正在分裂为子船船队。

"大家注意了！"朱汉杨挥手对常委们大声说，"你们都看到了，事态正在发展，时间可能不多了，我们工作的步伐要加快，各小组立刻分头到自己分管的液化区域，继续昨天的工作。"

说完，他和许雪萍上了一辆车，并招呼滑膛也上来。滑膛这才发现，酒店外面等着的，不是这些富豪平时乘坐的豪华车，而是一排五十铃客货车。"为了多拉些东西。"许雪萍看出了滑膛的疑惑，对他解释说。滑膛看看后面的车厢，里面整齐地装满了一模一样的黑色小手提箱，那些小箱子看上去相当精致，估计有上百个。

没有司机，朱汉杨亲自开车驶上了大街。车很快拐入了一条林荫道，然后放慢了速度，滑膛发现原来朱汉杨在跟着路边的一个行人慢开，那人是个流浪汉，这个时代流浪汉的衣着不一定褴褛，但还是一眼就能看出来。流浪汉的腰上挂着一个塑料袋，每走一步袋里的东西就叮咣响一下。

滑膛知道，昨天他看到的那个流浪者和拾荒者大量减少的谜底就要揭开了，但他不相信朱汉杨和许雪萍敢在这个地方杀人，他们多半是先将目标骗上车，然后带到什么地方除掉。按他们的身份，用不着亲自干这种事，也许只是为了向滑膛示范？滑膛不打算干涉他们，但也绝不会帮他们，他只管合同内的业务。

流浪汉显然没觉察到这辆车的慢行与自己有什么关系，直到许雪萍叫住了他。

"你好！"许雪萍摇下车窗说，流浪汉站住，转头看着她，脸上覆盖着这个阶层的人那种厚厚的麻木，"有地方住吗？"许雪萍微笑着问。

"夏天哪儿都能住。"流浪汉说。

"冬天呢？"

"暖气道，有的厕所也挺暖和。"

"你这么过了多长时间了？"

"我记不清了，反正征地费花完后就进了城，以后就这样了。"

"想不想在城里有套三室一厅的房子，有个家？"

流浪汉麻木地看着女富豪，没听懂她的话。

"认字吗？"许雪萍问，流浪汉点点头后，她向前一指，"看那边——"那里有一幅巨大的广告牌，在上面，青翠绿地上点缀着乳白色的楼群，像一处世外桃源，"那是一个商品房广告。"流浪汉扭头看看广告牌，又看看许雪萍，显然不知道那与自己有什么关系，"好，现在你从我车上拿一个箱子。"

流浪汉走到车厢处拎了一个小提箱走过来，许雪萍指着箱子对他说："这里面是100万元人民币，用其中的50万你就可以买一套那样的房子，剩下的留着过日子吧，当然，如果你花不了，也可以像我们这样把一部分送给更穷的人。"

流浪汉眼睛转转，捧着箱子仍面无表情，对于被愚弄，他很漠然。

"打开看看。"

流浪汉用黑乎乎的手笨拙地打开箱子，刚开一条缝就啪的一声合上了，他脸上那冰冻三尺的麻木终于被击碎，一脸震惊，像见了鬼。

"有身份证吗？"朱汉杨问。

流浪汉下意识地点点头，同时把箱子拎得尽量离自己远些，仿佛它是一颗炸弹。

"去银行存了，用起来方便一些。"

"你们……要我干啥？"流浪汉问。

"只要你答应一件事：外星人就要来了，如果他们问起你，你就说自己有这么多钱，就这一个要求，你能保证这样做吗？"

流浪汉点点头。

许雪萍走下车，冲流浪汉深深鞠躬："谢谢。"

"谢谢。"朱汉杨也在车里说。

最令滑膛震惊的是，他们表达谢意时看上去是真诚的。

车开了，将刚刚诞生的百万富翁丢在后面。前行不远，车在一个转弯处停下了，滑膛看到路边蹲着三个找活儿的外来装修工，他们每人的工具只是一把三角形的小铁铲，外加地上摆着的一个小硬纸板，上书"刮家"。那三个人看到停在面前的车立刻起身跑过来，问："老板有活吗？"

朱汉杨摇摇头："没有，最近生意好吗？"

"哪有啥生意啊，现在都用喷上去的新涂料，就是一通电就能当暖气的那种，没有刮家的了。"

"你们从哪儿来？"

"河南。"

"一个村儿的？哦，村里穷吗？有多少户人家？"

"山里的，五十多户。哪能不穷呢，天旱，老板你信不信啊，浇地是拎着壶朝苗根儿上一根根地浇呢。"

"那就别种地了……你们有银行账户吗？"

三人都摇摇头。

"那又是只好拿现金了，挺重，辛苦你们了……从车上拿十几个箱子下来。"

"十几个啊？"装修工们从车上拿箱子，堆放到路边，其中的一个问，对朱汉杨刚才的话，他们谁都没有去细想，更没在意。

"十多个吧，无所谓，你们看着拿。"

很快，十五个箱子堆在地上，朱汉杨指着这堆箱子说："每只箱子里面装着100万元，共1500万，回家去，给全村分了吧。"

一名装修工对朱汉杨笑笑，好像是在赞赏他的幽默感，另一名蹲下去打开了一只箱子，同另外两人一起看了看里面，然后他们一起露出同刚才那名流浪汉一样的表情。

"东西挺重的，去雇辆车回河南，如果你们中有会开车的，买一辆更方便些。"许雪萍说。

三名装修工呆呆地看着面前这两个人，不知他们是天使还是魔鬼，很自然地，一名装修工问出了刚才流浪汉的问题："让我们干什么？"

回答也一样："只要你们答应一件事：外星人就要来了，如果他们问起你们，你们就说自己有这么多钱，就这一个要求，你们能保证做到吗？"

三个穷人点点头。

"谢谢。""谢谢。"两位超级富豪又真诚地鞠躬致谢，然后上车走了，留下那三个人茫然地站在那堆箱子旁。

"你一定在想，他们会不会把钱独吞了。"朱汉杨扶着方向盘对滑腔说，"开始也许会，但他们很快就会把多余的钱分给穷人的，就像我们这样。"

滑腔沉默着，面对眼前的怪异和疯狂，他觉得沉默是最好的选择，现在，理智能告诉他的只有一点：世界将发生根本的变化。

"停车！"许雪萍喊道，然后对在一个垃圾桶旁搜寻易拉罐和可乐瓶的小脏孩儿喊："孩子，过来！"孩子跑了过来，同时把他拾到的半编织袋瓶罐也背过来，好像怕丢了似的，"从车上拿一个箱子。"孩子拿了一个，"打开看看。"孩子打开了，看了，很吃惊，但没到刚才那四个成年人那种程度。"是什么？"许雪萍问。

"钱。"孩子抬起头看着她说。

"100万，拿回去给你的爸爸妈妈吧。"

"这么说真有这事儿？"孩子扭头看看仍装着许多箱子的车

厢，眨眨眼说。

"什么事？"

"送钱啊，说有人在到处送大钱，像扔废纸似的。"

"但你要答应一件事，这钱才是你的：外星人就要来了，如果他们问起你，你就说自己有这么多钱，你确实有这么多钱，不是吗？就这一个要求，你能保证做到吗？"

"能！"

"那就拿着钱回家吧，孩子，以后世界上不会有贫穷了。"朱汉杨说着，启动了汽车。

"也不会有富裕了。"许雪萍说，神色黯然。

"你应该振作起来，事情是很糟，但我们有责任阻止它变得更糟。"朱汉杨说。

"你真觉得这种游戏有意义吗？"

朱汉杨猛地刹住了刚开动的车，在方向盘上方挥着双手喊道："有意义！当然有意义！！难道你想在后半生像那些人一样穷吗？你想挨饿和流浪吗？"

"我甚至连活下去的兴趣都没有了。"

"使命感会支撑你活下去，这些黑暗的日子里我就是这么过来的，我们的财富给了我们这种使命。"

"财富怎么了？我们没偷没抢，挣的每一分钱都是干净的！我们的财富推动了社会前进，社会应该感谢我们！"

"这话你对哥哥文明说吧。"朱汉杨说完走下车，对着长空长出了一口气。

"你现在看到了，我们不是杀穷人的变态凶手。"朱汉杨对跟着走下车的滑膛说，"相反，我们正在把自己的财富散发给最贫穷的人，就像刚才那样。在这座城市里，在许多其他的城市里，在国家一级贫困地区，我们公司的员工都在这样做。他们带着集团公司的全部资产：上千亿的支票、信用卡和存折，一卡车一卡车的现金，去消除贫困。"

这时，滑膛注意到了空中的景象：一条由一颗颗银色星星连成的银线横贯长空，哥哥飞船联合体完成了解体，一千多艘子飞船变成了地球的一条银色星环。

"地球被包围了。"朱汉杨说，"这每颗星星都有地球上的航空母舰那么大，一艘单独的子船上的武器，就足以毁灭整个地球。"

"昨天夜里，它们毁灭了澳大利亚。"许雪萍说。

"毁灭？怎么毁灭？"滑膛看着天空问。

"一种射线从太空扫描了整个澳洲大陆，射线能够穿透建筑物和掩体，人和大型哺乳动物都在一小时内死去，昆虫和植物安然无恙，城市中，连橱窗里的瓷器都没有打碎。"

滑膛看了许雪萍一眼，又继续看着天空，对于这种恐惧，他的承受力要强于一般人。

"一种力量的显示，之所以选中澳大利亚，是因为它是第一个明确表示拒绝保留地方案的国家。"朱汉杨说。

"什么方案？"滑膛问。

"从头说起吧。来到太阳系的哥哥文明其实是一群逃荒者，他们在第一地球无法生存下去，'我们失去了自己的家园'，这是他们的原话。具体原因他们没有说明。他们要占领我们的地球四号，作为自己新的生存空间。至于地球人类，将被全部迁移至人类保留地，这个保留地被确定为澳洲，地球上的其他领土都归哥哥文明所有……这一切在今天晚上的新闻中就要公布了。"

"澳洲？大洋中的一个大岛，地方倒挺合适，澳大利亚的内陆都是沙漠，五十多亿人挤在那块地方很快就会全部饿死的。"

"没那么糟，在澳洲保留地，人类的农业和工业将不再存在，他们不需要从事生产就能活下去。"

"靠什么活？"

"哥哥文明将养活我们，他们将赡养人类，人类所需要的一切生活资料都将由哥哥种族长期提供，所提供的生活资料将由他们平均分配，每个人得到的数量相等，所以，未来的人类社会将是一个绝对不存在贫富差别的社会。"

"可生活资料将按什么标准分配给每个人呢？"

"你一下子就抓住了问题的关键：按照保留地方案，哥哥文明将对地球人类进行全面的社会普查，调查的目的是确定目前人类社会最低的生活标准，哥哥文明将按这个标准配给每个人的生活资料。"

滑膛低头沉思了一会儿，突然笑了起来："呵呵，我有些明白了，对所有的事，我都有些明白了。"

"你明白了人类文明面临的处境吧。"

"其实嘛，哥哥的方案对人类还是很公平的。"

"什么？你竟然说公平？！你这个……"许雪萍气急败坏地说。

"他是对的，是很公平。"朱汉杨平静地说，"如果人类社会不存在贫富差距，最低的生活水准与最高的相差不大，那保留地就是人类的乐园了。"

"可现在……"

"现在要做的很简单，就是在哥哥文明的社会普查展开之前，迅速抹平社会财富的鸿沟！"

"这就是所谓的社会财富液化吧？"滑膛问。

"是的，现在的社会财富是固态的，固态就有起伏，像这大街旁的高楼，像那平原上的高山，但当这一切都液化后，一切都变成了大海，海面是平滑的。"

"但像你们刚才那种做法，只会造成一片混乱。"

"是的，我们只是做出一种姿态，显示财富占有者的诚意。真正的财富液化很快就要在全世界展开，它将在各国政府和联合国的统一领导下进行，大扶贫即将开始，那时，富国将把财富向第三世界倾倒，富人将把金钱向穷人抛撒，而这一切，都是完全真诚的。"

"事情可能没那么简单。"滑膛冷笑着说。

"你是什么意思？你个变态的……"许雪萍指着滑膛的鼻子咬牙切齿地说，朱汉杨立刻制止了她。

"他是个聪明人，他想到了。"朱汉杨朝滑膛偏了一下头说。

"是的，我想到了，有穷人不要你们的钱。"

许雪萍看了滑膛一眼，低头不语了，朱汉杨对滑膛点点头："是的，他们中有人不要钱。你能想象吗？在垃圾中寻找食物，却拒绝接受100万元……哦，你想到了。"

"但这种穷人，肯定是极少数。"滑膛说。

"是的，但他们只要占贫困人口十万分之一的比例，就足以形成一个社会阶层，在哥哥那先进的社会调查手段下，他们的生活水准，就会被当作人类最低的生活水准，进而成为哥哥进行保留地分配的标准……知道吗，只要十万分之一！"

"那么，现在你们知道的比例有多大？"

"大约千分之一。"

"这些下贱变态的千古罪人！"许雪萍对着天空大骂一声。

"你们委托我杀的就是这些人了。"这时，滑膛也不想再用术语了。

朱汉杨点点头。

滑膛用奇怪的目光看着朱汉杨，突然仰天大笑起来："哈哈哈……我居然在为人类造福?！"

"你是在为人类造福，你是在拯救人类文明。"

"其实，你们只需用死去威胁，他们还是会接受那些钱的。"

"这不保险！"许雪萍凑近滑膛低声说，"他们都是变态的狂人，是那种被阶级仇恨扭曲的变态，即使拿了钱，也会在哥哥面前声称自己一贫如洗，所以，必须尽快从地球上彻底清除这种人。"

"我明白了。"滑膛点点头说。

"那么你现在的打算呢？我们已经满足了你的要求，说明了原因；当然，钱以后对谁意义都不大了，你对为人类造福肯定也没兴趣。"

"钱对我早就意义不大了，后面那件事从来没想过……不过，我将履行合同。今天零点前完工，请准备验收。"滑膛说完，起步离开。

"有一个问题，"朱汉杨在滑膛后面说，"也许不礼貌，你可以不回答：如果你是穷人，是不是也不会要我们的钱？"

"我不是穷人。"滑膛没有回头说，但走了几步，他还是回过头来，用鹰一般的眼神看着两人，"如果我是，是的，我不会要。"说完，大步走去。

"你为什么不要他们的钱？"滑膛问1号目标，那个上次在广场上看到的流浪汉。现在，他们站在距广场不远处公园里的小树林中，有两种光透进树林，一种幽幽的蓝光来自太空中哥哥飞船构成的星环，这片蓝光在林中的地上投下斑驳的光影；另一种是城市的光，从树林外斜照进来，在剧烈地颤动着，变幻着色彩，仿佛表达着对蓝光的恐惧。

流浪汉嘿嘿一笑："他们在求我，那么多的有钱人在求我，有个女的还流泪呢！我要是要了钱，他们就不会求我了，有钱人求我，很爽的。"

"是，很爽。"滑膛说着，扣动了大鼻子的扳机。

流浪汉是个惯偷，一眼就看出这个叫他到公园里来的人右手拿着的外套里面裹着东西，他一直很好奇那是什么，现在突然看到衣服上亮光一闪，像是里面的什么活物眨了下眼，接着便坠入了永恒的黑暗。

这是一次超速快冷加工，飞速滚动的子弹将工件眉毛以上的部分几乎全切去了，在衣服覆盖下枪声很闷，没人注意到。

垃圾场。滑膛发现，今天拾垃圾的只有她一人了，其他的拾荒者显然都拿到了钱。

在星环的蓝光下，滑膛踏着温软的垃圾向目标大步走去。这之前，他上百次提醒自己，她不是果儿，现在不需要对自己重复了。他的血一直是冷的，不会因一点点少年时代记忆中的火苗就热起来。拾荒女甚至没有注意到来人，滑膛开了枪。垃圾场上不需要消声，他的枪是露在外面开的，声音很响，枪口的火光像小小的雷电将周围的垃圾山照亮了一瞬间，由于距离远，在空气中翻滚的子弹来得及唱出它的歌，那呜呜的声音像万鬼哭号。

这也是一次超速快冷却，子弹像果汁机中飞旋的刀片，瞬间将目标的心脏切得粉碎，她在倒地之前已经死了。她倒下后，立刻与垃圾融为一体，本来能显示出她存在的鲜血也被垃圾吸收了。

在意识到背后有人的一瞬间，滑膛猛地转身，看到画家站在那里，他的长发在夜风中飘动，浸透了星环的光，像蓝色的火焰。

"他们让你杀了她？"画家问。

"履行合同而已，你认识她？"

"是的，她常来看我的画，她认字不多，但能看懂那些画，而且和你一样喜欢它们。"

"合同里也有你。"

画家平静地点点头，没有丝毫恐惧："我想到了。"

"只是好奇问问，为什么不要钱？"

"我的画都是描写贫穷与死亡的，如果一夜之间成了百万富翁，我的艺术就死了。"

滑膛点点头："你的艺术将活下去，我真的很喜欢你的画。"说着他抬起了枪。

"等等，你刚才说是在履行合同，那能和我签一个合同吗？"

滑膛点点头："当然可以。"

"我自己的死无所谓，为她复仇吧。"画家指指拾荒女倒下的地方。

"让我用我们这个行业的商业语言说明你的意思：你委托我加工一批工件，这些工件曾经委托我加工你们两个工件。"

画家再次点点头："是这样的。"

滑膛郑重地说："没有问题。"

"可我没有钱。"

滑膛笑笑："你卖给我的那幅画，价钱真的太低了，它已足够支付这桩业务了。"

"那谢谢你了。"

"别客气，履行合同而已。"

死亡之火再次喷出枪口，子弹翻滚着，呜哇怪叫着穿过空气，穿透了画家的心脏，血从他的胸前和背后喷向空中，他倒下后两三秒钟，这些飞扬的鲜血才像温热的雨洒落下来。

"这没必要。"

声音来自滑膛背后，他猛转身，看到垃圾场的中央站着一个人，一个男人，穿着几乎与滑膛一样的皮夹克，看上去还年轻，相貌平常，双眼映出星环的蓝光。

滑膛手中的枪下垂着，没有对准新来的人，他只是缓缓扣动枪机，大鼻子的击锤懒洋洋地抬到了最高处，处于一触即发的状态。

"是警察吗？"滑膛问，口气很轻松随便。

来人摇摇头。

"那就去报警吧。"

来人站着没动。

"我不会在你背后开枪的，我只加工合同中的工件。"

"我们现在不干涉人类的事。"来人平静地说。

这话像一道闪电击中了滑膛，他的手不由一松，左轮的击锤落回到原位。他细看来人，在星环的光芒下，无论怎么看，他都是一个普通的人。

"你们，已经下来了？"滑膛问，他的语气中出现了少有的紧张。

"我们早就下来了。"

接着，在第四地球的垃圾场上，来自两个世界的两个人长时间地沉默着。这凝固的空气使滑膛窒息，他想说点什么，这些天的经历，使他下意识地提出了一个问题：

"你们那儿，也有穷人和富人吗？"

第一地球人微笑了一下说："当然有，我就是穷人，"他又指了一下天空中的星环，"他们也是。"

"上面有多少人？"

"如果你是指现在能看到的这些，大约有五十万人，但这只是先遣队，几年后到达的一万艘飞船将带来十亿人。"

"十亿？他们……不会都是穷人吧？"

"他们都是穷人。"

"第一地球上的世界到底有多少人呢？"

"二十亿。"

"一个世界里怎么可能有那么多穷人？"

"一个世界里怎么不可能有那么多是穷人？"

"我觉得，一个世界里的穷人比例不可能太高，否则这个世界就变得不稳定，那富人和中产阶级也过不好了。"

"以目前第四地球所处的阶段，很对。"

"还有不对的时候吗？"

第一地球人低头想了想，说："这样吧，我给你讲讲第一地球上穷人和富人的故事。"

"我很想听。"滑膛把枪插回怀里的枪套中。

"两个人类文明十分相似，你们走过的路我们都走过，我们也有过你们现在的时代：社会财富的分配虽然不均，但维持着某种平衡，穷人和富人都不是太多，人们普遍相信，随着社会的进步，贫富差距将进一步减小，他们憧憬着人人均富的大同时代。但人们很快会发现事情要复杂得多，这种平衡很快就要被打破了。"

"被什么东西打破的？"

"教育。你也知道，在你们目前的时代，教育是社会下层进入上层的唯一途径，如果社会是一个按温度和含盐度分成许多水层的海洋，教育就像一根连通管，将海底水层和海面水层连接起来，使各个水层之间不至于完全隔绝。"

"你接下来可能想说，穷人越来越上不起大学了。"

"是的，高等教育费用日益昂贵，渐渐成了精英子女的特权。但就传统教育而言，即使仅仅是为了市场的考虑，它的价格还是有一定限度的，所以那条连通管虽然已经细若游丝，但还是存在着。可有一天，教育突然发生了根本的变化，一个技术飞跃出现了。"

"是不是可以直接向大脑里灌输知识了？"

"是的，但知识的直接注入只是其中的一部分。大脑中将被植入一台超级计算机，它的容量远大于人脑本身，它存储的知识可变为植入者的清晰记忆。但这只是它的一个次要功能，它是一个智力放大器，一个思想放大器，可将人的思维提升到一个新的层次。这时，知识、智力、深刻的思想，甚至完美的心理和性格、艺术审美能力等等，都成了商品，都可以买得到。"

"一定很贵。"

"是的，很贵，将你们目前的货币价值做个对比，一个人接受超等教育的费用，与在北京或上海的黄金地段买两到三套150平米的商品房相当。"

"要是这样，还是有一部分人能支付得起的。"

"是的，但只是一小部分有产阶层，社会海洋中那条连通上下层的管道彻底中断了。完成超等教育的人的智力比普通人高出一个层次，他们与未接受超等教育的人之间的智力差异，就像后者与狗之间的差异一样大。同样的差异还表现在许多其他方面，比如艺术感受能力等。于是，这些超级知识阶层就形成了自己的文化，而其余的人对这种文化完全不可理解，就像狗不理解交响乐一样。超级知识分子可能精通上百种语言，在某种场合，对某个人，都要按礼节使用相应的语言。在这种情况下，在超级知识阶层看来，他们与普通民众的交流，就像我们与狗的交流一样简陋了……于是，一件事就自然而然地发生了，你是个聪明人，应该能想到。"

"富人和穷人已经不是同一个……同一个……"

"富人和穷人已经不是同一个物种了，就像穷人和狗不是同一个物种一样，穷人不再是人了。"

"哦，那事情可真的变了很多。"

"变了很多，首先，你开始提到的那个维持社会财富平衡、限制穷人数量的因素不存在了。即使狗的数量远多于人，他们也无力制造社会不稳定，只能制造一些需要费神去解决的麻烦。随便杀狗是要受惩罚的，但与杀人毕竟不一样，特别是当狂犬病危及到人的安全时，把狗杀光也是可以的。对穷人的同情，关键在于一个同字，当双方相同的物种基础不存在时，同情也就不存在了。这是人类的第二次进化，第一次与猿分开来，靠的是自然选择；这一次与穷人分开来，靠的是另一条同样神圣的法则：私有财产不可侵犯。"

"这法则在我们的世界也很神圣的。"

"在第一地球的世界里，这项法则由一个叫社会机器的系统维持。社会机器是一种强有力的执法系统，它的执法单元遍布世界的每一个角落，有的执法单元只有蚊子大小，但足以在瞬间同时击毙上百人。它们的法则不是你们那个阿西莫夫的三定律，而是第一地球的宪法基本原则：私有财产不可侵犯。它们带来的并不是专制，它们的执法是绝对公正的，并非倾向于有产阶层，如果穷人那点儿可怜的财产受到威胁，他们也会根据宪法去保护的。

"在社会机器强有力的保护下，第一地球的财富不断地向少数人集中。而技术发展导致了另一件事，有产阶层不再需要无产阶层了。在你们的世界，富人还是需要穷人的，工厂里总得有工人。但在第一地球，机器已经不需要人来操作了，高效率的机器人可以做一切事情，无产阶层连出卖劳动力的机会都没有了，他们真的一贫如洗。这种情况的出现，完全改变了第一地球的经济实质，大大加快了社会财富向少数人集中的速度。

"财富集中的过程十分复杂，我向你说不清楚，但其实质与你们世界的资本运作是相同的。在我曾祖父的时代。第一地球60%的财富掌握在1000万人手中；在爷爷的时代，世界财富的80%掌握在1万人手中；在爸爸的时代，财富的90%掌握在42人手中。

"在我出生时，第一地球的资本主义达到了顶峰上的顶峰，创造了令人难以置信的资本奇迹：99%的世界财富掌握在一个人的手中！这个人被称作终产者。

"这个世界的其余二十多亿人虽然也有贫富差距，但他们总体拥有的财富只是世界财富总量的1%，也就是说，第一地球变成了由一个富人和二十亿个穷人组成的世界，穷人是二十亿，不是我刚才告诉你的十亿，而富人只有一个。这时，私有财产不可侵犯的宪法仍然有效，社会机器仍在忠实地履行着它的职责，保护着那一个富人的私有财产。

"想知道终产者拥有什么吗？他拥有整个第一地球！这个行星上所有的大陆和海洋都是他家的客厅和庭院，甚至第一地球的大气层都是他私人的财产。

"剩下的二十亿穷人，他们的家庭都住在全封闭的住宅中，这些住宅本身就是一个自给自足的微型生态循环系统，他们用自己拥有的那可怜的一点点水、空气和土壤等资源在这全封闭的小世界中生活着，能从外界索取的，只有不属于终产者的太阳能了。

"我的家坐落在一条小河边，周围是绿色的草地，一直延伸到河沿，再延伸到河对岸翠绿的群山脚下，在家里就能听到群鸟鸣叫和鱼儿跃出水面的声音，能看到悠然的鹿群在河边饮水，特别是草地在和风中的波纹最让我陶醉。但这一切不属于我们，我们的家与外界严格隔绝，我们的窗是密封舷窗，永远都不能开的。要想外出，必须经过一段过渡舱，就像从飞船进入太空一样。事实上，我们的家就像一艘宇宙飞船，不同的是，恶劣的环境不是在外面而是在里面！我们只能呼吸家庭生态循环系统提供的污浊的空气，喝经千万次循环过滤的水，吃以我们的排泄物为原料合成再生的难以下咽的食物。而与我们仅一墙之隔，就是广阔而富饶的大自然，我们外出时，穿着像一名宇航员，食物和水要自带，甚至自带氧气瓶，因为外面的空气不属于我们，是终产者的财产。

"当然，有时也可以奢侈一下，比如在婚礼或节日什么的，这时我们走出自己全封闭的家，来到第一地球的大自然中，最令人陶醉的是呼吸第一口大自然的空气时，那空气是微甜的，甜得让你流泪。但这是要花钱的，外出之前我们都得吞下一粒药丸大小的空气售货机，这种装置能够监测和统计我们吸入空气的量，我们每呼吸一次，银行账户上的钱就被扣除一点。对于穷人，这真的是一种奢侈，每年也只能有一两次。我们来到外面时，也不敢剧烈活动，甚至不动只是坐着，以控制自己的呼吸量。回家前还要仔细地刮刮鞋底，因为外面的土壤也不属于我们。

"现在告诉你我母亲是怎么死的。为了节省开支，她那时已经有三年没到户外去过一次了，节日也舍不得出去。这天深夜，她竟在梦游中通过过渡门到了户外！她当时做的一定是一个置身于大自然中的梦。当执法单元发现她时，她已经离家有很远的距离了，执法单元也发现了她没有吞下空气售货机，就把她朝家里拖，同时用一只机械手卡住她的脖子，它并没想掐死她，只是不让她呼吸，以保护另一个公民不可侵犯的私有财产——空气。但到家时她已经被掐死了，执法单元放下她的尸体对我们说：她犯了盗窃罪。我们要被罚款，但我们已经没有钱了，于是母亲的遗体就被没收抵账。

要知道，对一个穷人家庭来说，一个人的遗体是很宝贵的，占它重量70%的是水啊，还有其他有用的资源。但遗体的价值还不够交纳罚款，社会机器便从我们家抽走了相当数量的空气。

"我们家生态循环系统中的空气本来已经严重不足，一直没钱补充，在被抽走一部分后，已经威胁到了内部成员的生存。为了补充失去的空气，生态系统不得不电解一部分水，这个操作使得整个系统的状况急剧恶化。主控电脑发出了警报：如果我们不向系统中及时补充15升水的话，系统将在三十小时后崩溃。警报灯的红色光芒迷漫在每个房间。我们曾打算到外面的河里偷些水，但旋即放弃了，因为我们打到水后还来不及走回家，就会被无所不在的执法单元击毙。父亲沉思了一会儿，让我不要担心，先睡觉。虽然处于巨大的恐惧中，但在缺氧的状态下，我还是睡着了。不知过了多长时间，一个机器人推醒了我，它是从与我家对接的一辆资源转换车上进来的，它指着旁边一桶清澈晶莹的水说：这就是你父亲。资源转换车是一种将人体转换成能为家庭生态循环系统所用资源的流动装置，父亲就是在那里将自己体内的水全部提取出来，而这时，就在离我家不到一百米处，那条美丽的河在月光下哗哗地流着。资源转换车从他的身体还提取了其他一些对生态循环系统有用的东西：一盒有机油脂、一瓶钙片，甚至还有硬币那么大的一小片铁。

"父亲的水拯救了我家的生态循环系统，我一个人活了下来，一天天长大，五年过去了。在一个秋天的黄昏，我从舷窗望出去，突然发现河边有一个人在跑步，我惊奇是谁这么奢侈，竟舍得在户外这样呼吸？！仔细一看，天哪，竟是终产者！他慢下来，放松地散着步，然后坐在河边的一块石头上，将一只赤脚伸进清澈的河水里。他看上去是一个健壮的中年男人，但实际已经两千多岁了，基因工程技术还可以保证他再活这么长时间，甚至永远活下去。不过在我看来，他真的是一个很普通的人。

"又过了两年，我家的生态循环系统的运行状况再次恶化，这样小规模的生态系统，它的寿命肯定是有限的。终于，它完全崩溃了。空气中的含氧量在不断减少，在缺氧昏迷之前，我吞下了一枚空气售货机，走出了家门。像每一个家庭生态循环系统崩溃的人一样，我坦然地面对着自己的命运：呼吸完我在银行那可怜的存款，然后被执法机器掐死或击毙。

"这时我发现外面的人很多，家庭生态循环系统开始大批量地崩溃了。一个巨大的执法机器悬浮在我们上空，播放着最后的警告：公民们，你们闯入了别人的家里，你们犯了私闯民宅罪，请尽快离开！不然……离开？我们能到哪里去？自己的家中已经没有可供呼吸的空气了。

"我与其他人一起，在河边碧绿的草地上尽情地奔跑，让清甜的春风吹过我们苍白的面庞，让生命疯狂地燃烧……

"不知过了多长时间，我们突然发现自己银行里的存款早就呼吸完了，但执法单元们并没有采取行动。这时，从悬浮在空中的那个巨型执法单元中传出了终产者的声音。

"各位好，欢迎光临寒舍！有这么多的客人我很高兴，也希望你们在我的院子里玩得愉快，但还是请大家体谅我，你们来的人实在是太多了。现在，全球已有近十亿人因生态循环系统崩溃而走出了自己的家，来到我家，另外那十多亿可能也快来了，你们是擅自闯入，侵犯了我这个公民的居住权和隐私，社会机器采取行动终止你们的生命是完全合理合法的，如果不是我劝止了它们别那么做，你们早就全部被激光蒸发了。但我确实劝止了它们，我是个受过多次超等教育的有教养的人，对家里的客人，哪怕是违法闯入者，都是讲礼貌的。但请你们设身处地地为我想想，家里来了二十亿客人，毕竟是稍微多了些，我是个喜欢安静和独处的人，所以还是请你们离开寒舍。我当然知道大家在地球上无处可去，但我为你们，为二十亿人准备了两万艘巨型宇宙飞船，每艘都有一座中等城市大小，能以光速的百分之一航行。上面虽没有完善的生态循环系统，但有足够容纳所有人的生命冷藏舱，足够支持五万年。我们的星系中只有地球这一颗行星，所以你们只好在恒星际间寻找自己新的家园，但相信一定能找到的。宇宙之大，何必非要挤在我这间小小的陋室中呢？你们没有理由恨我，得到这幢住所，我是完全合理合法的，我从一个经营妇女卫生用品的小公司起家，一直做到今天的规模，完全是凭借自己的商业才能，没有做过任何违法的事，所以，社会机器在以前保护了我，以后也会继续保护我，保护我这个守法公民的私有财产，它不会容忍你们的违法行径，所以，还是请大家尽快动身吧，看在同一进化渊源的分上，我会记住你们的，也希望你们记住我，保重吧。

"我们就是这样来到了第四地球，航程延续了三万年，在漫长在星际流浪中，损失了近一半的飞船，有的淹没于星际尘埃中，有的被黑洞吞食……但，总算有一万艘飞船，十亿人到达了这个世界。好了，这就是第一地球的故事，二十亿个穷人和一个富人的故事。"

"如果没有你们的干涉，我们的世界也会重复这个故事吗？"听完了第一地球人的讲述，滑膛问道。

"不知道，也许会，也许不会，文明的进程像一个人的命运，变幻莫测的……好，我该走了，我只是一名普通的社会调查员，也在为生计奔忙。"

"我也有事要办。"滑膛说。

"保重，弟弟。"

"保重，哥哥。"

在星环的光芒下，两个世界的两个男人分别向两个方向走去。

滑膛走进了总统大厅，社会财富液化委员会的十三个常委一起转向他。朱汉杨说：

"我们已经验收了，你干得很好，另一半款项已经汇入你的账户，尽管钱很快就没用了……还有一件事想必你已经知道：哥哥文明的社会调查员已君临地球，我们和你做的事都无意义，我们也没有进一步的业务给你了。"

"但我还是揽到了一项业务。"

滑膛说着，掏出手枪，另一只手向前伸着，啪啪啪啪啪啪啪，七颗橙黄的子弹掉在桌面上，与手中大鼻子弹仓中的6颗加起来，正好13颗。

在13个富翁脸上，震惊和恐惧都只闪现了很短的时间，接下来的只有平静，这对他们来说，可能只意味着解脱。

外面，一群巨大的火流星划破长空，强光穿透厚厚的窗帘，使水晶吊灯黯然失色，大地剧烈震动起来。第一地球的飞船开始进入大气层。

"还没吃饭吧？"许雪萍问滑膛，然后指着桌上的一堆方便面说，"咱们吃了饭再说吧。"

他们把一个用于放置酒和冰块的大银盆用三个水晶烟灰缸支起来，在银盆里加上水。然后，他们在银盆下烧起火来，用的是百元钞票，大家轮流着将一张张钞票放进火里，出神地看着黄绿相间的火焰像一个活物般欢快地跳动着。

当烧到135万时，水开了。

诗
云

　　伊依一行三人乘一艘游艇在南太平洋上做吟诗航行，他们的目的地是南极，如果几天后能顺利地到达那里，他们将钻出地壳去看诗云。

　　今天，天空和海水都很清澈，对于作诗来说，世界显得太透明了。抬头望去，平时难得一见的美洲大陆清晰地出现在天空中，在东半球构成的覆盖世界的巨大穹顶上，大陆好像是墙皮脱落的区域……

　　哦，现在人类生活在地球里面，更准确地说，人类生活在气球里面，哦，地球已变成了气球。地球被掏空了，只剩下厚约一百公里的一层薄壳，但大陆和海洋还原封不动地存在着，只不过都跑到里面了，球壳的里面。大气层也还存在，也跑到球壳里面了，所以地球变成了气球，一个内壁贴着海洋和大陆的气球。空心地球仍在自转，但自转的意义与以前已大不相同：它产生重力，构成薄薄地壳的那点质量产生的引力是微不足道的，地球重力现在主要由自转的离心力来产生了。但这样的重力在世界各个区域是不均匀的：赤道上最强，约为1.5个原地球重力，随着纬度增高，重力也渐渐减小，两极地区的重力为零。现在吟诗游艇航行的纬度正好是原地球的标准重力，但很难令伊依找到已经消失的实心地球上旧世界的感觉。

空心地球的球心悬浮着一个小太阳，现在正以正午的阳光照耀着世界。这个太阳的光度在二十四小时内不停地变化，由最亮渐变至熄灭，给空心地球里面带来昼夜更替。在适当的夜里，它还会发出月亮的冷光，但只是从一点发出的，看不到圆月。

游艇上的三人中有两个其实不是人，他们中的一个是一头名叫大牙的恐龙，他高达十米的身躯一移动，游艇就跟着摇晃倾斜，这令站在船头的吟诗者很烦。吟诗者是一个干瘦老头儿，同样雪白的长发和胡须混在一起飘动，他身着唐朝的宽大古装，仙风道骨，仿佛是在海天之间挥洒写就的一个狂草字。

这就是新世界的创造者，伟大的——李白。

礼　物

事情是从十年前开始的，当时，吞食帝国刚刚完成了对太阳系长达两个世纪的掠夺，来自远古的恐龙驾驶着那个直径五万公里的环形世界飞离太阳，航向天鹅座方向。吞食帝国还带走了被恐龙掠去当作小家禽饲养的十二亿人类。但就在接近土星轨道时，环形世界突然开始减速，最后竟沿原轨道返回，重新驶向太阳系内层空间。

在吞食帝国开始它的返程后的一个大环星期，使者大牙乘他那艘如古老锅炉般的飞船飞离大环，他的衣袋中装着一个叫伊依的人类。

"你是一件礼物！"大牙对伊依说，眼睛看着舷窗外黑暗的太空，他那粗放的嗓音震得衣袋中的伊依浑身发麻。

"送给谁？"伊依在衣袋中仰头大声问，他能从袋口看到恐龙的下颚，像是一大块悬崖顶上突出的岩石。

"送给神！神来到了太阳系，这就是帝国返回的原因。"

"是真的神吗？"

"他掌握了不可思议的技术，已经纯能化，并且能在瞬间从银河系的一端跃迁到另一端，这不就是神了。如果我们能得到那些超级技术的百分之一，吞食帝国的前景就很光明了。我们正在完成一个伟大的使命，你要学会讨神喜欢！"

"为什么选中了我，我的肉质是很次的。"伊依说，他三十多岁，与吞食帝国精心饲养的那些肌肤白嫩的人类相比，他的外貌很有些沧桑感。

"神不吃虫虫，只是收集，我听饲养员说你很特别，你好像还有很多学生？"

"我是一名诗人，现在在饲养场的家禽人中教授人类的古典文学。"伊依很吃力地念出了"诗""文学"这类在吞食语中很生僻的词。

"无用又无聊的学问，你那里的饲养员默许你授课，是因为其中的一些内容在精神上有助于改善虫虫们的肉质……我观察过，你自视清高目空一切，对一个被饲养的小家禽来说，这应该是很有趣的。"

"诗人都是这样！"伊依在衣袋中站直，虽然知道大牙看不见，还是骄傲地昂起头。

"你的先辈参加过地球保卫战吗？"

伊依摇摇头："我在那个时代的先辈也是诗人。"

"一种最无用的虫虫，在当时的地球上也十分稀少了。"

"他生活在自己的内心世界里，对外部世界的变化并不在意。"

"没出息……嗬，我们快到了。"

听到大牙的话，伊依把头从衣袋中伸出来，透过宽大的舷窗向外看，看到了飞船前方那两个发出白光的物体，那是悬浮在太空中的一个正方形平面和一个球体，当飞船移动到与平面齐平时，它在星空的背景上短暂地消失了一下，这说明它几乎没有厚度；那个完美的球体悬浮在平面正上方，两者都发出柔和的白光，表面均匀得看不出任何特征。这两个东西仿佛是从计算机图库中取出的两个元素，是这纷乱的宇宙中两个简明而抽象的概念。

"神呢？"伊依问。

"就是这两个几何体啊，神喜欢简洁。"

距离拉近，伊依发现平面有足球场大小，飞船在向平面上降落，它的发动机喷出的火流首先接触到平面，仿佛只是接触到一个幻影，没有在上面留下任何痕迹，但伊依感到了重力和飞船接触平面时的震动，说明它不是幻影。大牙显然以前已经来过这里，没有犹豫就拉开舱门走了出去，伊依看到他同时打开了气密过渡舱的两道舱门，心一下抽紧了，但他并没有听到舱内空气涌出时的呼啸声。当大牙走出舱门后，衣袋中的伊依嗅到了清新的空气，伸出外面的脸上感到了习习的凉风……这是人和恐龙都无法理解的超级技术，它温柔和漫不经心的展示震撼了伊依，与人类第一次见到吞食者时相比，这震撼更加深入灵魂。他抬头望望，以灿烂的银河为背景，球体悬浮在他们上方。

"使者，这次你又给我带来了什么小礼物？"神问，他说的是吞食语，声音不高，仿佛从无限远处的太空深渊中传来，让伊依第一次感觉到这种粗陋的恐龙语言听起来很悦耳。

大牙把一只爪子伸进衣袋，抓住伊依放到平面上，伊依的脚底感到了平面的弹性，大牙说："尊敬的神，得知您喜欢收集各个星系的小生物，我带来了这个很有趣的小东西：地球人类。"

"我只喜欢完美的小生物，你把这么肮脏的虫子拿来干什么？"神说，球体和平面发出的白光微微地闪动了两下，可能是表示厌恶。

"您知道这种虫虫？！"大牙惊奇地抬起头。

"只是听这个旋臂的一些航行者提到过，不是太了解。在这种虫子不算长的进化史中，这些航行者曾频繁地光顾地球，这种生物的思想之猥琐、行为之低劣、其历史之混乱和肮脏，都很让他们恶心，以至于直到地球世界毁灭之前，也没有一个航行者屑于同它们建立联系……快把他扔掉。"

大牙抓起伊依，转动着硕大的脑袋看看可往哪儿扔，"垃圾焚化口在你后面。"神说。大牙一转身，看到身后的平面上突然出现了一个小圆口，里面闪着蓝幽幽的光……

"你不要这样说！人类建立了伟大的文明！！"伊依用吞食语声嘶力竭地大喊。

球体和平面的白光又颤动了两次，神冷笑了两声："文明？使者，告诉这个虫子什么是文明。"

大牙把伊依举到眼前，伊依甚至听到了恐龙的两个大眼球转动时骨碌碌的声音："虫虫，在这个宇宙中，对一个种族文明程度的统一度量是这个种族所进入的空间的维度，只有进入六维以上空间的种族才具备加入文明大家庭的起码条件，我们尊敬的神的一族已能够进入十一维空间。吞食帝国已能在实验室中小规模地进入四维空间，只能算是银河系中一个未开化的原始群落，而你们，在神的眼里也就是杂草和青苔一类的。"

"快扔了，脏死了！"神不耐烦催促道。

大牙说完，举着伊依向垃圾焚化口走去，伊依拼命挣扎，从衣服中掉出了许多白色的纸片。当那些纸片飘荡着下落时，从球体中射出一条极细的光线，当那束光线射到其中一张纸上时，它便在半空中悬住了，光线飞快地在上面扫描了一遍。

"哟，等等，这是什么东西？"

大牙把伊依悬在焚化口上方，扭头看着球体。

"那是……是我的学生们的作业！"伊依在恐龙的巨掌中吃力地挣扎着说。

"这种方形的符号很有趣，它们组成的小矩阵也很好玩儿。"神说，从球体中射出的光束又飞快地扫描了已落在平面上的另外几张纸。

"那是汉……汉字，这些是用汉字写的古诗！"

"诗？"神惊奇地问，收回了光束，"使者，你应该懂一些这种虫子的文字吧？"

"当然，尊敬的神，在吞食帝国吃掉地球前，我在它们的世界生活了很长时间。"大牙把伊依放到焚化口旁边的平面上，弯腰拾起一张纸，举到眼前吃力地辨认着上面的小字，"它的大意是……"

"算了吧，你会曲解它的！"伊依挥手制止大牙说下去。

"为什么？"神很感兴趣地问。

"因为这是一种只能用古汉语表达的艺术，即使翻译成人类的其他语言，也就失去了大部分内涵和魅力，变成另一种东西了。"

"使者，你的计算机中有这种语言的数据库吗？还有有关地球历史的一切知识，好的，给我传过来吧，就用我们上次见面时建立的那个信道。"

大牙急忙返回飞船上，在舱内的电脑上鼓捣了一阵儿，嘴里嘟囔着："古汉语部分没有，还要从帝国的网络上传过来，可能有些时滞。"伊依从敞开的舱门中看到，恐龙的大眼球中映射着电脑屏幕上变幻的彩光。当大牙从飞船上走出来时，神已经能用标准的汉语读出一张纸上的中国古诗了：

"白日依山尽，黄河入海流。欲穷千里目，更上一层楼。"

"您学得真快！"伊依惊叹道。

神没有理他，只是沉默着。

大牙解释说："它的意思是：恒星已在行星的山后面落下，一条叫黄河的河流向着大海的方向流去，哦，这河和海都是由那种由一个氧原子和两个氢原子构成的化合物组成，要想看得更远，就应该在建筑物上登得更高些。"

神仍然沉默着。

"尊敬的神，你不久前曾君临吞食帝国，那里的景色与写这首诗的虫虫的世界十分相似，有山有河也有海，所以……"

"所以我明白诗的意思，"神说，球体突然移动到大牙头顶上，伊依感觉它就像一只盯着大牙看的没有眸子的大眼睛，"但，你，没有感觉到些什么？"

大牙茫然地摇摇头。

"我是说，隐含在这个简洁的方块符号矩阵的表面含义后面的一些东西？"

大牙显得更茫然了，于是神又吟诵了一首古诗：

"前不见古人，后不见来者。念天地之悠悠，独怆然而涕下。"

大牙赶紧殷勤地解释道："这首诗的意思是：向前看，看不到在遥远过去曾经在这颗行星上生活过的虫虫；向后看，看不到未来将要在这行星上生活的虫虫；于是感到时空太广大了，于是哭了。"

神沉默。

"嗬，哭是地球虫虫表达悲哀的一种方式，这是他们的视觉器官……"

"你仍没感觉到什么？"神打断了大牙的话问，球体又向下降了一些，几乎贴到大牙的鼻子上。

大牙这次坚定地摇摇头："尊敬的神，我想里面没有什么的，一首很简单的小诗。"

接下来，神又连续吟诵了几首古诗，都很简短，且属于题材空灵超脱的一类，有李白的《下江陵》《静夜思》和《黄鹤楼送孟浩然之广陵》、柳宗元的《江雪》、崔颢的《黄鹤楼》、孟浩然的《春晓》等。

大牙说："在吞食帝国，有许多长达百万行的史诗，尊敬的神，我愿意把它们全部献给您！相比之下，人类虫虫的诗是这么短小简单，就像他们的技术……"

球体忽地从大牙头顶飘开去，在半空中沿着随意的曲线飘行着："使者，我知道你们最大的愿望就是希望我回答一个问题：吞食帝国已经存在了八千万年，为什么其技术仍徘徊在原子时代？我现在有答案了。"

大牙热切地望着球体说："尊敬的神，这个答案对我们很重要！！求您……"

"尊敬的神，"伊依举起一只手大声说，"我也有一个问题，不知能不能问？"

大牙恼怒地瞪着伊依，像要把他一口吃了似的，但神说："我仍然讨厌地球虫子，但那些小矩阵为你赢得了这个权利。"

"艺术在宇宙中普遍存在吗？"

球体在空中微微颤动，似乎在点头："是的，我就是一名宇宙艺术的收集和研究者，我穿行于星云间，接触过众多文明的各种艺术，它们大多是庞杂而晦涩的体系，用如此少的符号，在如此小巧的矩阵中涵含着如此丰富的感觉层次和含义分支，而且这种表达还要在严酷得有些变态的诗律和音韵的约束下进行，这，我确实是第一次见到……使者，现在可以把这虫子扔了。"

大牙再次把伊依抓在爪子里："对，该扔了他，尊敬的神，吞食帝国中心网络中存储的人类文化资料是相当丰富的，现在您的记忆中已经拥有了所有资料，而这个虫虫，大概就记得那么几首小诗。"说着，他拿着伊依向焚化口走去。"把这些纸片也扔了。"神说，大牙又赶紧反身去用另一只爪子收拾纸片，这时伊依在大爪中高喊：

"神啊，把这些写着人类古诗的纸片留作纪念吧！您收集到了一种不可超越的艺术，向宇宙中传播它吧！"

"等等，"神再次制止了大牙，伊依已经悬到了焚化口上方，他感到了下面蓝色火焰的热力。球体飘过来，在距伊依的额头几厘米处悬定，他同刚才的大牙一样受到了那只没有眸子的巨眼的逼视。

"不可超越？"

"哈哈……"大牙举着伊依大笑起来，"这个可怜的虫虫居然在伟大的神面前说这样的话，滑稽！人类还剩下什么？你们失去了地球上的一切，即便能带走的科学知识也忘得差不多了，有一次在晚餐桌上，我在吃一个人之前问他：地球保卫战争中的人类的原子弹是用什么做的？他说是原子做的！"

"哈哈……"神也让大牙逗得大笑起来，球体颤动得成了椭圆，"不可能有比这更正确的回答了，哈哈……"

"尊敬的神，这些脏虫虫就剩下那几首小诗了！哈哈……"

"但它们是不可超越的！"伊依在巨爪中挺起胸腔庄严地说。

球体停止了颤动，用近似耳语的声音说："技术能超越一切。"

"这与技术无关，这是人类心灵世界的精华，不可超越！"

"那是因为你不知道技术最终能具有什么样的力量，小虫子，小小的虫子，你不知道。"神的语气变得父亲般的温柔，但潜藏在深处阴冷的杀气让伊依不寒而栗，神说，"看着太阳。"

伊依按神的话做了，这是位于地球和火星轨道之间的太空，太阳的光芒使他眯起了双眼。

"你最喜欢的颜色是什么？"神问。

"绿色。"

话音刚落，太阳变成了绿色，那绿色妖艳无比，太阳仿佛是一只突然浮现在太空深渊中的猫眼，在它的凝视下，整个宇宙都变得诡异无比。

大牙爪子一颤，把伊依掉在平面上。当理智稍稍恢复后，他们都意识到另一个比太阳变绿更加震撼的事实：从这里到太阳，光需行走十几分钟，但这一切都发生在一瞬间！

半分钟后，太阳恢复原状，又发出耀眼的白光。

"看到了吗？这就是技术，是这种力量使我们的种族从海底淤泥中的鼻涕虫变为神。其实技术本身才是真正的神，我们都真诚地崇拜它。"

伊依眨着昏花的双眼说："但神并不能超越那样的艺术，我们也有神，想象中的神，我们崇拜它们，但并不认为它们能写出李白和杜甫那样的诗。"

神冷笑了两声，对伊依说："真是一只无比固执的虫子，这使你更让人厌恶。不过，为了消遣，就让我来超越一下你们的矩阵艺术。"

伊依也冷笑了两声："不可能的，首先你不是人，不可能有人的心灵感受，人类艺术在你那里只是石板上的花朵，技术并不能使你超越这个障碍。"

"技术超越这个障碍易如反掌，给我你的基因！"

伊依不知所措，"给神一根头发！"大牙提醒说，伊依伸手拔下一根头发，一股无形的吸力将头发吸向球体，后来那根头发又从球体中飘落到平面上，神只是提取了发根带着的一点皮屑。

球体中的白光涌动起来，渐渐变得透明了，里面充满了清澈的液体，浮起串串水泡。接着，伊依在液体中看到了一个蛋黄大小的球，它在射入液球的阳光中呈淡红色，仿佛自己会发光。小球很快长大，伊依认出了那是一个蜷曲着的胎儿，他肿胀的双眼紧闭着，大大的脑袋上交错着红色的血管。胎儿继续成长，小身体终于伸展开来，像青蛙似的在液球中游动着。液体渐渐变得浑浊了，透过液球的阳光只映出一个模糊的影子，看得出那个影子仍在飞速成长，最后变成了一个游动着的成人的身影。这时液球又恢复成原来那样完全不透明的白色光球，一个赤裸的人从球中掉出来，落到平面上。伊依的克隆体摇摇晃晃地站了起来，阳光在他湿漉漉的身体上闪亮，他的头发和胡子老长，但看得出来只有三四十岁的样子，除了一样的精瘦外，一点也不像伊依本人。克隆体僵僵地站着，呆滞的目光看着无限远方，似乎对这个他刚刚进入的宇宙浑然不知。在他的上方，球体的白光在暗下来，最后完全熄灭了，球体本身也像蒸发似的消失了。但这时，伊依感觉什么东西又亮了起来，很快发现那是克隆体的眼睛，它们由呆滞突然充满了智慧的灵光。后来伊依知道，神的记忆这时已全部转移到克隆体中了。

"冷，这就是冷？！"一阵轻风吹来，克隆体双手抱住湿乎乎的双肩，浑身打颤，但声音中充满了惊喜，"这就是冷，这就是痛苦，精致的、完美的痛苦，我在星际间苦苦寻觅的感觉，尖锐如洞穿时空的十维弦，晶莹如类星体中心的纯能钻石，啊——"他伸开皮包骨头的双臂仰望银河，"前不见古人，后不见来者，念宇宙之……"一阵冷颤使克隆体的牙齿咯咯作响，赶紧停止了出生演说，跑到焚化口边烤火了。

克隆体把两手放到焚化口的蓝火焰上烤着，哆哆嗦嗦地对伊依说："其实，我现在进行的是一项很普通的操作，当我研究和收集一种文明的艺术时，总是将自己的记忆借宿于该文明的一个个体中，这样才能保证对该艺术的完全理解。"

这时，焚化口中的火焰亮度剧增，周围的平面上也涌动着各色的光晕，使得伊依感觉整个平面像是一块飘浮在火海上的毛玻璃。

大牙低声对伊依说："焚化口已转换为制造口了，神正在进行能——质转换。"看到伊依不太明白，他又解释说，"傻瓜，就是用纯能制造物品，上帝的活计！"

制造口突然喷出了一团白色的东西，那东西在空中展开并落了下来，原来是一件衣服，克隆体接住衣服穿了起来，伊依看到那竟是一件宽大的唐朝古装，用雪白的丝绸做成，有宽大的黑色镶边，刚才还一副可怜相的克隆体穿上它后立刻显得飘飘欲仙，伊依实在想象不出它是如何从蓝火焰中被制造出来的。

又有物品被制造出来，从制造口飞出一块黑色的东西，像一块石头一样咚地砸在平面上。伊依跑过去拾起来，不管他是否相信自己的眼睛，手中拿着的分明是一块沉重的石砚，而且还是冰凉的。接着又有什么啪地掉下来，伊依拾起那个黑色的条状物，他没猜错，这是一块墨！接着被制造出来的是几支毛笔、一个笔架、一张雪白的宣纸（从火里飞出的纸！），还有几件古色古香的案头小饰品，最后制造出来的也是最大的一件东西：一张样式古老的书案！伊依和大牙忙着把书案扶正，把那些小东西在案头摆放好。

"转化成这些东西的能量，足以把一颗行星炸成碎末。"大牙对伊依耳语，声音有些发颤。

克隆体走到书案旁，看着上面的摆设满意地点点头，一手理着刚刚干了的胡子，说：

"我，李白。"

伊依审视着克隆体问："你是说想成为李白呢，还是真把自己当成了李白？"

"我就是李白，超越李白的李白！"

伊依笑着摇摇头。

"怎么，到现在你还怀疑吗？"

伊依点点头说："不错，你们的技术远远超过了我的理解力，已与人类想象中的神力和魔法无异，即使是在诗歌艺术方面也有让我惊叹的东西：跨越如此巨大的文化和时空的鸿沟，你竟能感觉到中国古诗的内涵……但理解李白是一回事，超越他又是另一回事，我仍然认为你面对的是不可超越的艺术。"

克隆体——李白的脸上浮现出高深莫测的笑容，但转瞬即逝，他手指书案，对伊依大喝一声："研墨！"然后径自走去，在几乎走到平面边缘时站住，理着胡须遥望星河沉思起来。

伊依从书案上的一个紫砂壶中向砚上倒了一点清水，拿起那条墨研了起来，他是第一次干这个，笨拙地斜着墨条磨边角。看着砚中渐渐浓起来的墨汁，伊依想到自己正身处距太阳1.5个天文单位的茫茫太空中，这个无限薄的平面（即使在刚才由纯能制造物品时，从远处看它仍没有厚度）仿佛是一个漂浮在宇宙深渊中的舞台，在它上面，一头恐龙、一个被恐龙当作肉食家禽饲养的人类、一个穿着唐朝古装的准备超越李白的技术之神，正在演出一场怪诞到极点的活剧，想到这里，伊依摇头苦笑起来。

当觉得墨研得差不多了时，伊依站起来，同大牙一起等待着，这时平面上的轻风已经停止，太阳和星河静静地发着光，仿佛整个宇宙都在期待。李白静立在平面边缘，由于平面上的空气层几乎没有散射，他在阳光中的明暗部分极其分明，除了理胡须的手不时动一下外，简直就是一尊石像。伊依和大牙等啊等，时间在默默地流逝，书案上蘸满了墨的毛笔渐渐有些发干了，不知不觉，太阳的位置已移动了很多，把他们和书案、飞船的影子长长地投在平面上，书案上平铺的白纸仿佛变成了平面的一部分。终于，李白转过身来，慢步走回书案前，伊依赶紧把毛笔重新蘸了墨，用双手递了过去，但李白抬起一只手回绝了，只是看着书案上的白纸继续沉思着，他的目光中有了些新的东西。

伊依得意地看出，那是困惑和不安。

"我还要制造一些东西，那都是……易碎品，你们去小心接着。"李白指了指制造口说，那里面本来已暗淡下去的蓝焰又明亮进来，伊依和大牙刚刚跑过去，就有一股蓝色的火舌把一个球形物推出来，大牙眼疾手快地接住了它，细看是一个大坛子。接着又从蓝焰中飞出了三只大碗，伊依接住了其中的两只，有一只摔碎了。大牙把坛子抱到书案上，小心地打开封盖，一股浓烈的酒味溢了出来，他与伊依惊奇地对视了一眼。

"在我从吞食帝国接收到的地球信息中，有关人类酿造业的资料不多，所以这东西造得不一定准确。"李白说，同时指着酒坛示意伊依尝尝。

伊依拿碗从中舀了一点儿抿了一口，一股火辣从嗓子眼流到肚子里，他点点头："是酒，但是与我们为改善肉质喝的那些相比太烈了。"

"满上。"李白指着书案上的另一个空碗说，待大牙倒满烈酒后，端起来咕咚咚一饮而尽，然后转身再次向远处走去，不时走出几个不太稳的舞步。到达平面边缘后又站在那里对着星海深思，但与上次不同的是他的身体开始有节奏地左右摆动，像在和着某首听不见的曲子。这次李白沉思的时间不长就走回到书案前，回来的一路上全是舞步了，他一把抓过伊依递过来的笔扔到远处。

"满上。"李白眼睛直勾勾地盯着空碗说。

……

一小时后，大牙用两个大爪小心翼翼地把烂醉如泥的李白放到已清空的书案上，但他一翻身又骨碌下来，嘴里嘀咕着恐龙和人都听不懂的语言。他已经红红绿绿地吐了一大摊（真不知是什么时候吃进的这些食物），宽大的古服上也吐得脏污一片，那一摊呕吐物被平面发出的白光透过，形成了一幅很抽象的图形。李白的嘴上黑乎乎的全是墨，这是因为在喝光第四碗后，他曾试图在纸上写什么，但只是把蘸饱墨的毛笔重重地戳到桌面上，接着，李白就像初学书法的小孩子那样，试图用嘴把笔毛理顺……

"尊敬的神？"大牙伏下身来小心翼翼地问。

"哇咦卡啊……卡啊咦唉哇。"李白大着舌头说。

大牙站起身，摇摇头叹了一口气，对伊依说："我们走吧。"

另一条路

伊依所在的饲养场位于吞食者的赤道上，当吞食者处于太阳系内层空间时，这里曾是一片夹在两条大河之间的美丽草原。吞食者航出木星轨道后，严冬降临了，草原消失大河封冻，被饲养的人类都转到地下城中。当吞食者受到神的召唤而返回后，随着太阳的临近，大地回春，两条大河很快解冻了，草原也开始变绿。

当气候好的时候，伊依总是独自住在河边自己搭的一间简陋的草棚中，自己种地过日子。对于一般人来说这是不被允许的，但由于伊依在饲养场中讲授的古典文学课程有陶冶性情的功能，他的学生的肉有一种很特别的风味，所以恐龙饲养员也就不干涉他了。

这是伊依与李白初次见面两个月后的一个黄昏，太阳刚刚从吞食帝国平直的地平线上落下，两条映着晚霞的大河在天边交汇。在河边的草棚外，微风把远处草原上欢舞的歌声隐隐送来，伊依独自一人自己和自己下围棋，抬头看到李白和大牙沿着河岸向这里走来。这时的李白已有了很大的变化，他头发蓬乱，胡子老长，脸晒得很黑，左肩背着一个粗布包，右手提着一个大葫芦，身上那件古装已破烂不堪，脚上穿着一双已磨得不像样子的草鞋，伊依觉得这时的他倒更像一个人了。

李白走到围棋桌前，像前几次来一样，不看伊依一眼就把葫芦重重地向桌上一放，说："碗！"待伊依拿来两个木碗后，李白打开葫芦盖，把两个碗里倒满酒，然后又从布包中拿出一个纸包，打开来，伊依发现里面竟放着切好的熟肉，并闻到扑鼻的香味，不由拿起一块嚼了起来。

大牙只是站在两三米远处静静地看着他们，有前几次的经验，他知道他们俩又要谈诗了，这种谈话他既无兴趣也没资格参与。

"好吃，"伊依赞许地点点头，"这牛肉也是纯能转化的？"

"不，我早就回归自然了。你可能没听说过，在距这里很遥远的一个牧场，饲养着来自地球的牛群。这牛肉是我亲自做的，是用山西平遥牛肉的做法，关键是在炖的时候放——"李白凑到伊依耳边神秘地说，"尿碱。"

伊依迷惑不解地看着他。

"哦，就是人类的小便蒸干以后析出的那种白色的东西，能使炖好的肉外观红润，肉质鲜嫩，肥而不腻，瘦而不柴。"

"这尿碱……也不是纯能做出来的？"伊依恐惧地问。

"我说过自己已经回归自然了！尿碱是我费了好大劲儿从几个人类饲养场收集来的，这是很正宗的民间烹饪技艺，在地球毁灭前就早已失传。"

伊依已经把嘴里的牛肉咽下去了，为了抑制呕吐，他端起了酒碗。

李白指指葫芦说："在我的指导下，吞食帝国已经建起了几个酒厂，已经能够生产大部分地球名酒，这是它们酿制的正宗的竹叶青，是用汾酒浸泡竹叶而成。"

伊依这才发现碗里的酒与前几次李白带来的不同，呈翠绿色，入口后有甜甜的药草味。

"看来，你对人类文化已了如指掌了。"伊依感慨地对李白说。

"不仅如此，我还花了大量的时间亲身体验，你知道，吞食帝国很多地区的风景与李白所在的地球极为相似，这两个月来，我浪迹于这山水之间，饱览美景，月下饮酒山巅吟诗，还在遍布各地的人类饲养场中有过几次艳遇……"

"那么，现在总能让我看看你的诗作了吧。"

李白呼地放下酒碗，站起身不安地踱起步来："是作了一些诗，而且是些肯定让你吃惊的诗，你会看到，我已经是一个很出色的诗人了，甚至比你和你的祖爷爷都出色，但我不想让你看，因为我同样肯定你会认为那些诗没有超越李白，而我……"他抬起头遥望天边落日的余晖，目光中充满了迷离和痛苦，"也这么认为。"

远处的草原上，舞会已经结束，快乐的人们开始享用丰盛的晚餐。有一群少女向河边跑来，在岸边的浅水中嬉戏。她们头戴花环，身上披着薄雾一样的轻纱，在暮色中构成一幅醉人的画面。伊依指着距草棚较近的一个少女问李白："她美吗？"

"当然。"李白不解地看着伊依说。

"想象一下，用一把利刃把她切开，取出她的每一个脏器，剜出她的眼球，挖出她的大脑，剔出每一根骨头，把肌肉和脂肪按其不同部位和功能分割开来，再把所有的血管和神经分别理成两束，最后在这里铺上一大块白布，把这些东西按解剖学原理分门别类地放好，你还觉得美吗？"

"你怎么在喝酒的时候想到这些？恶心。"李白皱起眉头说。

"怎么会恶心呢？这不正是你所崇拜的技术吗？"

"你到底想说什么？"

"李白眼中的大自然就是你现在看到的河边少女，而同样的大自然在技术的眼睛中呢，就是那张白布上那些井然有序但血淋淋的部件，所以，技术是反诗意的。"

"你好像对我有什么建议？"李白理着胡子若有所思地说。

"我仍然不认为你有超越李白的可能，但可以为你的努力指出一个正确的方向：技术的迷雾蒙住了你的双眼，使你看不到自然之美。所以，你首先要做的是把那些超级技术全部忘掉，你既然能够把自己的全部记忆移植到你现在的大脑中，当然也可以删除其中的一部分。"

李白抬头和大牙对视了一下，两者都哈哈大笑起来，大牙对李白说："尊敬的神，我早就告诉过您，多么狡诈的虫虫，您稍不小心就会跌入他们设下的陷阱。"

"哈哈哈哈，是狡诈，但也有趣。"李白对大牙说，然后转向伊依，冷笑着说，"你真的认为我是来认输的？"

"你没能超越人类诗词艺术的巅峰，这是事实。"

李白突然抬起一只手指着大河，问："到河边去有几种走法？"

伊依不解地看了李白几秒钟："好像……只有一种。"

"不，是两种，我还可以向这个方向走，"李白指着与河相反的方向说，"这样一直走，绕吞食帝国的大环一周，再从对岸过河，也能走到这个岸边，我甚至还可以绕银河系一周再回来，对于我们的技术来说，这也易如反掌。技术可以超越一切！我现在已经被逼得要走另一条路了！"

伊依努力想了好半天，终于困惑地摇摇头："就算是你有神一般的技术，我还是想不出超越李白的另一条路在哪儿。"

李白站起来说："很简单，超越李白的两条路是：一、把超越他的那些诗写出来，二、把所有的诗都写出来！"

伊依显得更糊涂了，但站在一旁的大牙似有所悟。

"我要写出所有的五言和七言诗，这是李白所擅长的；另外我还要写出常见词牌的所有的词！你怎么还不明白？！我要在符合这些格律的诗词中，试遍所有汉字的所有组合！"

"啊，伟大！伟大的工程！！"大牙忘形地欢呼起来。

"这很难吗？"伊依傻傻地问。

"当然难，难极了！如果用吞食帝国最大的计算机来进行这样的计算，可能到宇宙末日也完成不了！"

"没那么多吧？"伊依充满疑问地说。

"当然有那么多！"李白得意地点点头，"但使用你们还远未掌握的量子计算技术，就能在可以接受的时间内完成这样的计算。到那时，我就写出了所有的诗词，包括所有以前写过的和所有以后可能写的，特别注意，所有以后可能写的！超越李白的巅峰之作自然包括在内。事实上我终结了诗词艺术，直到宇宙毁灭，所出现的任何一个诗人，不管他们达到了怎样的高度，都不过是个抄袭者，他的作品肯定能在我那巨大的存储器中检索出来。"

大牙突然发出了一声低沉的惊叫，看着李白的目光由兴奋变为震惊："巨大的……存储器？！尊敬的神，您该不是说，要把量子计算机写出的诗都……都存起来吧？"

"写出来就删除有什么意思呢？当然要存起来！这将是我的种族留在这个宇宙中的艺术丰碑之一！"

大牙的目光由震惊变为恐惧，把粗大的双爪向前伸着，两腿打弯，像要给李白跪下，声音也像要哭出来似的："使不得，尊敬的神，这使不得啊！！"

"是什么把你吓成这样？"伊依抬头惊奇地看着大牙问。

"你个白痴！你不是知道原子弹是原子做的吗？那存储器也是原子做的，它的存储精度最高只能达到原子级别！知道什么是原子级别的存储吗？就是说一个针尖大小的地方，就能存下人类所有的书！不是你们现在那点儿书，是地球被吃掉前上面所有的书！"

"啊，这好像是有可能的，听说一杯水中的原子数比地球上海洋中水的杯数都多。那，他写完那些诗后带根儿针走就行了。"伊依指指李白说。

大牙恼怒已极，来回急走几步总算挤出了一点儿耐性："好，好，你说，按神说的那些五言七言诗，还有那些常见的词牌，各写一首，总共有多少字？"

"不多，也就两三千字吧，古曲诗词是最精练的艺术。"

"那好，我就让你这个白痴虫虫看看它有多么精练！"大牙说着走到桌前，用爪指着上面的棋盘说，"你们管这种无聊的游戏叫什么，哦，围棋，这上面有多少个交叉点？"

"纵横各19行，共361点。"

"很好，每点上可以放黑子白子或空着，共三种状态，这样，每一个棋局，就可以看作由三个汉字写成的一首19行361个字的诗。"

"这比喻很妙。"

"那么，穷尽这三个汉字在这种诗上的所有组合，总共能写出多少首诗呢？让我告诉你：3的361次方首，或者说，嗯，我想想，10的172次方首！"

"这……很多吗？"

"白痴！"大牙第三次骂出这个词，"宇宙中的全部原子只有……啊——"它气恼得说不下去了。

"有多少？"伊依仍是那副傻样。

"只有10的80次方个！！你个白痴虫虫啊——"

直到这时，伊依才表现出了一点儿惊奇："你是说，如果一个原子存储一首诗，用光宇宙中的所有原子，还存不完他的量子计算机写出的那些诗？"

"差远呢！差10的92次方倍呢！再说，一个原子哪能存下一首诗？人类虫虫的存储器，存一首诗用的原子数可能比你们的人口都多，至于我们，用单个原子存储一位二进制还仅处于实验室阶段……唉。"

"使者，在这一点上是你目光短浅了，想象力不足，是吞食帝国技术进步缓慢的原因之一。"李白笑着说，"使用基于量子多态迭加原理的量子存储器，只用很少量的物质就可以存下那些诗，当然，量子存储不太稳定，为了永久保存那些诗作，还需要与更传统的存储技术结合使用，即使这样，制造存储器需要的物质量也是很少的。"

"是多少？"大牙问，看那样子显然心已提到了嗓子眼儿。

"大约为10的57次方个原子，微不足道，微不足道。"

"这……这正好是整个太阳系的物质量！"

"是的，包括所有的太阳行星，当然也包括吞食帝国。"

李白最后这句话是轻描淡写地随口而出的，但在伊依听来像晴天霹雳，不过大牙反倒显得平静下来，当长时间受到灾难预感的折磨后，灾难真正来临时反而有一种解脱感。

　　"您不是能把纯能转换成物质吗？"大牙问。

　　"得到如此巨量的物质需要多少能量你不会不清楚，这对我们也是不可想象的，还是用现成的吧。"

　　"这么说，皇帝的忧虑不无道理。"大牙自语道。

　　"是的，是的，"李白欢快地说，"我前天已向吞食皇帝说明，这个伟大的环形帝国将被用于一个更伟大的目的，所有的恐龙应该为此感到自豪。"

　　"尊敬的神，您会看到吞食帝国的感受的。"大牙阴沉地说，"还有一个问题：与太阳相比，吞食帝国的质量实在是微不足道，为了得到这九牛之一毛的物质，有必要毁灭一个进化了几千万年的文明吗？"

　　"你的这个疑问我完全理解，但要知道，熄灭、冷却和拆解太阳是需要很长时间的，在这之前对诗的量子计算应已经开始，我们需要及时地把结果存起来，清空量子计算机的内存以继续计算，这样，可以立即用于制造存储器的行星和吞食帝国的物质就是必不可少的了。"

　　"明白了，尊敬的神，最后一个问题：有必要把所有的组合结果都存起来吗？为什么不能在输出端加一个判断程序，把那些不值得存储的诗作剔除掉。据我所知，中国古诗是要遵从严格的格律的，如果把不符合格律的诗去掉，那最后结果的总量将大为减少。"

　　"格律？哼，"李白不屑地摇摇头，"那不过是对灵感的束缚，中国南北朝以前的古体诗并不受格律的限制，即使是在唐代以后严格的近体诗中，也有许多古典诗词大师不遵从格律，写出了许多卓越的变体诗，所以，在这次终极吟诗中我将不考虑格律。"

"那，您总该考虑诗的内容吧？最后的计算结果中肯定有百分之九十九的诗是毫无意义的，存下这些随机的汉字矩阵有什么用？"

"意义？"李白耸耸肩说，"使者，诗的意义并不取决于你的认可，也不取决于我或其他任何人，它取决于时间。许多在当时无意义的诗后来成了旷世杰作，而现今和以后的许多杰作在遥远的过去肯定也曾是无意义的。我要作出所有的诗，亿亿亿万年之后，谁知道伟大的时间把其中的哪首选为巅峰之作呢？"

"这简直荒唐！！"大牙大叫起来，它那粗放的嗓音惊起了远处草丛中的几只鸟，"如果按现有的人类虫虫的汉字字库，您的量子计算机写出的第一首诗应该是这样的：

啊啊啊啊啊

啊啊啊啊啊

啊啊啊啊啊

啊啊啊啊唉

"请问，伟大的时间会把这首选为杰作？！"

一直不说话的伊依这时欢叫起来："哇！还用什么伟大的时间来选？！它现在就是一首巅峰之作耶！！前三行和第四行的前四个字都是表达生命对宏伟宇宙的惊叹，最后一个字是诗眼，它是诗人在领略了宇宙之浩渺后，对生命在无限时空中的渺小发出的一声无奈的叹息。"

"呵呵呵呵，"李白抚着胡须乐得合不上嘴，"好诗，伊依虫虫，真的是好诗，呵呵……"说着拿起葫芦给伊依倒酒。

大牙挥起巨爪一巴掌把伊依打出老远："混账虫虫，我知道你现在高兴了，可不要忘记，吞食帝国一旦毁灭，你们也活不了！"

伊依一直滚到河边，好半天才能爬起来，他满脸沙土，咧大了嘴，既是在痛也是在笑，他确实很高兴。"哈哈有趣，这个宇宙真他妈妈的不可思议！"他忘形地喊道。

"使者，还有问题吗？"看到大牙摇头，李白接着说，"那么，我在明天就要离去，后天，量子计算机将启动作诗软件，终极吟诗将开始，同时，熄灭太阳，拆解行星和吞食帝国的工程也将启动。"

"尊敬的神，吞食帝国在今天夜里就能做好战斗准备！"大牙立正后庄严地说。

"好好，真是很好，往后的日子会很有趣的，但这一切发生之前，还是让我们喝完这一壶吧。"李白快乐地点点头说，同时拿起了酒葫芦，倒完酒，他看着已笼罩在夜幕中的大河，意犹未尽地回味着，"真是一首好诗，第一首，呵呵，第一首就是好诗。"

终极吟诗

吟诗软件其实十分简单，用人类的C语言表达可能超不过两千行代码，另外再加一个存储所有汉字字符的不大的数据库。当这个软件在位于海王星轨道上的那台量子计算机（一个漂浮在太空中的巨大透明锥体）上启动时，终极吟诗就开始了。

这时吞食帝国才知道，李白只是那个超级文明种族中的一个个体，这与以前预想的不同，当时恐龙们都认为进化到这样技术级别的社会在意识上早就融为一个整体了，吞食帝国在过去一千万年中遇到的五个超级文明都是这种形态。李白一族保持了个体的存在，也部分解释了他们对艺术超常的理解力。当吟诗开始时，李白一族又有大量的个体从外太空的各个方位跃迁到太阳系，开始了制造存储器的工程。

吞食帝国上的人类看不到太空中的量子计算机，也看不到新来的神族，在他们看来，终极吟诗的过程，就是太空中太阳数目的增减过程。

在吟诗软件启动一个星期后，神族成功地熄灭了太阳，这时太空中太阳的数目减到零，但太阳内部核聚变的停止使恒星的外壳失去了支撑，使它很快坍缩成一颗新星，于是暗夜很快又被照亮，只是这颗太阳的亮度是以前的上百倍，使吞食者表面草木生烟。新星又被熄灭了，但过一段时间后又爆发了，就这样亮了又灭灭了又亮，仿佛太阳是一只九条命的猫，在没完没了地挣扎。但神族对于杀死恒星其实很熟练，他们从容不迫地一次次熄灭新星，使它的物质最大比例地聚变为制造存储器所需的重元素，当第十一次新星熄灭后，太阳才真正咽了气，这时，终极吟诗已经开始了三个地球月。早在这之前，在第三次新星出现时，太空中就有其他的太阳出现，这些太阳此起彼伏地在太空中的不同位置亮起或熄灭，最多时天空中出现过九个新太阳。这些太阳是神族在拆解行星时的能量释放，由于后来恒星太阳的闪烁已变得暗弱，人们就分不清这些太阳的真假了。

对吞食帝国的拆解是在吟诗开始后第五个星期进行的，这之前，李白曾向帝国提出了一个建议：由神族将所有恐龙跃迁到银河系另一端的一个世界，那里有一个文明，比神族落后许多，仍未纯能化，但比吞食文明要先进得多。恐龙们到那里后，将作为一种小家禽被饲养，过着衣食无忧的快乐生活。但恐龙们宁为玉碎不为瓦全，愤怒地拒绝了这个提议。

李白接着提出了另一个要求：让人类返回他们的母亲星球。其实，地球也被拆解了，它的大部分用于制造存储器，但神族还是剩下了其中的一小部分物质为人类建造了一个空心地球。空心地球的大小与原地球差不多，但其质量仅为后者的百分之一。说地球被掏空了是不确切的，因为原地球表面那层脆弱的岩石根本不可能用来做球壳，球壳的材料可能取自地核，另外球壳上像经纬线般交错的、虽然很细但强度极高的加固圈，是用太阳坍缩时产生的简并态中子物质制造的。

令人感动的是：吞食帝国不但立即答应了李白的要求，允许所有人类离开大环世界，还把从地球掠夺来的海水和空气全部还给了地球，神族借此在空心地球内部恢复了原地球所有的大陆、海洋和大气层。

接着，惨烈的大环保卫战开始了。吞食帝国向太空中的神族目标大量发射核弹和伽马射线激光，但这些对敌人毫无作用。在神族发射的一个无形的强大力场推动下，吞食者大环越转越快，最后在超速自转产生的离心力下解体了。这时，伊依正在飞向空心地球的途中，他从一千二百万公里的距离上目睹了吞食帝国毁灭的全过程：

大环解体的过程很慢，如同梦幻，在漆黑太空的背景上，这个巨大的世界如同一团浮在咖啡上的奶沫一样散开来，边缘的碎块渐渐隐没于黑暗之中，仿佛被太空溶解了，只有不时出现的爆炸的闪光才使它们重新现形。

这个来自古老地球的充满阳刚之气的伟大文明就这样被毁灭了，伊依悲哀万分。只有一小部分恐龙活了下来，与人类一起回归地球，其中包括使者大牙。

在返回地球的途中，人类普遍都很沮丧，但原因与伊依不同：回到地球后是要开荒种地才有饭吃的，这对于已在长期被饲养的生活中变得四肢不勤、五谷不分的人们来说，确实像一场噩梦。

但伊依对地球世界的前途充满信心，不管前面有多少磨难，人将重新成为人。

诗　云

吟诗航行的游艇到达了南极海岸。

这里的重力已经很小，海浪的运行很缓慢，像是一种描述梦幻的舞蹈。在低重力下，拍岸浪把水花送上十几米高处，飞上半空的海水由于表面张力而形成无数水球，大的像足球，小的如雨滴，这些水球在缓慢地下落，慢到可以用手在它们周围划圈，它们折射着小太阳的光芒，使上岸后的伊依、李白和大牙置身于一片晶莹灿烂之中。由于自转的原因，地球的南北极地轴有轻微的拉长，这就使得空心地球的两极地区保持了过去的寒冷状态。低重力下的雪很奇特，呈一种蓬松的泡沫状，浅处齐腰深，深处能把大牙都淹没，但在被淹没后，他们竟能在雪沫中正常呼吸！整个南极大陆就覆盖在这雪沫之下，起伏不平地一片雪白。

伊依一行乘一辆雪地车前往南极点，雪地车像是一艘掠过雪沫表面的快艇，在两侧激起片片雪浪。

第二天他们到达了南极点。极点的标志是一座高大的水晶金字塔，这是为纪念两个世纪前的地球保卫战而建立的纪念碑，上面没有任何文字和图形，只有晶莹的碑体在地球顶端的雪沫之上默默地折射着阳光。

从这里看去，整个地球世界尽收眼底，光芒四射的小太阳周围，围绕着大陆和海洋，使它看上去仿佛是从北冰洋中浮出来似的。

"这个小太阳真的能够永远亮着吗？"伊依问李白。

"至少能亮到新的地球文明进化到具有制造新太阳能力的时候，它是一个微型白洞。"

"白洞？是黑洞的反演吗？"大牙问。

"是的，它通过空间虫洞与二百万光年外的一个黑洞相连，那个黑洞围绕着一颗恒星运行，它吸入的恒星的光从这里被释放出来，可以把它看作一根超时空光纤的出口。"

纪念碑的塔尖是拉格朗日轴线的南起点，这是指连接空心地球南北两极的轴线，因战前地月之间的零重力拉格朗日点而得名，这是一条长一万三千公里的零重力轴线。以后，人类肯定要在拉格朗日轴线上发射各种卫星，比起战前的地球来，这种发射易如反掌：只需把卫星运到南极或北极点，愿意的话用驴车运都行，然后用脚把它向空中踹出去就行了。

就在他们观看纪念碑时，又有一辆较大的雪地车载来了一群年轻的旅行者，这些人下车后双腿一弹，径直跃向空中，沿拉格朗日轴线高高飞去，把自己变成了卫星。从这里看去，有许多小黑点在空中标出了轴线的位置，那都是在零重力轴线上漂浮的游客和各种车辆。本来，从这里可以直接飞到北极，但小太阳位于拉格朗日轴线中部，最初有些沿轴线飞行的游客因随身携带的小型喷气推进器坏了，无法减速而一直飞到太阳里，其实在距小太阳很远的距离上他们就被蒸发了。

在空心地球，进入太空也是一件很容易的事，只需要跳进赤道上的五口深井（名叫地门）中的一口，向下（上？）坠落一百公里穿过地壳，就被空心地球自转的离心力抛进太空了。

现在，伊依一行为了看诗云也要穿过地壳，但他们走的是南极的地门，在这里地球自转的离心力为零，所以不会被抛入太空，只能到达空心地球的外表面。他们在南极地门控制站穿好轻便太空服后，就进入了那条长一百公里的深井，由于没有重力，叫它隧道更合适一些。在失重状态下，他们借助于太空服上的喷气推进器前进，这比在赤道的地门中坠落要慢得多，用了半个小时才来到外表面。

空心地球外表面十分荒凉，只有纵横的中子材料加固圈，这些加固圈把地球外表面按经纬线划分成了许多个方格，南极点正是所有经向加固圈的交点。当伊依一行走出地门后，看到自己身处一个面积不大的高原上，地球加固圈像一道道漫长的山脉，以高原为中心放射状地向各个方向延伸。

抬头，他们看到了诗云。

诗云处于已消失的太阳系所在的位置，是一片直径为一百个天文单位的旋涡状星云，形状很像银河系。空心地球处于诗云边缘，与原来太阳在银河系中的位置也很相似，不同的是地球的轨道与诗云不在同一平面，这就使得从地球上可以看到诗云的一面，而不是像银河系那样只能看到截面。但地球离开诗云平面的距离还远不足以使这里的人们观察到诗云的完整形状。事实上，南半球的整个天空都被诗云所覆盖。

诗云发出银色的光芒，能在地上照出人影。据说诗云本身是不发光的，这银光是宇宙射线激发出来的。由于空间的宇宙射线密度不均，诗云中常涌动着大团的光晕，那些色彩各异的光晕滚过长空，好像是潜行在诗云中的发光巨鲸。也有很少的时候，宇宙射线的强度急剧增加，在诗云中激发出粼粼的光斑，这时的诗云已完全不像云了，整个天空仿佛是一个月夜从水下看到的海面。地球与诗云的运行并不是同步的，所以有时地球会处于旋臂间的空隙上，这时透过空隙可以看到夜空和星星，最为激动人心的是，在旋臂的边缘还可以看到诗云的断面形状，它很像地球大气中的积雨云，变幻出各种宏伟的让人浮想联翩的形体，这些巨大的形体高高地升出诗云的旋转平面，发出幽幽的银光，仿佛是一个超级意识没完没了的梦境。

伊依把目光从诗云收回，从地上拾起一块晶片，这种晶片散布在他们周围的地面上，像严冬的碎冰般闪闪发亮。伊依举起晶片对着诗云密布的天空，晶片很薄，有半个手掌大小，正面看全透明，但把它稍斜一下，就看到诗云的亮光在它表面映出的霓彩光晕。这就是量子存储器，人类历史上产生的全部文字信息，也只能占它们每一片存储量的几亿分之一。诗云就是由10的40次方片这样的存储器组成的，它们存储了终极吟诗的全部结果。这片诗云，是用原来构成太阳和它的九大行星的全部物质所制造，当然还包括吞食帝国。

"真是伟大的艺术品！"大牙由衷地赞叹道。

"是的，它的美在于其内涵：一片直径一百亿公里的，包含着全部可能的诗词的星云，这太伟大了！"伊依仰望着星云激动地说，"我，也开始崇拜技术了。"

一直情绪低落的李白长叹一声："唉，看来我们都在走向对方，我看到了技术在艺术上的极限，我……"他抽泣起来，"我是个失败者，呜呜……"

"你怎么能这样讲呢？！"伊依指着上空的诗云说，"这里面包含了所有可能的诗，当然也包括那些超越李白的诗！"

"可我却得不到它们！"李白一跺脚，飞起了几米高，在半空中蜷成一团，悲伤地把脸埋在两膝之间呈胎儿状，在地壳那十分微小的重力下缓缓下落："在终极吟诗开始时，我就着手编制诗词识别软件，这时，技术在艺术中再次遇到了那道不可逾越的障碍，到现在，具备古诗鉴赏力的软件也没能编出来。"他在半空中指指诗云，"不错，借助伟大的技术，我写出了诗词的巅峰之作，却不可能把它们从诗云中检索出来，唉……"

"智慧生命的精华和本质，真的是技术所无法触及的吗？"大牙仰头对着诗云大声问，经历过这一切，它变得越来越哲学了。

"既然诗云中包含了所有可能的诗，那其中自然有一部分诗，是描写我们全部的过去和所有可能与不可能的未来的，伊依虫虫肯定能找到一首诗，描述他在三十年前的一天晚上剪指甲时的感受，或十二年后的一顿午餐的菜谱；大牙使者也可以找到一首诗，描述它的腿上的某一块鳞片在五年后的颜色……"说着，已重新落回地面的李白拿出了两块晶片，它们在诗云的照耀下闪闪发光，"这是我临走前送给二位的礼物，这是量子计算机以你们的名字为关键词，在诗云中检索出来的与二位有关的几亿亿首诗，描述了你们在未来各种可能的生活，当然，在诗云中，这也只占描写你们的诗作里极小的一部分。我只看过其中的几十首，最喜欢的是关于伊依虫虫的一首七律，描写他与一位美丽的村姑在江边相爱的情景……我走后，希望人类和剩下的恐龙好好相处，人类之间更要好好相处，要是空心地球的球壳被核弹炸个洞，可就麻烦了……诗云中的那些好诗目前还不属于任何人，希望人类今后能写出其中的一部分。"

"我和那位村姑后来怎样了？"伊依好奇地问。

在诗云的银光下，李白嘻嘻一笑："你们幸福地生活在一起。"

地
火

　　父亲的生命已走到了尽头，他用尽力气呼吸，比他在井下扛起二百多斤的铁支架时用的力气大得多。他的脸惨白，双目突出，嘴唇因窒息而呈深紫色，仿佛一条无形的绞索正在脖子上慢慢绞紧，他那艰辛一生的所有淳朴的希望和梦想都已消失，现在他生命的全部渴望就是多吸进一点点空气。但父亲的肺，就像所有患三期矽肺病的矿工的肺一样，成了一块由网状纤维连在一起的黑色的灰块，再也无法把吸进的氧气输送到血液中。组成那个灰块的煤粉是父亲在二十五年中从井下一点点吸入的，是他这一生采出的煤中极小极小的一部分。

　　刘欣跪在病床边，父亲气管发出的尖啸声一下下割着他的心。突然，他感觉到这尖啸声中有些杂音，他意识到这是父亲在说话。

　　"什么爸爸？！你说什么呀爸爸？！

　　父亲凸出的双眼死盯着儿子，那垂死呼吸中的杂音更急促地重复着……

　　刘欣又声嘶力竭地叫着。

　　杂音没有了，呼吸也变小了，最后成了一下一下轻轻的抽搐，然后一切都停止了，父亲那双已无生命的眼睛焦急地看着儿子，仿佛急切想知道他是否听懂了自己最后的话。

刘欣进入了一种恍惚状态，他不知道妈妈怎样晕倒在病床前，也不知道护士怎样从父亲鼻孔中取走输氧管，他只听到那段杂音在脑海中回响，每个音节都刻在他的记忆中，像刻在唱片上一样准确。后来的几个月，他一直都处在这种恍惚状态中，那杂音日日夜夜在脑海中折磨着他，最后他觉得自己也窒息了，不让他呼吸的就是那段杂音，他要想活下去，就必须弄明白它的含义！直到有一天，也是久病的妈妈对他说，他已大了，该撑起这个家了，别去念高中了，去矿上接爸爸的班吧。他恍惚着拿起父亲的饭盒，走出家门，在1987年冬天的寒风中向矿上走去，向父亲的二号井走去，他看到了黑黑的井口，好像一只眼睛看着他，通向深处的一串防爆灯是那只眼睛的瞳仁，那是父亲的眼睛，那杂音急促地在他脑海响起，最后变成一声惊雷，他猛然听懂了父亲最后的话：

"不要下井……"

二十五年后

刘欣觉得自己的奔驰车在这里很不协调，很扎眼。现在矿上建起了一些高楼，路边的饭店和商店也多了起来，但一切都笼罩在一种灰色的不景气之中。

车到了矿务局，刘欣看到局办公楼前的广场上黑压压坐了一大片人。刘欣穿过坐着的人群向办公楼走去，在这些身着工作服和便宜背心的人们中，西装革履的他再次感到了自己同周围一切的不协调，人们无言地看着他走过，无数的目光像钢针穿透他身上的两千美元一套的名牌西装，令他浑身发麻。

在局办公楼前的大台阶上，他遇到了李民生，他的中学同学，现在是地质处的主任工程师。这人还是二十年前一副瘦猴样，脸上又多了一副憔悴的倦容，抱着的那卷图纸似乎是很沉重的负担。

"矿上有半年发不出工资了，工人们在静坐。"寒暄后，李民生指着办公楼前的人群说，同时上下打量着他，那目光像看一个异类。

"有了大秦铁路，前两年国家又煤炭限产，还是没好转？"

"有过一段好转，后来又不行了，这行业就这么个东西，我看谁也没办法。"李民生长叹了一口气，转身走去，好像刘欣身上有什么东西使他想快些离开，但刘欣拉住了他。

"帮我一个忙。"

李民生苦笑着说："十多年前在市一中，你饭都吃不饱，还不肯要我们偷偷放在你书包里的饭票，可现在，你是最不需要谁帮忙的时候了。"

"不，我需要，能不能找到地下一小块煤层，很小就行，储量不要超过三万吨，关键，这块煤层要尽量孤立，同其他煤层间的联系越少越好。"

"这个……应该行吧。"

"我需要这煤层和周围详细的地质资料，越详细越好。"

"这个也行。"

"那我们晚上细谈。"刘欣说。李民生转身又要走，刘欣再次拉住了他，"你不想知道我打算干什么？"

"我现在只对自己的生存感兴趣，同他们一样。"他朝静坐的人群偏了一下头，转身走了。

沿着被岁月磨蚀的楼梯拾级而上，刘欣看到楼内的高墙上沉积的煤粉像一幅幅巨型的描绘雨云和山脉的水墨画，那幅《毛主席去安源》的巨幅油画还挂在那里，画很干净，没有煤粉，但画框和画面都显示出了岁月的沧桑。画中人那深邃沉静的目光在二十多年后又一次落到刘欣的身上，他终于有了回家的感觉。

来到二楼，局长办公室还在二十年前那个地方，那两扇大门后来包了皮革，后来皮革又破了。推门进去，刘欣看到局长正伏在办公桌上看一张很大的图纸，白了一半的头发对着门口。走近看到那是一张某个矿的掘进示意图，局长似乎没有注意窗外楼下静坐的人群。

"你是部里那个项目的负责人吧？"局长问，他只是抬了一下头，然后仍低下头去看图纸。

"是的，这是个很长远的项目。"

"呵，我们尽力配合吧，但眼前的情况你也看到了。"局长抬起头来把手伸向他，刘欣又看到了李民生脸上的那种憔悴的倦容，握住局长的手时，感觉到两根变形的手指，那是早年一次井下工伤造成的。

"你去找负责科研的张副局长，或去找赵总工程师也行，我没空，真对不起了，等你们有一定结果后我们再谈。"局长说完又把注意力集中到图纸上去了。

"您认识我父亲，您曾是他队里的技术员。"刘欣说出了他父亲的名字。

局长点点头："好工人，好队长。"

"您对现在煤炭工业的形势怎么看？"刘欣突然问，他觉得只有尖锐地切入正题才能引起这人的注意。

"什么怎么看？"局长头也没抬地问。

"煤炭工业是典型的传统工业、落后工业和夕阳工业，它劳动密集，工人的工作条件恶劣，产出效率低，产品运输要占用巨量运力……煤炭工业曾是英国工业的一个重要组成部分，但英国在十年前就关闭了所有的煤矿！"

"我们关不了。"局长说，仍未抬头。

"是的，但我们要改变！彻底改变煤炭工业的生产方式！否则，我们永远无法走出现在这种困境。"刘欣快步走到窗前，指着窗外的人群，"煤矿工人，千千万万的煤矿工人，他们的命运难以有根本的改变！我这次来……"

"你下过井吗？"局长打断他。

"没有。"一阵沉默后刘欣又说，"父亲死前不让我下。"

"你做到了。"局长说，他伏在图纸上，看不到他的表情和目光，刘欣刚才那种针刺的感觉又回到身上。他觉得很热，这个季节，他的西装和领带只适合有空调的房间，这里没有空调。

"您听我说，我有一个目标，一个梦，这梦在我父亲死的时候就有了，为了我的那个梦，那个目标，我上了大学，又出国读了博士……我要彻底改变煤炭工业的生产方式，改变煤矿工人的命运。"

"简单些，我没空儿。"局长把手向后指了一下，刘欣不知他是不是指的窗外那静坐的人群。

"只要一小会儿，我尽量简单些说。煤炭工业的生产方式是：在极差的工作环境中，用密集的劳动，很低的效率，把煤从地下挖出来，然后占用大量铁路、公路和船舶的运力，把煤运输到使用地点，然后再把煤送到煤气发生器中，产生煤气；或送入发电厂，经磨煤机研碎后送进锅炉燃烧……"

"简单些，直截了当些。"

"我的想法是：把煤矿变成一个巨大的煤气发生器，使煤层中的煤在地下就变为可燃气体，然后用开采石油或天然气的地面钻井的方式开采这些可燃气体，并通过专用管道把这些气体输送到使用点。用煤量最大的火力发电厂的锅炉也可以燃烧煤气。这样，矿井将消失，煤炭工业将变成一个同现在完全两样的崭新的现代化工业！"

"你觉得自己的想法很新鲜？"

刘欣不觉得自己的想法新鲜，同时他也知道，局长是矿业学院六十年代的高才生，国内最权威的采煤专家之一，也不会觉得新鲜。局长当然知道，煤的地下气化在几十年前就是一个世界性的研究课题，这几十年中，数不清的研究所和跨国公司开发出了数不清的煤气化催化剂，但至今煤的地下气化仍是一个梦，一个人类做了将近一个世纪的梦，原因很简单：那些催化剂的价格远大于它们产生的煤气。

"您听着：我不用催化剂做可以到煤的地下气化！"

"怎么个做法呢？"局长终于推开了眼前的图纸，似乎很专心地听刘欣说下去，这给了他一个很大的鼓舞。

"把地下的煤点着！"

一阵长时间的沉默，局长直直地看着刘欣，同时点上一支烟，兴奋地示意他说下去。但刘欣的热度一下跌了下来，他已经看出了局长热情和兴奋的实质：在他日日夜夜艰难而枯燥的工作中，他终于找到了一个短暂的放松消遣的机会：一个可笑的傻瓜来免费表演了。刘欣只好硬着头皮说下去。

"开采是通过在地面向煤层的一系列钻孔实现的，钻孔用现有的油田钻机就可实现。这些钻孔有以下用途：一、向煤层中布放大量的传感器；二、点燃地下煤层；三、向煤层中注水或水蒸气；四、向煤层中通入助燃空气；五、导出气化煤。"

"地下煤层被点燃并同水蒸气接触后，将发生以下反应：碳同水生成一氧化碳和氢气，碳同水生成二氧化碳和氢气，然后碳同二氧化碳生成一氧化碳，一氧化碳同水又生成二氧化碳和氢气。最后的结果将产生一种类似于水煤气的可燃气体，其中的可燃成分是50%的氢气和30%的一氧化碳，这就是我们得到的气化煤。"

"传感器将煤层中各点的燃烧情况和一氧化碳等可燃气体的产生情况通过次声波信号传回地面，这些信号汇总到计算机中，生成一个煤层燃烧场的模型，根据这个模型，我们就可从地面通过钻孔控制燃烧场的范围和深度，并控制其燃烧的程度，具体的方法是通过钻孔注水抑制燃烧，或注入高压空气或水蒸气加剧燃烧，这一切都是在计算机根据燃烧场模型的变化自动进行的，使整个燃烧场处于最佳的水煤混合不完全燃烧状态，保持最高的产气量。您最关心的当然是燃烧范围的控制，我们可以在燃烧蔓延的方向上打一排钻孔，注入高压水形成地下水墙阻断燃烧；在火势较猛的地方，还可采用大坝施工中的水泥高压灌浆帷幕来阻断燃烧……您在听我说吗？"

窗外传来一阵喧闹声，吸引了局长的注意力。刘欣知道，他的话在局长脑海中产生的画面肯定和自己梦想中的不一样，局长当然清楚点燃地下煤层意味着什么：现在，地球上各大洲都有很多燃烧着的煤矿，中国就有几座。去年，刘欣在新疆第一次见到了地火。在那里，极目望去，大地和丘陵寸草不生，空气中涌动着充满硫黄味的热浪，这热浪使周围的一切像在水中一样晃动，仿佛整个世界都被放在烤架上。入夜，刘欣看到大地上一道道幽幽的红光，这红光是从地上无数裂缝中透出的。刘欣走近一道裂缝探身向里看去，立刻倒吸了一口冷气，这像是地狱的入口。那红光从很深处透上来，幽暗幽暗的，但能感到它强烈的热力。再抬头看看夜幕下这透出道道红光的大地，刘欣一时觉得地球像一块被薄薄地层包裹着的火炭！陪他来的是一个强壮的叫阿古力的维族汉子，他是中国唯

——支专业煤层灭火队的队长，刘欣这次来的目的就是要把他招聘到自己的实验室中。

"离开这里我还有些舍不得，"阿古力用生硬的汉话说，"我从小就看着这些地火长大，它在我眼中成了世界必不可少的一部分，像太阳、星星一样。"

"你是说，从你出生时这火就烧着？！"

"不，刘博士，这火从清朝时就烧着！"

当时刘欣呆立着，在这黑夜中的滚滚热浪里打了个寒战。

阿古力接着说："我答应去帮你，还不如说是去阻止你，听我的话刘博士，这不是闹着玩的，你在干魔鬼的事呢！"

……

这时窗外的喧闹声更大了，局长站起身来向外走去，同时对刘欣说："年轻人，我真希望部里用在投这个项目上那六千万干些别的，你已看到，需要干的事太多了，回见。"

刘欣跟在局长身后来到办公楼外面，看到静坐的人更多了，一位领导在对群众喊话，刘欣没听清他说什么，他的注意力被人群一角的情景吸引了，他看到了那里有一大片轮椅，这个年代，人们不会在别的地方见到这么多的轮椅集中在一块儿，后面，轮椅还在源源不断地出现，每个轮椅上都坐着一位因工伤截肢的矿工……

刘欣感到透不过气来，他扯下领带，低着头急步穿过人群，钻进自己的汽车。他无目标地开车乱转，脑子一片空白。不知转了多长时间，他刹住车，发现自己来到一座小山顶上，他小时候常到这里来，从这儿可以俯瞰整个矿山，他呆呆地站在那儿，又不知过了多长时间。

"都看到些什么？"一个声音响起，刘欣回头一看，李民生不知什么时候站在他身后。

"那是我们的学校。"刘欣向远方指了一下，那是一所很大的、中学和小学在一起的矿山学校，校园内的大操场格外醒目，在那儿，他们埋葬了自己的童年和少年。

"你自以为记得过去的每一件事。"李民生在旁边的一块石头上坐下来，有气无力地说。

"我记得。"

"那个初秋的下午，太阳灰蒙蒙的，我们在操场上踢足球，突然大家都停下来，呆呆地盯着教学楼上的大喇叭……记得吗？"

"喇叭里传出哀乐，过了一会儿张建军光着脚跑过来说，毛主席死了……

"我们说你这个小反革命！狠揍了他一顿，他哭叫着说那是真的，向毛主席保证是真的，我们没人相信，扭着他往派出所送……

"但我们的脚步渐渐慢下来，校门外也响着哀乐，仿佛天地间都充满了这种黑色的声音。

"以后这二十多年中，这哀乐一直在我脑海里响着，最近，在这哀乐声中，尼采光着脚跑过来说，上帝死了，"李民生惨然一笑，"我信了。"

刘欣猛地转身盯着他童年的朋友："你怎么变成这个样子？我不认识你了！"

李民生猛地站起身，也盯着刘欣，同时用一只手指着山下黑灰色的世界："那矿山怎么变成这个样子？你还认识它吗？！"他又颓然坐下，"那个时代，我们的父辈是多么骄傲的一群，伟大的煤矿工人是多么骄傲的一群！就说我父亲吧，他是八级工，一个月能挣一百二十元！毛泽东时代的一百二十元啊！"

刘欣沉默了一会儿，想转移话题："家里人都好吗？你爱人，她叫……什么珊来着？"

李民生又苦笑了一下："现在连我都几乎忘记她叫什么了。去年，她对我说去出差，向单位请了年假，扔下我和女儿，不见了踪影。两个多月后她来了一封信，信是从加拿大寄来的，她说再也不愿和一个煤黑子一起葬送人生了。"

"有没有搞错，你是高级工程师啊！"

"都一样，"李民生对着下面的矿山划了一大圈，"在她们眼里都一样，煤黑子。呵，还记得我们是怎样立志当工程师的吗？"

"那年创高产，我们去给父亲送饭，那是我们第一次下井。在那黑乎乎的地方，我问父亲和叔叔们，你们怎么知道煤层在哪儿？怎么知道巷道向哪个方向挖？特别是，你们在深深的地下从两个方向挖洞，怎么能准准地碰到一块儿？

"你父亲说，孩子，谁都不知道，只有工程师知道。我们上井后，他指着几个把安全帽拿在手中围着图纸看的人说，看，他们就是工程师。当时在我们眼中那些人就是不一样，至少，他们脖子上的毛巾白了许多……

"现在我们实现了儿时的愿望，当然说不上什么辉煌，总得尽责任做些什么，要不岂不是自己背叛自己？"

"闭嘴吧！"李民生愤怒地站了起来，"我一直在尽责任，一直在做着什么，倒是你，成天就生活在梦中！你真的认为你能让煤矿工人从矿井深处走出来？能让这矿山变成气田？就算你的那套理论和试验都成功，又能怎么样？你计算过那玩意儿的成本吗？还有，你用什么来铺设几万公里的输气管道？要知道，我们现在连煤的铁路运费都付不起了！"

"为什么不从长远看？几年、几十年以后……"

"见鬼去吧！我们现在连几天以后的日子都没着落呢！我说过，你是靠做梦过日子的，从小就是！当然，在北京六铺炕那幢安静的旧大楼（注：国家煤炭设计院所在地）中你这梦自可以做，我不行，我在现实中！"

李民生转身要走，"哦，我来是告诉你，局长已安排我们处配合你们的试验，工作是工作，我会尽力的。三天后我给你试验煤层的位置和详细资料。"说完他头也不回地走了。

刘欣呆呆地看着他出生并度过了童年和少年时代的矿山，他看到了竖井高大的井架，井架顶端巨大的卷扬轮正转动着，把看不见的大罐笼送入深深的井下；他看到一排排轨道电车从他父亲工作过的井口出入；他看到选煤楼下，一列火车正从一长排数不清的煤斗下缓缓开出；他看到了电影院和球场，在那里他度过了童年最美好的时光；他看到了矿工澡堂高大的建筑，只有在煤矿才有这样大的澡堂，在那宽大澡池被煤粉染黑的水中，他居然学会了游泳！是的，在这远离大海和大河的地方，他是在那儿学会的游泳！他的目光移向远方，看到了高大的矸石山，那是上百年来从采出的煤中捡出的黑石堆成的山，看上去比周围的山都高大，矸石中的硫黄因雨水而发热，正冒出一阵阵青烟……这里的一切都被岁月罩上一层煤粉，整个矿山呈黑灰色，这是刘欣童年的颜色，这是他生命的颜色。他闭上双眼，听着下面矿山发出的声音，时光在这里仿佛停止了流动。

啊，爸爸的矿山，我的矿山……

这是离矿山不远的一个山谷，白天可以看到矿山的烟雾和蒸汽从山后升起，夜里可以看到矿山灿烂的灯火在天空中映出的光晕，矿山的汽笛声也清晰可闻。现在，刘欣、李民生和阿古力站在山谷的中央，看到这里很荒凉，远处山脚下有一个牧人赶着一群瘦山羊慢慢走过。这个山谷下面，就是刘欣要做地下汽化煤开采试验的那片孤立的小煤层，这是李民生和地质处的工程师们花了一个月的时间，从地质处资料室那堆积如山的地质资料中找到的。

"这里离主采区较远，所以地质资料不太详细。"李民生说。

"我看过你们的资料，从现有资料上看，实验煤层距大煤层至少有二百米，还是可以的。我们要开始干了！"刘欣兴奋地说。

"你不是搞煤矿地质专业的，对这方面的实际情况了解更少，我劝你还是慎重一些。再考虑考虑吧！"

"不是什么考虑，现在实验根本不能开始！"阿古力说，"我也看过资料，太粗了！勘探钻孔间距太大，还都是六十年代初搞的。应该重新进行勘探，必须确切证明这片煤层是孤立的，实验才能开始。我和李工搞了一个勘探方案。"

"按这个方案完成勘探需要多长时间？还要追加多少投资？"

李民生说："按地质处现有的力量，时间至少一个月；投资没细算过，估计……怎么也得二百万左右吧。"

"我们既没时间也没钱干这事儿。"

"那就向部里请示！"阿古力说。

"部里？部里早就有一帮浑蛋想搞掉这个项目了！上面急于看到结果，我再回去要求延长时间和追加预算，岂不是自投罗网！直觉告诉我不会有太大问题的，就算我们冒个小险吧。"

"直觉？冒险？！把这两个东西用到这件事上？！刘博士，你知道这是在什么上面动火吗？这还是小险？！"

"我已经决定了！"刘欣断然地把手一劈，独自向前走去。

"李工，你怎么不制止这个疯子？我们可是达成过一致看法的！"阿古力对李民生质问道。

"我只做自己该做的。"李民生冷冷地说。

山谷里有三百多人在工作，他们中除了物理学家、化学家、地质学家和采矿工程师外，还有一些意想不到的专业人员：有阿古力率领的一支十多人的煤层灭火队，还有来自仁丘油田的两个完整的石油钻井班，以及几名负责建立地下防火帷幕的水工建筑工程师和工人。这个工地上，除了几台高大的钻机和成堆的钻杆外，还可以看到成堆的袋装水泥和搅拌机，高压泥浆泵轰鸣着将水泥浆注入地层中，还有成排的高压水泵和空气泵，以及蛛丝般错综复杂的各色管道……

工程已进行了两个月，他们已在地下建立了一圈总长两千多米的灌浆帷幕，把这片小煤层围了起来。这本是一项水电工程中的技术，用于大坝基础的防渗，刘欣想到用它建立地下的防火墙，高压注入的水泥浆在地层中凝固，形成一道地火难以穿透的严密屏障。在防火帷幕包围的区域中，钻机打出了近百个深孔，每个都直达煤层。每个孔口都连接着一根管道，这根管道又分成三根支管，连接到不同的高压泵上，可分别向煤层中注入水、水蒸气和压缩空气。

最后的一项工作是放"地老鼠"，这是人们对燃烧场传感器的称呼。这种由刘欣设计的神奇玩意儿并不像老鼠，倒很像一颗小炮弹。它有二十厘米长，头部有钻头，尾部有驱动轮，当"地老鼠"被放进钻孔中时，它能凭借钻头和驱动轮在地层中钻进移动上百米，自动移到指定位置，它们都能在高温高压下工作，在煤层被点燃后，它们用可穿透地层的次声波通信把所在位置的各种参数传给主控计算机。现在，他们已在这片煤层中放入了上千个"地老鼠"，其中有一半放置在防火帷幕之外，以监测可能透过帷幕的地火。

在一间宽大的帐篷中，刘欣站在一面投影屏幕前，屏幕上显示出防火帷幕圈，计算机根据收到的信号用闪烁光点标出了所有

"地老鼠"的位置，它们密密地分布着，整个屏幕看上去像一幅天文星图。

一切都已就绪，两根粗大的点火电极被从帷幕圈中央的一个钻孔中放下去，电极的电线直接通到刘欣所在的大帐篷中，接到一个有红色大按钮的开关上。这时所有的工作人员都各就各位，兴奋地等待着。

"你最好再考虑一下，刘博士，你干的事太可怕了，你不知道地火的厉害！"阿古力对刘欣说。

"好了阿古力，从你到我这儿来的第一天，就到处散布恐慌情绪，还告我的状，一直告到煤炭部，但公平地说你在这个工程中是做了很大贡献的，没有你这一年的工作，我不敢贸然试验。"

"刘博士，别把地下的魔鬼放出来！"

"你觉得我们现在还能放弃？"刘欣笑着摇摇头，然后转向站在旁边的李民生。

李民生说："根据你的吩咐，我们第六遍检查了所有的地质资料，没有问题。昨天晚上我们还在某些敏感处又加了一层帷幕。"他指了指屏幕上帷幕圈外的几个小线段。

刘欣走到点火电极的开关前，当把手指放到红色按钮上时，他停了一下，闭起了双眼像在祈祷，他嘴动了动，只有离他最近的李民生听清了他说的两个字。

"爸爸……"

红色按钮按下了，没有任何声音和闪光，山谷还是原来的山谷，但在地下深处，在上万伏的电压下，点火电极在煤层中迸发出雪亮的高温电弧。投影屏幕上，放置点火电极的位置出现了一个小红点，红点很快扩大，像滴在宣纸上的一滴红墨水。刘欣动了一下鼠标，屏幕上换了一个画面，显示出计算机根据"地老鼠"发回的信息生成的燃烧场模型，那是一个洋葱状的不断扩大的球体，洋葱的每一层代表一个等温层。高压空气泵在轰鸣，助燃空气从多个钻孔汹涌地注入煤层，燃烧场像一个被吹起的气球一样扩大着……一小时后，控制计算机启动了高压水泵，屏幕上的燃烧场像被刺破了的气球一样，形状变得扭曲复杂起来，但体积并没有缩小。

刘欣走出了帐篷，外面太阳已落下山，各种机器的轰鸣声在黑下来的山谷中回荡。三百多人聚集在外面，他们围着一个直立的喷口，那喷口有一个油桶粗。人们为刘欣让开一条路，他走上了喷口下的小平台。平台上已有两个工人，其中一人看到刘欣到来，便开始旋动喷口的开关轮，另一位用打火机点燃了一个火把，把它递给刘欣。随着开关轮的旋动，喷口中响起了一阵气流的嘶鸣声，这嘶鸣声急剧增大，像一个喉咙嘶哑的巨人在山谷中怒吼。在四周，三百张紧张期待的脸在火把的光亮中时隐时现。刘欣又闭上双眼，再次默念了那两个字：

"爸爸……"

然后他把火把伸向喷口，点燃了人类第一口燃烧气化煤井。

轰的一声，一根巨大的火柱腾空而起，猛蹿至十几米高。那火柱紧接喷口的底部呈透明的纯蓝色，向上很快变成刺眼的黄色，再向上渐渐变红，它在半空中发出低沉强劲的呼啸声，离得最远的人都能感觉到它汹涌的热力；周围的群山被它的光芒照得通亮，远远望去，黄土高原上出现了一盏灿烂的天灯！

人群中走出一个头发花白的人，他是局长，他握住刘欣的手说："接受我这个思想僵化的落伍者的祝贺吧，你搞成了！不过，我还是希望尽快把它灭掉。"

"您到现在还不相信我？！它不能灭掉，我要让它一直燃着，让全国和全世界都看看！"

101

"全国和全世界已经看到了，"局长指了指身后蜂拥而上的电视记者，"但你要知道，试验煤层和周围大煤层的最近距离不到二百米。"

"可在这些危险的位置，我们连打了三道防火帷幕，还有好几台高速钻机随时处于待命状态，绝对没有问题的！"

"我不知道，只是很担心。你们是部里的工程，我无权干涉，但任何一项新技术，不管看上去多成功，都有潜在的危险，这几十年中在煤炭行业这种危险我见了不少，这可能是我思想僵化的原因吧，我真的很担心……不过，"局长再次把手伸给了刘欣，"我还是谢谢你，你让我看到了煤炭工业的希望，"他又凝望了火柱一会儿，"你父亲会很高兴的！"

以后的两天，又点燃了两个喷口，使火柱达到了三根。这时，试验煤层的产气量按标准供气压力计算已达每小时五十万立方米，相当于上百台大型煤气发生炉。

对地下煤层燃烧场的调节全部由计算机完成，燃烧场的面积严格控制在帷幕圈总面积的三分之二，且界限稳定。应矿方的要求，多次做了燃烧场控制试验，刘欣在计算机上用鼠标画一个圈圈住燃烧场，然后按住鼠标把这个圈缩小，随着外面高压泵轰鸣声的改变，在一个小时内，实际燃烧场的面积退到缩小的圈内。同时，在距离大煤层较近的危险方向上，又增加了两道长二百多米的防火帷幕。

刘欣没有太多的事可做，他把所有的时间都花在接受记者采访和对外联络上。国内外的许多大公司蜂拥而至，对这个项目提出了庞大的投资和合作意向，其中包括像杜邦和埃克森这样的巨头。

第三天，一个煤层灭火队员找到刘欣，说他们队长要累垮了。这两天阿古力带领灭火队发疯似的一遍遍地搞地下灭火演习；他还自作主张，租用国家遥感中心的一颗卫星监视这一地区的地表温度；他自己已连着三夜没睡觉，晚上在帷幕圈外面远远近近地转，一转就是一夜。

刘欣找到阿古力，看到这个强壮的汉子消瘦了许多，双眼红红的，"我睡不着，"他说，"一合眼就做噩梦，看到大地上到处喷着这样的火柱子，像一个火的森林……"

刘欣说："租用遥感卫星是一笔很大的开销，虽然我觉得没必要，但既然已做了，我尊重你的决定。阿古力，我以后还是很需要你的，虽然我觉得你的煤层灭火队不会有太多的事可做，但再安全的地方也是需要消防队的。你太累了，先回北京去休息几天吧。"

"我现在离开？！你疯了！"

"你在地火上面长大，对它形成了一种根深蒂固的恐惧感。现在，我们还控制不了新疆煤矿地火那么大的燃烧场，但我们很快就能做到的！我打算在新疆建立第一个投入商业化运营的气化煤田，到时候，那里的地火将在我们的控制中，你家乡的土地将布满美丽的葡萄园。"

"刘博士，我很敬重你，这也是我跟你干的原因，但你总是高估自己。对于地火，你还只是孩子呢！"阿古力苦笑着，摇着头走了。

灾难是在第五天降临的。当时天刚亮，刘欣被推醒，看到面前站着阿古力，他气喘吁吁，双眼发直，像得了热病，裤腿都被露水打湿了。他把一张激光打印机打出的照片举到刘欣眼前，举得那么近，快挡住他的双眼了。那是一幅卫星发回的红外假彩色温度遥感照片，像一幅色彩斑斓的抽象画，刘欣看不懂，迷惑地望着他。"走！"阿古力大吼一声，拉着刘欣的手冲出帐篷。刘欣跟着他向山谷北面的一座山上攀去，一路上，刘欣越来越迷惑。首先，这是最安全的一个方向，在这个方向上，试验煤层距大煤层有上千米远；其次，阿古力现在领他走得也太远了，他们已接近山顶，帷幕圈远远落在下面，在这儿能出什么事呢。到达山顶后，刘欣喘息着正要质问，却见阿古力把手指向山另一边更远的地方，刘欣放心地笑了，笑阿古力的神经过敏。向阿古力所指的方向望去，矿山尽收眼底，在矿山和这座山之间，有一段平缓的山坡，在山坡的低处有一块绿色的草地，阿古力指的就是那块草地。放眼望去，矿山和草地像每天一样平静，但顺着阿古力手指的方向看了好一会儿后，刘欣终于发现了草地有些异样：在草地上出现了一个圆，圆内的绿色比周围略深一些，不仔细看根本无法察觉。刘欣的心猛然抽紧了，他和阿古力向山下跑去，向草地上那个暗绿色的圆跑去。

跑到那里后，刘欣跪到草地上看圆内的草，并把它们同圆外的相比较，发现这些草已焉软，并倒伏在地，像被热水泼过一样。刘欣把手按到草地上，明显地感觉到了来自地下的热力，在圆区域的中心，有一缕蒸汽在刚刚出现的阳光中升起……

经过一上午的紧急钻探，又施放了上千个"地老鼠"，刘欣终于确定了一个噩梦般的事实：大煤层着火了。燃烧的范围一时还无法确定，因为"地老鼠"在地下的行进速度只有每小时十几米，但大煤层比试验煤层深得多，它的燃烧热量已透至地表，说明已燃烧了相当长的时间，火场已很大了。

事情有些奇怪，在燃烧的大煤层和试验煤层之间的一千米土壤和岩石带完好无损，地火是在这上千米隔离带的两边烧起来的，以至于有人提出大煤层的火同试验煤层没有什么关系。但这只是个安慰，连提出这个意见的人自己也不太相信这个说法。随着勘探的深入，事情终于在深夜搞清楚了。

从试验煤层中伸出了八条狭窄的煤带，这些煤带最窄处只有半米，很难察觉。其中五条煤带被防火帷幕截断，而有三条煤带呈向下的走向，刚刚爬过了帷幕的底部。这三条"煤蛇"中的两条中途中断了，但有一条一直通向千米外的大煤层。这些煤带实际是被煤填充的地层裂缝，这些裂缝都与地表相通，为燃烧提供了良好的供氧，于是，那条煤带成了连接试验煤层和大煤层的一根导火索。

这三条煤带都没有在李民生提供的地质资料上标明。事实上，这种狭长的煤带在煤矿地质上是极其罕见的，大自然开了一个残酷的玩笑。

"我没有办法，孩子得了尿毒症，要不停地做透析，这个工种项目的酬金对我太重要了！所以我没有尽全力阻止你……"李民生脸色苍白，回避着刘欣的目光。

现在，他们和阿古力三人站在隔开两片地火的那座山峰上，这又是一个早晨，矿山和山峰之间的草地已全部变成了深绿色，而昨天他们看到的那个圆形区域现在已成了焦黄色！蒸汽在山下弥漫，矿山已看不清楚了。

阿古力对刘欣说："我在新疆的煤矿灭火队和大批设备已乘专机到达太原，很快就到这里了。全国其他地区的力量也在向这儿集中。从现在的情况看，火势很凶，蔓延飞快！"

刘欣默默地看着阿古力，好大一会儿才低声问："还有救吗？"
阿古力轻轻地摇摇头。

"你就告诉我还有多大的希望？如果封堵供氧通道，或注水灭火……"

阿古力又摇摇头："我有生以来一直在干那事，可地火还是烧毁了我的家乡。我说过，在地火面前，你只是个孩子。你不知道地火是什么，在那深深的地下，它比毒蛇更光滑，比幽灵更莫测，它想去哪儿，凡人是拦不住的。这里地下巨量的优质无烟煤，是这魔鬼渴望了上亿年的东西，现在你把它放出来了，它将拥有无穷的能量和力量，这里的地火将比新疆的大百倍！"

刘欣抓住这个维吾尔汉子的双肩绝望地摇晃着："告诉我还有多大希望？！求求你说真话！"

"百分之零。"阿古力轻轻地说，"刘博士，你此生很难赎清自己的罪了。"

在局大楼里召开了紧急会议，与会的除了矿务局主要领导和五个矿的矿长外，还有包括市长在内的市政府的一群忧心忡忡的官员。会上首先成立了危机指挥中心，中心总指挥由局长担任，刘欣和李民生都是领导小组的成员。

"我和李工将尽自己最大努力做好工作，但还是请大家明白，我们现在都是罪犯。"刘欣说，李民生在一边低头坐着，一言不发。

"现在还不是讨论责任的时候，只干，别多想。"局长看着刘欣说，"知道最后这五个字是谁说的吗？你父亲。那时我是他队里的技术员，有一次为了达到当班的产量指标，我不顾他的警告，擅自扩大了采掘范围，结果造成工作面大量进水，队里二十几个人被水困在巷道的一角。当时大家的头灯都灭了，也不敢用打火机，一怕瓦斯，二怕消耗氧气，因为水已把这里全封死了。黑得伸手不见五指，你父亲这时告诉我，他记得上面是另一条巷道，顶板好像不太厚。然后我就听到他用镐挖顶板，我们几个也都摸到镐跟着他在黑暗中挖了起来。氧气越来越少，开始感到胸闷头晕，还有那黑暗，那是地面上的人见不到的绝对的黑暗，只有镐头撞击顶板的火星在闪动。当时对我来说，活着真是一种折磨，是你父亲支撑着我，他在黑暗中反复对我说那五个字：只干，别多想。不知挖了多

106

长时间，当我就要在窒息中昏迷时，顶板挖塌了一个洞，上面巷道防爆灯的光亮透射进来……后来你父亲告诉我，他根本不知道顶板有多厚，但那时人只能是：只干，别多想。这么多年，这五个字在我脑子中越刻越深，现在我替你父亲把它传给你了。"

会上，从全国各地紧急赶到的专家们很快制订了灭火方案。可供选择的手段不多，只有三个：一、隔绝地下火场的氧气；二、用灌浆帷幕切断火路；三、通过向地下火场大量注水灭火。这三个行动同时进行，但第一个方法早就证明难以奏效，因为通向地下的供氧通道极难定位，就是找到了，也很难堵死。第二个方法只对浅煤层火场有效，且速度太慢，赶不上地下火势的迅速蔓延。最有希望的是第三个灭火方法了。

消息仍然被封锁，灭火工作在悄悄进行。从仁丘油田紧急调来的大功率钻机在人们好奇的目光中穿过煤城的公路，军队在进入矿山，天空出现了盘旋的直升机……一种不安的情绪笼罩着矿山，各种谣言开始像野火一样蔓延。

大型钻机在地下火场的火头上一字排开，钻孔完成后，上百台高压水泵开始向冒出青烟和热浪的井孔中注水。注水量是巨大的，以至矿山和城市生活区全部断水，这使得社会的不安和骚动进一步加剧。但注水结果令人鼓舞，在指挥中心的大屏幕上，红色火场的前锋面出现了一个个以钻孔为中心的暗色圆圈，标志着注水在急剧降低火场温度。如果这一排圆圈连接起来，就有希望截断火势的蔓延。

但这使人稍稍安慰的局势并没有持续多长时间。在高大的钻塔旁边，来自油田的钻井队长找到了刘欣。

"刘博士，有三分之二的井位不能再钻了！"他在钻机和高压泵的轰鸣声中大喊。

"你开什么玩笑？！我们现在必须在火场上大量增加注水孔！"

"不行！那些井位的井压都在急剧增大，再钻下去要井喷的！"

"你胡说！这儿不是油田，地下没有高压油气层，怎么会井喷？！"

"你懂什么？！我要停钻撤人了！"

刘欣愤怒地抓住队长满是油污的衣领："不行！我命令你钻下去！！不会有井喷的！听到了吗？不会！！"

话音未落，钻塔方向传来了一声巨响，两人转头望去，只见沉重的钻孔封瓦成两半飞了出来，一股黄黑色的浊流嘶鸣着从井口喷出，浊流中，折断的钻杆七零八落地飞出。在人们的惊叫声中，那股浊流的色调渐渐变浅，这是由于其中泥沙含量减少的缘故。后来它变成了雪白色，人们明白了这是注入地下的水被地火加热后变成的高压蒸汽！刘欣看到了司钻的尸体，被挂在钻塔高高的顶端，在白色的蒸汽冲击下疯狂地摇晃，时隐时现。而钻台上的另外三个工人已不见踪影！

更恐怖的一幕出现了，那条白色的巨龙的头部脱离了同地面的接触，渐渐升起，最后白色蒸汽全部升到了钻塔以上，仿佛横空出世的一个白发魔鬼，而这魔鬼同地面的井口之间，除了破损的井架之外竟空无一物！只能听到那可怕的啸声，以至于几个年轻工人以为井喷停了，犹豫地向钻台迈步，但刘欣死死地抓住了他们中的两个，高喊：

"不要命了！过热蒸汽！！"

在场的工程师们很快明白了眼前这奇景的含义，但让其他人理解并不容易。同人们的常识相反，水蒸气是看不到的，人们看到的白色只是水蒸气在空气中冷凝后结成的微小水珠。而水在高温高压下会形成可怕的过热蒸汽，其温度高达四百至五百摄氏度！它不会很快冷凝，所以现在只能在钻塔上方才能看到它显形。这样的蒸汽平常只在火力发电厂的高压汽轮机中存在，它一旦从高压输汽管中喷出（这样的事故不止一次发生），可以在短时间内穿透一堵砖墙！人们惊恐地看到，刚才潮湿的井架在无形的过热蒸汽中很快被烤干了，几根悬在空中的粗橡胶管像蜡做的一样被熔化！这魔鬼蒸汽冲击井架，发出让人头皮发炸的巨响……

地下注水已不可能了，即使可能，注入地下火场中的水的助燃作用已大于灭火作用。

危机指挥部的全体成员来到距地火前沿最近的三矿四号井井口前。

"火场已逼近这个矿的采掘区，"阿古力说，"如果火头到达采掘区，矿井巷道将成为地火强有力的供氧通道，那时地火火势将猛增许多倍，情况就是这样。"他打住了话头，不安地望着局长和三矿的矿长，他知道采煤人最忌讳的是什么。

"现在井下情况怎么样？"局长不动声色地问。

"八个井的采煤和掘进工作都在正常进行，这主要是为了安定着想。"矿长回答。

"全部停产，井下人员立即撤出，然后……"局长停了下来，沉默了两三秒钟。

人们觉得这两三秒很长很长。

"封井。"局长终于说出了那两个最让采煤人心碎的字。

"不！不行！！"李民生失声叫道，然后才发现自己还没想好理由，"封井……封井……社会马上就会乱起来，还有……"

"好了。"局长轻轻挥了一下手，他的目光说出了一切，"我知道你的感觉，我也一样，大家都一样。"

李民生抱头蹲到地上，他的双肩在颤抖，但哭不出声来。矿山的领导者和工程师们面对井口默默地站着，宽阔的井口像一只巨大的眼睛看着他们，就像二十多年前看着童年的刘欣一样。

他们在为这座百年老矿致哀。

不知过了多长时间，局总工程师低声打破沉默："井下的设备，看看能弄出多少就弄出多少。"

"那么，"矿长说，"组织爆破队吧。"

局长点点头："时间很紧，你们先干，我同时向部里请示。"

局党委书记说："不能用工兵吗？用矿工组成的爆破队……怕要出问题。"

"考虑过，"矿长说，"但现在到达的工兵只有一个排，即使干一个井人力也远远不够，再说他们也不熟悉井下爆破作业。"

……

距火场最近的四号井最先停产，当井下矿工一批批乘电轨车上到井口时，发现上百人的爆破队正围在一堆钻杆旁边等待着什么。人们围上去打听，但爆破队的矿工们也不知道自己要干什么，他们只是接到命令带着钻孔设备集合。突然，人们的注意力都被吸引到一个方向，一个车队正在朝井口开来，第一辆卡车上坐满了持枪的武警士兵，跳下车来为后面的卡车围出了一块停车场。后面有十一辆卡车，它们停下后，篷布很快被掀开，露出了上面整齐地码放的黄色木箱，矿工们惊呆了，他们知道那是什么。

整整十卡车，是每箱二十四公斤装的硝酸铵二号矿井炸药，总重约有五十吨。最后一辆较小的卡车上有几捆用于绑药条的竹条，还堆着一大堆黑色塑料袋，矿工们知道那里面装的是电雷管。

刘欣和李民生刚从一辆车的驾驶室里跳下来，就看到刚任命的爆破队队长、一个长着络腮胡的壮汉，手里拿着一卷图纸迎面走来。

"李工，这是让我们干什么？"队长问，同时展开图纸。

李民生指点着图纸，手微微发抖："三条爆破带，每条长35米，具体位置在下面那张图上。爆孔分150毫米和75毫米两种，装药量分别是每米28公斤和每米14公斤，爆孔密度……"

"我问你要我们干什么？！"

在队长那喷火的双眼的逼视下，李民生无声地低下头。

"弟兄们，他们要炸毁主巷道！"队长转身冲人群高喊。矿工人群中一阵骚动，接着如一堵墙一样围逼上来，武警士兵组成半圆形阻止人群靠近卡车，但在那势不可挡的黑色人海的挤压下，警戒线弯曲变形，很快就要被冲破了。这一切都是在阴沉的无声中发生，只听到脚步的摩擦声和拉枪栓的声响。在最后关头，人群停止了涌动，矿工们看到局长和矿长出现在一辆卡车的踏板上。

"我十五岁就在这口井干了，你们要毁了它？！"一个老矿工高喊，他脸上那刀刻般的皱纹在厚厚的煤灰下也很清晰。

"炸了井，往后的日子怎么过？！"

"为什么炸井？！"

"现在矿上的日子已经很难了，你们还折腾什么？！"

……

人群炸开了，愤怒的声浪一阵高过一阵，在那落满煤灰的黧黑面庞的海洋中，白色的牙齿十分醒目。局长冷静地等待着，人群在愤怒的声浪中又骚动起来，在即将再次失去控制时，他才开始说话。

"大家往那儿看，"他手向井口旁边的一个小山丘指去。他的声音不高，但却使愤怒的声浪立刻安静下来，所有的人都朝他指的方向看去。

那座小山丘顶上立着一根黑色的煤柱子，有两米多高，粗细不一，有一圈落满煤尘的石栏杆圈着那根煤柱。

111

"大家都管那东西叫老炭柱，但你们知道吗，它立起来的时候并不是一根柱子，而是一块四四方方的大煤块。那是一百多年前，清朝的张之洞总督在建矿典礼时立起的。它是让这百多年的风风雨雨蚀成一根柱子了。这百多年，我们这个矿山经历了多少风风雨雨，多少大灾大难，谁还能记得清呢？这时间不短啊同志们，四五辈人啊！这么长时间，我们总该记下些什么，总该学会些什么。如果实在什么也记不下，什么也学不会，总该记下和学会一样东西，那就是……"

局长对着黑色的人海挥起双手。

"天，塌不下来！"

人群在空气中凝固了，似乎连呼吸都已停止。

"中国的产业工人，中国的无产阶级，没有比我们的历史更长了，没有比我们经历的风雨和灾难更多了，煤矿工人的天塌了吗？没有！我们这么多人现在能站在这儿看那老炭柱，就是证明。我们的天塌不了！过去塌不了，将来也塌不了！！

"说到难，有什么稀罕啊同志们，我们煤矿工人什么时候容易过？从老祖宗辈算起，我们什么时候有过容易日子啊！你们再扳着指头算算，中国的、世界的，工业有多少种，工人有多少种，哪种比我们更难？！没有，真的没有。难有什么稀罕？不难才怪，因为我们不但要顶起天，还要撑起地啊！怕难，我们早断子绝孙了！

"但社会和科学都在发展，很多有才能的人在为我们想办法，这办法现在想出来了，我们有希望完全改变自己的生活，我们要走出黑暗的矿井，在太阳底下，在蓝天底下采煤了！煤矿工人，将成为最让人羡慕的工作！这希望刚刚出现，不信，就去看看南山沟那几根冲天的大火柱！但正是这个努力，引发了一场灾难，关于这个，我们会对大家有个详细的交代，现在大家只需明白，这可能是煤矿工人的最后一难了，这是为我们美好明天付出的代价，就让我们抱成一团过这一难吧！我还是那句话，多少辈人都过来了，天塌不下来！"

人群默默地散去后，刘欣对局长说："你和我父亲，认识你们两人，我死而无憾。"

"只干，别多想。"局长拍拍刘欣的肩膀，又在那里攥了一下。

四号井主巷道爆破工程开始一天后，刘欣和李民生并肩走在主巷道里，他们的脚步发出空洞的回响。他们正在走过第一爆破带，昏暗的顶灯下，可以看到高高的巷道顶上密密地布满了爆孔，引爆电线如彩色的瀑布从上面泻下来，在地上堆成一堆。

李民生说："以前我总觉得自己讨厌矿井，恨矿井，恨它吞掉了自己的青春。但现在才知道，我已同它融为一体了，恨也罢，爱也罢，它就是我的青春了。"

"我们不要太折磨自己了，"刘欣说，"我们毕竟干成了一些事，不算烈士，就算阵亡吧。"

他们沉默下来，同时意识到，他们谈到了死。

这时阿古力从后面气喘吁吁地跑过来，"李工，你看！"他指着巷道顶说。他指的是几根粗大的帆布管子，那是井下通风用管，现在它们瘪下来了。

"天啊，什么时候停的通风？！"李民生大惊失色。

"两个小时了。"

李民生用对讲机很快叫来了矿通风科科长和两名通风工程师。

"没法恢复通风了，李工，下面的通风设备：鼓风机、马达、防爆开关，甚至部分管路，都拆了呀！"通风科长说。

"你他妈的浑蛋！谁让你们拆的，你他妈找死啊！"李民生一反常态，破口大骂起来。

"李工，这是怎么讲话嘛！谁让拆？封井前尽可能多地转移井下设备可是局里的意思，停产安排会你我都是参加了的！我们的人没日没夜干了两天，拆上来的设备有上百万元，就落你这一顿臭骂？！再说井都封了，还通什么鸟风！"

李民生长叹一口气，直到现在事情的真相还没有公布，因而出现了这样的协调问题。

"这有什么？"通风科的人走后刘欣问，"通风不该停吗？这样不是还可以减少向地下的氧气流量？"

"刘博士，你真是个理论的巨人，行动的矮子，一接触到实际，你就什么都不懂了，真像李工说的，你只会做梦！"阿古力说，煤层失火以来，他对刘欣一直没有客气过。

李民生解释："这里的煤层是瓦斯高发区，通风一停，瓦斯在井下很快聚集，地火到达时可能引起大爆炸，其威力有可能把封住的井口炸开，至少可能炸出新的供氧通道。不行，必须再增加一条爆破带！"

"可，李工，上面第二条爆破带才只干到一半，第三条还没开工，地火距南面的采区已很近了，把原计划的三条做完都怕来不及啊！"

"我……"刘欣小心地说，"我有个想法不知行不行？"

"哈，这可是，用你们的话怎么说，破天荒了！"阿古力冷笑着说，"刘博士还有拿不准的事儿？刘博士还有需问别人才能决定的事儿？"

"我是说，现在这最深处的一条爆破带已做好，能不能先引爆这一条，这样一旦井下发生爆炸，至少还有一道屏障。"

"要行早这么做了。"李民生说，"爆破规模很大，引爆后巷道里的有毒气体和粉尘长时间散不去，让后面的施工无法进行。"

地火的蔓延速度比预想的快，施工领导小组决定只打两条爆破带就引爆，尽快从井下撤出施工人员。天快黑时，大家正在离井口不远的生产楼中，围着一张图纸研究如何利用一条支巷最短距离引出起爆线，李民生突然说："听！"

一声低沉的响声隐隐约约从地下传上来，像大地在打嗝。几秒钟后又一声。

"是瓦斯爆炸，地火已到采区了！"阿古力紧张地说。

"不是说还有一段距离吗？"

没人回答，刘欣的"地老鼠"探测器已用完，现有落后的探测手段很难十分准确地把握地火的位置和推进速度。

"快撤人！"

李民生拿起对讲机，但任凭他大喊，没有回答。

"我上井前看张队长干活时怕碰坏对讲机，把它和导线放一块儿了，下面几十台钻机同时干，声很大！"一个爆破队的矿工说。

李民生跳起来冲出生产楼，安全帽也没戴，叫了一辆电轨车，以最快速度向井下开去。当电轨车在井口消失前的一瞬间，追出来的刘欣看到李民生在向他招手，还在向他笑，他很长时间没笑过了。

地下又传来几声打嗝声，然后平静下来。

"刚才的一阵爆炸，能不能把井下的瓦斯消耗掉？"刘欣问身边的一名工程师，对方惊奇地看了他一眼。

"消耗？笑话，它只会把煤层中更多的瓦斯释放出来！"

一声冲天巨响，仿佛地球在脚下爆炸！井口淹没于一片红色火焰之中。气浪把刘欣高高抛起，世界在他眼中疯狂地旋转，同他一起飞落的是纷乱的石块和枕木，刘欣还看到了电轨车的一节车厢从井口的火焰中飞出来，像一个粒被吐出的果核。刘欣被重重地摔到地上，碎石在他身边纷纷掉下，他觉得每一块碎石上都有血……刘欣又听到了几声沉闷的巨响，那是井下炸药被引爆的声音。失去知觉前，他看到井口的火焰消失了，代之以滚滚的浓烟……

一年以后

刘欣仿佛行走在地狱中。整个天空都是黑色的烟云，太阳是一个刚刚能看见的暗红色圆盘。由于尘粒摩擦产生的静电，烟云中不时出现幽幽的闪电，每次闪电出现时，地火之上的矿山就在青光中凸现出来，那图景一次次像用烙铁烙在他的脑海中。烟尘是从矿山的一个个井口中冒出的，每个井口都吐出一根烟柱，那烟柱的底部映着地火狰狞的暗红光，向上渐渐变成黑色，如天地间一条条扭动的怪蛇。

公路是滚烫的，沥青路面融化了，每走一步几乎要撕下刘欣的鞋底。路上挤满了难民和车辆，闷热的空气充满了硫黄味，还不时有雪花状的灰末从空中落下，每个人都戴着呼吸面罩，身上落满了白灰。道路拥挤不堪，全副武装的士兵在维持秩序，一架直升机穿行在烟云中，在空中用高音喇叭劝告人们不要惊慌……疏散移民在冬天就开始了，本计划在一年时间完成，但现在地火势头突然变猛，只得紧急加快进程。一切都乱了，法院对刘欣的开庭一再推迟，以至于今天早上他所在的候审间一时没人看管了，他迷迷糊糊地走了出来。

公路以外的地面干燥开裂，裂纹又被厚厚的灰尘填满，脚踏上去扬起团团尘雾；一个小池塘，冒出滚滚蒸汽，黑色的水面上浮满了鱼和青蛙的尸体；现在是盛夏，可见不到一点绿色，地面上的草全部枯黄了，埋在灰尘中；树也都是死的，有些还冒出青烟，已变成木炭的枝丫像怪手一样伸向昏暗的天空。所有的建筑都已人去楼空，有些从窗子中冒出浓烟；刘欣看到了老鼠，它们被地火的热力从穴中赶出，数量惊人，大群大群地涌过路面……随着刘欣向矿山深处走去，越来越感受到地火的热力，这热力从他的脚踝沿身体升腾上来。空气更加闷热污浊，即使戴上面罩也难以呼吸。地火的热量在地面上并不均匀，刘欣本能地避开灼热的地面，能走的路越来越少了。地火热力突出的区域，建筑燃起了大火，一片火海中不时响起建筑物倒塌的巨响……刘欣已走到了井区，他走过一个竖井，那竖井已变成了地火的烟道，高大的井架被烧得通红，热流冲击井架发出让人头皮发炸的尖啸声，滚滚热浪让他不得不远远绕行。选煤楼被浓烟吞没了，后面的煤山已燃烧了多日，成了发出红光和火苗的一块巨大的火炭……

这里已看不到一个人了，刘欣的脚已烫起了皮，身上的汗已几乎流干，艰难的呼吸使他到了休克的边缘，但他的意识是清楚的，他用生命最后的能量向最后的目标走去。那个井口喷出的地火的红色光芒在召唤着他，他到了，他笑了。

刘欣转身朝井口对面的生产楼走去，还好，虽然从顶层的窗中冒出浓烟，但楼还没有着火。他走进开着的楼门，向旁边拐入一间宽大的班前更衣室。井口有地火从窗外照进来，使这里充满了朦胧的红光，一切都在地火的红光中跃动，包括那一排衣箱。刘欣沿着这排衣箱走去，仔细地辨认着上面的号码，很快他找到了要找的那个。关于这衣箱他想起了儿时的一件事：那时父亲刚调到这个采煤队当队长，这是最野的一个队，出名的难带。那些野小子根本没把父亲放在眼里。本来嘛，看他在班前会上那可怜样儿，怯生生地让把一个掉了的衣箱门钉上去，当然没人理他，小伙子们只顾在边上

117

甩扑克说脏话，父亲只好说那你们给我找几个钉子我自己钉吧，有人扔给他几个钉子，父亲说再找个锤吧，这次真没人理他了。但接着，小伙子们突然鸦雀无声，他们目瞪口呆地看着父亲用大拇指把那些钉子一根根轻松地按进木头中去！事情有了改变，小伙子们很快站成一排，敬畏地听着父亲的班前讲话……现在这箱子没锁，刘欣拉开后发现里面的衣物居然还在！他又笑了，心里想象着这二十多年用过父亲衣箱的那些矿工的模样。他把里面的衣服取出来，首先穿上厚厚的工作裤，再穿上同样厚的工作衣，这套衣服上涂满了厚厚的油泥的煤灰，发出一股浓烈的、刘欣并非不熟悉的汗味和油味，这味道使他真正镇静下来，并处于一种类似幸福的状态中。他接着穿上胶靴，然后拿起安全帽，把放在衣箱最里面的矿灯拿出来，用袖子擦干灯上的灰，把它卡到帽沿上。他又找电池，但没有，只好另开了一个衣箱，有。他把那块笨重的矿灯电池用皮带系到腰间，突然想到电池还没充电，毕竟矿上完全停产一年了。但他记得灯房的位置，就在更衣室对面，他小时候不止一次在那儿看到灯房的女工们把冒着白烟的硫酸喷到电池上充电。但现在不行了，灯房笼罩在硫酸的黄烟之中。他庄重地戴上有矿灯的安全帽，走到一面布满灰尘的镜子面前，在那红光闪动的镜子中，他看到了父亲。

"爸爸，我替您下井了。"刘欣笑着说，转身走出楼，向喷着地火的井口大步走去。

后来有一名直升机驾驶员回忆说，他当时低空飞过二号井，在那一带做最后的巡视，好像看到井口有一个人影，那人影在井内地火的红光中呈一个黑色的剪影，他好像在向井下走去，一转眼，那井口又只有火光，别的什么都看不见了。

一百二十年后

（一个初中生的日记）

过去的人真笨，过去的人真难。

知道我上面的印象是怎么来的吗？今天我参观了煤炭博物馆。但给我印象最深的是一件事：

居然有固体的煤炭！

我们首先穿上了一身奇怪的衣服，那衣服有一个头盔，头盔上有一盏灯，那灯通过一根导线同挂在我们腰间的一个很重的长方形物体连着，我原以为那是一台电脑（也太大了些），谁想到那竟是这盏灯的电池！这么大的电池，能驱动一辆高速赛车的，却只用来点亮这盏小小的灯。我们还穿上了高高的雨靴，老师告诉我们，这是早期矿工的井下服装。有人问井下是什么意思，老师说你们很快就会知道的。

我们上了一串行走在小铁轨上的铁车，有点像早期的火车，但小得多，上方有一根电线为车供电。车开动起来，很快钻进一个黑黑的洞口中。里面真黑，只有上方不时掠过一盏暗暗的小灯，我们头上的灯发出的光很弱，只能看清周围人的脸。风很大，在我们耳边呼啸，我们好像在向一个深渊坠下去。艾娜尖叫起来，讨厌，她就会这样叫。

"同学们，我们下井了！"老师说。

不知过了多长时间，车停了，我们由这条较为宽大的隧洞进入了它的一个分支，这条洞又窄又小，要不是戴着头盔，我的脑袋早就碰起好几个包了。我们头灯的光圈来回晃着，但什么都看不清楚，艾娜和几个女孩子又叫着说害怕。

过了一会儿，我们眼前的空间开阔了一些，这个空间有许多根柱子支撑着顶部。在对面，我又看到许多光点，也是我们头盔上的这种灯发出的，走近一看，发现那里有许多人在工作，他们有的人在用一种钻杆很长的钻机在洞壁上打孔，那钻机不知是用什么驱动的，声音让人头皮发炸。有的人在用铁锹把什么看不清楚的黑色东西铲到轨道车上和传送皮带上，不时有一阵尘埃扬起，把他们隐没于其中，许多头灯在尘埃中划出一道道光柱……

"同学们，我们现在所在的地方叫采煤工作面，你们看到的是早期矿工工作的景象。"

有几个矿工向我们这方向走来，我知道他们都是全息图像，没有让路，几个矿工的身体和我互相穿过，我把他们看得很清楚，对看到的很吃惊。

"老师，那时的中国煤矿全部雇用黑人吗？"

"为了回答这个问题，我们将真实地体验一下当时采煤工作面的空气，注意，只是体验，所以请大家从右衣袋中拿出呼吸面罩戴上。"

我们戴好面罩后，又听到老师的声音："孩子们注意，这是真实的，不是全息影像！"

一片黑尘飘过来，我们的头灯也散射出了道道光柱，我惊奇地看着光柱中密密的尘粒在纷飞闪亮。这时艾娜又惊叫起来，像合唱的领唱，好几个女孩子也跟着她大叫起来，再后来，竟有男孩的声音加入进来！我扭头想笑他们，但看到他们的脸时自己也叫出声来，所有人也都成了黑人，只有呼吸面罩盖住的一小部分是白的。这时我又听到一声尖叫，立刻汗毛直立：这是老师在叫！

"天哪，斯亚！你没戴面罩！！"

斯亚真没戴面罩，他同那些全息矿工一样，成了最地道的黑人。"您在历史课上反复强调，学这门课的关键在于对过去时代的感觉，我想真正感觉一下。"他说着，黑脸上白牙一闪一闪的。

警报声不知从什么地方响起，不到一分钟，一辆水滴状微型悬浮车无声地停到我们中间，这种现代东西出现在这里真是煞风景。从车上下来两个医护人员，现在真正的煤尘已被完全吸收，只剩下全息的还飘浮在周围，所以医生在穿过"煤尘"时雪白的服装一尘不染。他们拉住斯亚往车里走。

"孩子，"一个医生盯着他说，"你的肺已受到很严重的损伤，至少要住院一个星期，我们会通知你家长的。"

"等等！"斯亚叫道，手里抖动着那个精致的全隔绝内循环面罩，"一百多年前的矿工也戴这东西吗？"

"不要废话，快去医院！你这孩子也太不像话了！"老师气急败坏地说。

"我和先辈是同样是人，为什么……"

斯亚没说完就被硬塞进车里，"这是博物馆第一次出这样的事故，您要对此事负责的！"一个医生上车前指着老师严肃地说，悬浮车同来时一样无声地开走了。

我们继续参观，沮丧的老师说："井下的每一项工作都充满危险，且需消耗巨大的体力。随便举个例子：这些铁支柱，在这个工作面的开采工作完成后，都要回收，这项工作叫放顶。"

我们看到一个矿工用铁锤击打支架中部的一个铁销，使支架折为两段取下，然后把它扛走了。我和一个男孩试着搬已躺在地上的一个支架，才知道它重得要命。"放顶是一项很危险的工作，因为在撤走支架的过程中，工作面顶板随时都会塌落……"

这时我们头顶发出不祥的摩擦声，我抬起头来，在矿灯的光圈中看到头顶刚撤走支架的那部分岩石正在张开一个口子，我没来得及反应它们就塌了来，大块岩石的全息影像穿透了我的身体落到地上，发出一声巨响，尘埃腾起遮住了一切。

"这个井下事故叫作冒顶。"老师的声音在旁边响起，"大家注意，伤人的岩石不只是来自上部……"

话音未落，我们旁边的一面岩壁竟垂直着向我们扑来，这一大面岩壁冲出相当的距离才化为一堆岩石砸下来，好像有一个巨大的手掌从地层中把它推出来一样。岩石的全息影像把我们埋没了，一声巨响后我们的头灯全灭了，在一片黑暗和女孩儿们的尖叫声中，我又听到老师的声音。

"这个井下事故叫瓦斯突出。瓦斯是一种气体，它被封闭在岩层中，有巨大的气压。刚才我们看到的景象，就是工作面的岩壁抵挡不住这种压力，被它推出的情景。"

所有人的头灯又亮了，大家长出一口气。这时我听到了一个奇怪的声音，有时高亢，如万马奔腾，有时低沉，好像几个巨人在耳语。

"孩子们注意，洪水来了！"

正当我们迷惑之际，不远处的一个巷道口喷出了一道粗大汹涌的洪流，整个工作面很快淹没在水中。我们看着浑浊的水升到膝盖上，然后又没过了腰部，水面反射着头灯的光芒，在顶上的岩石上映出一片模糊的亮纹。水面上漂浮着被煤粉染黑的枕木，还有矿工的安全帽和饭盒……当水到达我的下巴时，我本能地长吸一口气，然后我全部没在水中了，只能看到自己头灯的光柱照出的一片混沌的昏黄，和下方不时升起的一串水泡。

"井下的洪水有多种来源，可能是地下水，也可能是矿井打通了地面的水源，但它比地面洪水对人生命的威胁大得多。"老师的声音在水下响着。

水的全息影像在瞬间消失了，周围的一切又恢复了原样。这时我看到了一个奇怪的东西，像一个肚子鼓鼓的大铁蛤蟆，很大很重，我指给老师看。

"那是防爆开关，因为井下的瓦斯是可燃气体，防爆开关可避免一般开关产生的电火花。这关系到我们就要看到的最可怕的井下危险……"

又一声巨响，但同前两次不一样，似乎是从我们体内发出，冲破我们的耳膜来到外面，来自四方的强大的冲击压缩着我的每一个细胞，在一股灼人的热浪中，我们都淹没于一片红色的光晕里，这光晕是周围的空气发出的，充满了井下的每一寸空间。红光迅速消失，一切都陷入无边的黑暗中……

"很少有人真正看到瓦斯爆炸，因为这时井下的人很难生还。"老师的声音像幽灵般在黑暗中回荡。

"过去的人来这样可怕地方，到底为了什么？"艾娜问。

"为了它。"老师举起一块黑石头，在我们头灯的光柱中，它的无数小平面闪闪发光。就这样，我第一次看到了固体的煤炭。

"孩子们，我们刚才看到的是20世纪中叶的煤矿，后来，出现了一些新的机械和技术，比如液压支架和切割煤层的大型机器等，这些设备在那个世纪的后二十年进入矿井，使井下的工作条件有了一些改善，但煤矿仍是一个工作环境恶劣充满危险的地方，直到……"

以后的事情就索然无味了，老师给我们讲气化煤的历史，说这项技术是在八十年前全面投入应用的，那时，世界石油即将告罄，各大国为争夺仅有的油田陈兵中东，世界大战一触即发，是气化煤技术拯救了世界……这我们都知道，没意思。

我们接着参观现代煤矿，有什么稀奇的，不就是我们每天看到的从地下接出并通向远方的许多大管子，不过这次我倒是第一次进入了那座中控大楼，看到了燃烧场的全息图，真大，还看了看监测地下燃烧场的中微子传感器和引力波雷达，还有激光钻机……也没意思。

老师在回顾这座煤矿的历史时，说一百多年前这里被失控的地火烧毁过，那火烧了十八年才扑灭，那段时期，我们这座美丽的城市草木生烟，日月无光，人民流离失所。失火的原因有多种说法，有人说是一次地下武器试验造成的，也有人说与当时的绿色和平组织有关。

我们不必留恋所谓过去的好时光，那个时候生活充满艰难危险和迷惘；我们也不必为今天的时代过分沮丧，因为今天，也总有一天会被人们称作是——过去的好时光。

过去的人真笨，过去的人真难。

鲸

歌

    沃纳大叔站在船头，望着大西洋平静的海面沉思着。他很少沉思，总是不用思考就知道怎样做，并不用思考就去做，现在看来事情确实变难了。

    沃纳大叔完全不是媒体所描述的那种恶魔形象，而是一副圣诞老人的样子。除了那双犀利的眼睛外，他那圆胖的脸上总是露着甜蜜而豪爽的笑容。他从不亲自带武器，只是上衣口袋中装着一把精致的小刀，他用它既削水果又杀人，干这两件事时，他的脸上都露着这种笑容。

    沃纳大叔的这艘三千吨的豪华游艇上，除了他的八十名手下和两个皮肤黝黑的南美女郎外，还有二十五吨的高纯度海洛因，这是他在南美丛林中的提炼两年的产品。两个月前，哥伦比亚政府军包围了提炼厂，为了抢出这批货，他的弟弟和另外三十多个手下在枪战中身亡。他急需这批货换回的钱，他要再建一个提炼厂，这次可能建在玻利维亚，甚至亚洲金三角，以使自己苦心经营了一生的毒品帝国维持下去。但直到现在，已在海上漂泊了一个多月，货一克都没能运进美国大陆。从海关进入根本不可能，自从中微子探测器发明以来，毒品是绝对藏不住的。一年前他们曾把海洛因铸在每块十几吨重的进口钢坯的中心，还是被轻而易举地查出来。后来，沃纳大叔想了一个很绝妙的办法：用一架轻型飞机，通常是便宜的赛斯纳型，载着大约五十公斤的货从迈阿密飞入，一过海岸，飞行员就身上绑着货跳伞。这样虽然损失了一架小飞机，但那五十公斤货还是有很大赚头。这曾经是一个似乎战无不胜的办法，但后来美国人建起了由卫星和地面雷达构成的庞大的空中监视系统，这系统甚至能发现并跟踪跳伞的飞行员，以至于大叔的那些英勇的小伙子还没着地就发现警察在地面上等着他们。后来大叔又试着用小艇运货上岸，结果更糟：海岸警卫队的快艇全部装备着中微子探测器，只要从三千米之内对小艇扫描，就能发现它上面的毒品。沃纳大叔甚至想到了用微型潜艇，但美国人完善了冷战时期的水下监测网，潜艇在距海岸很远就被发现。

现在，沃纳大叔束手无策了，他恨科学家，是他们造成了这一切。但从另一方面想，科学家也同样能帮助自己。于是，他让在美国读书的小儿子做这方面的努力，告诉他不要舍不得钱。今天上午，小沃纳从另一艘船上了游艇，告诉父亲他找到了要找的人："他是个天才，爸爸！是我在加州理工认识的。"

沃纳的鼻子轻蔑地动了动："哼，天才？你在加州理工已浪费了三年时间，并没有成为天才，天才真那么好找吗？"

"可他真是天才，爸爸！"

沃纳转身坐在游艇前甲板的一张躺椅上，掏出那把精致的小刀削着一个菠萝。那两个南美女郎走过来在他肉乎乎的肩膀上按摩着。小沃纳领来的人一直远远站在船舷边看大海，这时走过来。他看上去惊人地瘦，脖子是一根细棍，细得很难让人相信能支撑得住他那大得不成比例的头，这使他看起来多少有些异类的感觉。

"戴维·霍普金斯博士，海洋生物学家。"小沃纳介绍说。

"听说您能帮我们的忙，先生。"沃纳脸上带着他那圣诞老人的笑说。

"是的，我能帮您把货运上海岸。"霍普金斯脸上无表情地说。

"用什么？"沃纳懒洋洋地问。

"鲸。"普霍金斯简短地回答。这时小沃纳挥了一下手，他的两个人抬来一件奇怪的东西。这是一个透明的小舱体，用类似透明塑料的某种材料做成，呈流线型，高一米，长两米，舱体的空间同小汽车里差不多大，里面有两个座位，座位前有带着一个微型屏幕的简单仪表盘，座位后面还有一定的空间，显然是为了放货用的。

"这个舱体能装两个人和约一吨的货。"霍普金斯说。

"那么这玩意如何在水下走五百公里到达迈阿密海岸呢？"

"鲸把它含在嘴里。"

沃纳狂笑起来，他那由细尖变粗放的笑用来表达几乎所有的感情：高兴、愤怒、怀疑、绝望、恐惧、悲哀……每次的大笑都一样，代表什么只有他自己知道。"妙极了孩子，那么我得付给那头鲸鱼多少钱，它才能按我们说的方向游到我们要去的地点呢？"

"鲸不是鱼，它是海洋哺乳动物。您只需把钱付给我，我已在那头鲸的大脑中安放了生物电极，在它的大脑中还有一台计算机接收外部信号，并把它翻译成鲸的脑电波信号，这样在外部可以控制鲸的一切活动，就用这个装置。"霍普金斯从口袋中拿出了一个电视遥控器模样的东西。

沃纳更剧烈地狂笑起来，"哈哈……这孩子一定看过《木偶奇遇记》，哈哈……啊……哈哈……"他笑得弯下了腰，喘不过气来，手里的菠萝掉在地上。"……哈哈……那个木偶，哦，皮诺曹，同一个老头儿让一头大鱼吃到肚子里……哈哈……"

"爸爸，您听他说下去，他的办法真能行！"小沃纳请求道。

"……啊哈哈……皮诺曹和那个老头儿在鱼肚子里过了很长时间，他们还在那里面……哈哈……在那里面点蜡烛……哈哈……"

沃纳突然止住了笑，他的狂笑消失之快，就像电灯关掉电源那样，可圣诞老人的微笑还留着。他问身后的一个女郎："皮诺曹说谎后，怎么来着？"

"鼻子变长了。"女郎回答说。

沃纳站起来，一手拿着削菠萝的小刀，一手托起霍普金斯的下巴，研究着他的鼻子，后者平静地看着他。"你们看他的鼻子在变长吗？"他微笑着问女郎们。

"在变长，大叔！"她们中的一个娇滴滴地说，显然看别人在沃纳大叔手下倒霉是她们的一种乐趣。

"那我们帮帮他。"沃纳说着，他的儿子来不及阻拦，那把锋利的小刀就把霍普金斯的鼻子尖切下一块。血流了出来，但霍普金斯仍是那么平静，沃纳放开他的下巴后他仍垂手站在那儿任血向下流，仿佛鼻子不是长在他脑袋上。

"把这个天才放到这玩意儿里面，扔到海里去。"沃纳轻轻地挥了一下手。当两个南美大汉把普霍金斯塞进透明小舱后，沃纳把那个遥控器拾起来，从小舱的门递给霍普金斯，就像圣诞老人递给孩子一个玩具那样亲切，"拿着，叫来你那宝贝鲸鱼，哈哈……"他又狂笑起来。当小船在海中溅起高高的水花时，他收敛笑容，显出少有的严肃。

"你迟早得死在这上面。"他对儿子说。

透明小舱在海面上随波起伏，像一个气泡那样脆弱而无助。

突然，游艇上的两个女郎惊叫起来，在距船舷二百多米处，海面涌起了一个巨大的水泡，那水泡以惊人的速度移动着，很快从正

128

中分开化为两道巨浪，一条黑色的山脊在巨浪中出现了。

"这是一头蓝鲸，长四十八米，霍普金斯叫它波塞冬，希腊神话中海神的名字。"小沃纳附在父亲耳边说。

山脊在距小舱几十米处消失了，接着它巨大的尾巴在海面竖立起来，像一面黑色的巨帆。很快，蓝鲸的巨头在小舱不远处出现，巨头张开大嘴，一下把小舱吞了进去，就像普通的鱼吃一块面包屑一样。然后，蓝鲸绕着游艇游了起来，那座生命的小山在海面庄严地移动，激起的巨浪冲击着游艇，发出轰轰的巨响。在这景象面前，即使像沃纳这样目空一切的人也感到了一种敬畏，那是人见到了神的感觉，这是大海神力的化身，是大自然神力的化身。蓝鲸绕着游艇游了一圈后，转向径直朝游艇冲来，它的巨头在船边伸出海面，船上的人清楚地看到它那粘着蚌壳的礁石般粗糙的皮肤，这时他们才真正体会到蓝鲸的巨大。接着蓝鲸张开了大嘴，把小舱吐了出来，小舱沿着一条几乎水平的线掠过船舷，滚落在甲板上。舱门打开，霍普金斯爬了出来，他鼻子上流出的血已把胸前的衣服湿了一片，但除此之外安然无恙。

"还不快叫医生来，没看到皮诺曹博士受伤了吗？！"沃纳大叫起来，好像霍普金斯的伤同他无关似的。

"我叫戴维·霍普金斯。"霍普金斯庄严地说。

"我就叫你皮诺曹。"沃纳又露出他那圣诞老人的笑。

几个小时后，沃纳和霍普金斯钻进了透明小舱。装在防水袋中的一吨海洛因放在座位后面。沃纳决定亲自去，他需要冒险来激活他血管中已呆滞的血液，这无疑是他一生中最刺激的旅行。小舱被游艇上的水手用缆绳轻轻放到海面上，然后游艇慢慢地驶离小舱。

小舱里的两个人立刻感到了海的颠簸，小舱有二分之一露出水面，大西洋的落日照进舱里。霍普金斯按动遥控器上的几个键，召唤蓝鲸。他们听到远处海水低沉的搅动声，这声音越来越大，蓝鲸的大嘴出现在海面上，向他们压过来，小舱好像被飞速吸进一个黑洞中，光亮的空间迅速缩小，变成一条线，最后消失了，一切都陷入黑暗中，只听到咔的一声巨响，那是蓝鲸的巨牙合拢的撞击声。接着是一阵电梯下降时的失重感，表明蓝鲸在向深海潜去。

"妙极了皮诺曹，哈哈……"沃纳在黑暗中又狂笑起来，表示或掩盖他的恐惧。

"我们点上蜡烛吧，先生。"霍普金斯说，他的声音听起来快乐自在，这是他的世界了。沃纳意识到了这一点，恐惧又加深了一层。这时，小舱里一盏灯亮了起来，灯在小舱的顶部，发出蓝幽幽的冷光。

沃纳首先看到的是小舱外面的一排白色的柱子，那些柱子有一人多高，从底向头部渐渐变尖，上下交错组成了一道栅栏。他很快意识到这是蓝鲸的牙齿。小舱似乎放在一片柔软的泥沼上，那泥沼的表面还在不停地蠕动。上方像一个拱顶，可以看到一道道由巨大骨骼构成的拱梁。"泥沼地面"和上方的拱梁都向后倾斜，到达一个黑色的大洞口，那洞口也在不断地变换着形状，沃纳又开始神经质地大笑了，他知道那洞口是蓝鲸的嗓子眼。周围飘着一层湿雾，在灯的蓝光下，他们仿佛置身于神话里的魔洞中。

小舱里的小屏幕上显示出一幅巴哈马群岛和迈阿密海区的海图，霍普金斯开始用遥控器"驾驶"蓝鲸，海图上一条航迹开始露头，它精确地指向迈阿密海岸沃纳要去的地方。"航程开始了，波塞冬的速度很快，我们五个小时左右就能到达。"霍普金斯说。

"我们在这里不会闷死吧？"沃纳尽量不显出他的担心。

"当然不会，我说过鲸是哺乳动物，它也呼吸氧气，我们周围有足够的氧气，通过一个过滤装置我们就可以维持正常的呼吸。"

"皮诺曹，你真是个魔鬼！你怎么做到这一切的？比如说，你怎样把控制电极和计算机放进这个大家伙的脑子中？"

"一个人是做不到的。首先需要麻醉它，所用的麻醉剂有五百公斤。这是一个耗资几十亿元的军事科研项目，我曾是这个项目的负责人。波塞冬是美国海军的财产，在冷战时期用来向华约国家的海岸输送间谍和特种部队。我还主持过一些别的项目，比如，在海豚或鲨鱼的大脑中埋入电极，然后在它们身上绑上炸弹，使它们变成可控制的鱼雷。我为这个国家做了很多的事情，可后来，国防预算削减了，他们就把我一脚踢出来。我在离开研究院的时候，把波塞冬也一起带走了。这些年来，我和它游遍了各个大洋……"

"那么，皮诺曹，你用你的波塞冬干现在这件事，有没有道德上的，嗯，困扰呢？当然你会觉得我谈道德很可笑，但我在南美的提炼厂里有很多化学家和工程师，他们常常有这种困扰。"

"我一点没有，先生。人类用这些天真的动物为他们肮脏的战争服务，这已经是最大的不道德了。我为国家和军队做出了巨大的贡献，有资格得到我想要的东西，既然社会不给，只好自己来拿。"

"哈哈……对，只好自己拿！哈哈……"沃纳笑着，突然止住，"听，这是什么声音？！"

"是波塞冬的喷水声，它在呼吸。小舱里装有一个灵敏的声呐，能放大外面的所有声音。听……"

一阵嗡嗡声，夹杂着水击声，由小变大，然后又变小，渐渐消失。

"这是一艘万吨级的油轮。"

突然，前面两排巨牙缓缓动了起来，海水汹涌地涌了进来，发出轰轰的巨响，小舱很快被浸在水中。霍普金斯按动一个按键，

131

小屏幕上的海图消失了，代之以复杂的波形，这是蓝鲸的脑电波。

"哦，波塞波发现了鱼群，它要吃饭了。"蓝鲸的嘴张开了一个大口，小舱面对着深海漆黑的无底深渊。突然，鱼群出现了，它们蜂拥着进入了大口，猛烈地冲撞着小舱，小舱中两个人面前，全是在灯光中闪着耀眼银光的鱼群，它们并不知道自己的命运，觉得这只是一个大珊瑚洞而已。咔的一声巨响，透过纷飞的鱼群，可隐约看到巨牙合拢了，但蓝鲸巨大的嘴唇还开着，这时响起一阵水流的尖啸声，鱼群突然倒退，退到巨牙的栅栏时被堵住，沃纳很快意识到这是鲸嘴里的海水在向外排，巨大的气压在把同鱼群一起冲入的海水压出去。他惊奇地看到，在鲸嘴产生的巨大压力下，水面垂直着从小舱边移过去。很快，鲸嘴里的海水排空了，吸入的鱼群变成乱蹦乱跳的一堆，堆在巨牙的栅栏前。小舱下的柔软的"地面"开始蠕动，这蠕动在"地面"上形成了一排排飞快移动的波状起伏，鱼堆随着这起伏向后移去。当沃纳明白了这是在干什么时，恐惧使他从头冷到了脚。

"放心，波塞冬不会把我们咽下去的。"霍普金斯明白沃纳恐惧的原因，"他能识别出我们，就像您吃瓜子能识别出皮和仁一样。小舱对它进食会有一定的影响，但它已习惯了。有时候鱼群很大，它在吃前可暂时把小舱吐出来。"

沃纳松了一口气，他还想狂笑，可已没有力气了。他呆呆地看着鱼堆慢慢地移过了纹丝不动的小舱，移向后面那黑暗的大洞，当两三吨重的那堆鱼在蓝鲸巨大的喉咙里消失时，响起了一阵山崩似的声音。

震惊使沃纳呆呆地沉默着，就这样过了很长时间。霍普金斯突然推了推他："听音乐吗？"说着他放大了声呐扬声器的音量。

沃纳听到了一阵低沉的隆隆声，他不解地看着霍普金斯。

"这是波塞冬在唱歌，这是鲸。"

渐渐地，沃纳从这低沉的时断时续的轰鸣声中听出了某种节奏，甚至又听出了旋律……"它干什么，求偶吗？"

"不全是。海洋科学家们研究鲸歌有很长时间了，至今无法明了其含义。"

"可能根本没有什么含义。"

"恰恰相反，含义太深了，深到人类无法理解。科学家们认为这是一种音乐语言，但同时表达了许多人类语言难以表达的东西。"

鲸歌在响着，这是大海的灵魂在歌唱。鲸歌中，上古的闪电击打着的原始的海洋，生命如萤火在混沌的海水中闪现；鲸歌中，生命睁着好奇而畏惧的眼睛，用带着鳞片的脚，第一次从大海踏上火山还没熄灭的陆地；鲸歌中，恐龙帝国在寒冷中灭亡，时光飞逝，沧海桑田，智慧如小草，在冰川过后的初暖中萌生；鲸歌中，文明幽灵般出现在各个大陆，亚特兰蒂斯在闪光和巨响中沉入洋底……一次次海战，鲜血染红了大海；数不清的帝国诞生了，又灭亡了，一切的一切都是过眼烟云……蓝鲸用它那古老得无法想象的记忆唱着生命之歌，全然没有感觉到它含在嘴中的渺小的罪恶……

蓝鲸于午夜到达迈阿密海岸。以后的一切都惊人的顺利。为避免搁浅，蓝鲸在距海岸两百多米处停了下来。今夜月亮很好，沃纳和霍普金斯可清楚地看到岸上的棕榈树丛。接货的人有八个，都穿着轻便潜水服，很顺利地把这一吨货运到了岸上，并爽快地付了沃纳报出的最高价，还许诺以后有多少要多少。他们很惊奇这两个人和那个透明小舱能穿过严密的海上防线，甚至一开始不知他们是人是鬼(这时霍普金斯已操纵波塞冬远远游开了)。半小时后，接货的人已走远，霍普金斯唤回了蓝鲸，带着满满两手提箱美元现钞，他们踏上了归程。

"好极了皮诺曹!"沃纳兴高采烈地说,"这次的收入全归你,以后的收入我们再按比例分成。你已经是一个千万富翁了皮诺曹!……哈哈……我们还要跑二十多趟才能把二十多吨的货都出手。"

"可能用不了那么多趟,我觉得经过一些改进,我们一次可带两到三吨。"

"哈哈……好极了皮诺曹!"

在海下平静的航程中,沃纳睡着了。不知过了多长时间,他被霍普金斯推醒,他看看小屏幕上的海图和航迹,发现航程已走了三分之二,似乎没有什么异常。霍普金斯让他注意听,他听到了一艘海面航船的声音,在以前的航程中这已司空见惯,他不解地看看霍普金斯。但接着听下去,他知道事情不对:与以前不同,这次声音的大小没有变化。

那条船在跟着蓝鲸。

"多长时间了?"沃纳问。

"有半个小时了,这期间我变换了几次航向。"

"怎么会呢?海岸警卫队的巡逻艇不会对一头鲸进行中微子扫描的。"

"扫描又怎样,鲸上现在并没有毒品。"

"而且,要想收拾我们,在迈阿密海岸最方便,为什么要等到这时?"沃纳迷惑不解地看看屏幕上的海图,他们已越过了佛罗里达海峡,现在接近古巴海岸。

"波塞冬要换气了,我们不得不浮上海面,只十几秒钟就行了。"霍普金斯拿起了遥控器,沃纳慢慢地点点头,霍普金斯按动遥控器,他们感到一阵超重,蓝鲸上浮了。很快,他们听到了一阵浪声，鲸在海面上了。

突然，声呐中传来了一声闷响，小舱里感觉到一阵震动。接着又一声同样的响声，这次蓝鲸的震动变得疯狂起来，小舱在鲸嘴里来回滚动，几次重重地撞在巨牙上，发出了一阵破裂声，两个人几乎被撞昏过去。

"那船向我们开炮了！"霍普金斯惊叫道。他用遥控器极力稳住了蓝鲸，然后发出了下潜的指令，但蓝鲸没有执行这个指令，仍在海面上无目标地狂奔。霍普金斯感到了一阵颤抖，那颤抖发自蓝鲸庞大的身躯，这是痛疼的颤抖。

"我们快出去，不然就晚了！"沃纳大叫。

霍普金斯发出了吐出小舱的指令，这次蓝鲸执行了，小舱从它的嘴里以惊人的速度冲了出去，并很快浮上了海面。朝阳已在大西洋上升起，阳光使他们一时眯起了双眼。但他们很快发现自己的双脚浸在水中，刚才在鲸牙上的猛烈撞击已把小舱撞出了几个破口，海水涌了进来。整个小舱已严重变形，他们拼尽了全力也没能拉开舱门逃生。他们开始用一切可找到的东西堵口，甚至用上了手提箱中那一捆捆的钞票，但没有用，海水继续涌了进来，很快小舱中的水就有齐胸深了。在小舱下沉前的一刻，霍普金斯看到了那只船，那是一艘很大的船；他还看到了船头的那门形状奇怪的炮，看到了炮口火光一闪，看到了那发箭状的带绳子的炮弹击中了挣扎着的蓝鲸的脊背。蓝鲸用最后的力气在海面翻起了巨浪，它的鲜血已使一大片海面变成了红色……小舱下沉了，在蓝鲸茫茫的红色的血雾中沉下去。

"我们死在谁手里？"当水已淹到下巴时，沃纳问。

"捕鲸船。"霍普金斯回答。

沃纳最后一次狂笑起来。

"国际公约早在五年前就全面禁止捕鲸了！这群狗娘养的！！"霍普金斯破口大骂。

沃纳继续狂笑着："……哈哈……他们不讲道德……哈哈……社会不给他们……哈哈……他们自己来拿……哈哈……自己来拿……"

海水淹没了小舱中的一切，在残存的意识中，霍普金斯和沃纳听到了蓝鲸波塞冬又唱起了凝重的鲸歌，那生命最后的歌声穿透血色的海水，在大西洋中久久地回荡、回荡……

白垩纪往事

　　这是六千五百万年前白垩纪晚期普通的一天，真的不可能搞清是哪一天了，但确实是普通的一天。这一天的地球，是在平静中度过的。

　　那时各大陆的形状和位置与现在大不相同，恐龙主要分布在两块大陆上，其一是冈瓦纳古陆，它在几亿年前原本是地球上唯一的完整大陆，现在经过分裂，面积已大为减小，但仍有现在的非洲和南美洲合起来那么大；其二是罗拉西亚大陆，是从冈瓦纳古陆分裂出去的一块大陆，后来形成现在的北美洲。

　　在这一天，在所有的大陆上，所有的生命都在为生存而奔波，在这蒙昧之中的世界，它们不知道自己从哪里来，也不关心自己到哪里去，当白垩纪的太阳升到正空时，当苏铁植物的大叶在地上投下的影子缩到最小时，它们只关心从哪里找到自己今天的午餐。

　　一头霸王龙找到了自己的午餐，它此时正处于冈瓦纳古陆的中部地区，在一片高大的苏铁林中的一块阳光明媚的空地上。它的午餐是一条刚刚抓到的肥硕的大蜥蜴，它用两只大爪把那只拼命扭动的蜥蜴一下撕成两半，把尾巴那一半扔进大嘴里，津津有味地大嚼起来，这时它对这个世界和自己的生活很满意。

137

就在距霸王龙左脚一米左右的地方，有一个蚂蚁的小镇，镇子大部分处于地下，里面生活着一千多只蚂蚁。今年的旱季很长，日子越来越难了，它们已经连着两天挨饿了。

霸王龙吃完后，后退两步，满意地躺在树荫里睡午觉了。它的倒卧使小镇产生了一场强烈的地震，涌到地面的蚂蚁们看到霸王龙的身躯像远方一道高大的山脉。不一会儿地震又发生了，只见那道山脉在大地上来回滚动着，霸王龙把一只巨爪伸进嘴里，在巨牙间使劲抠着。蚂蚁们很快明白了恐龙睡不着的原因：牙缝里塞了肉，很难受。

蚂蚁小镇的镇长突然间有了一个主意，它攀上一棵小草，向下面的蚁群发出一股气味语言，气味所到之处，蚂蚁们理解了镇长的意思，也发出气味把这信息更广地传播开来，蚁群中触角挥动，出现了一阵兴奋的浪潮。随后，在镇长的率领下，蚁群向霸王龙行进，在地面上形成了几道黑色的小溪。

十分钟后，蚂蚁们便跟着镇长开始登上恐龙的巨爪。霸王龙看到了前臂上的蚁群，挥起另一只手臂要把它们扫下去。它挥起的巨掌如一片乌云瞬间遮住了正午的太阳，蚁群所在的前臂平原立刻暗了下来。蚂蚁们惊恐地仰望着空中的巨掌，急剧挥动着它们的触须，镇长则抬起前爪指着恐龙的大嘴，其他的蚂蚁也学着镇长的样子，一起指着恐龙的嘴。霸王龙愣了几秒钟，似乎明白了蚂蚁的意思。它想了想，把举着的那只爪子放了下来，前臂平原上立刻云开日出。霸王龙张开大嘴，将爪子的一根指头搭到它的巨牙上，形成了一座沟通前臂平原与巨牙的桥梁。蚂蚁犹豫着，镇长首先向指头走去，蚁群随后跟上。

一群蚂蚁很快走到了手指的尽头，它们站在那光滑的圆锥形指尖上，充满敬畏地向恐龙的嘴里看了一眼，它们仿佛面对着一个处于雷雨前的暗夜中的世界，一阵充满血腥味的潮湿的大风迎面刮来，那无尽的黑暗深处有隆隆的雷声传来。当蚂蚁们的眼睛适应了黑暗，模糊地看到黑暗中的远方有一大片更黑的区域，那片区域的边界还在不断地变幻着形状，好半天蚂蚁们才明白那是恐龙的嗓子眼儿，隆隆的雷声就是从那里传出的，这声音是从那大黑洞的深处霸王龙庞大的胃发出的。蚂蚁们惊恐地收回目光，纷纷从指尖爬上了恐龙的巨牙，然后沿着牙面那白色的光滑峭壁爬下去。在宽大的牙缝中，蚂蚁们开始用它们有力的双颚撕咬卡在那里的粉红色的蜥蜴肉。这时霸王龙已经把指头搭到了上排牙上，后来的蚂蚁在持续不断地爬上去，然后进入牙缝中吃肉，这使得上牙的情景仿佛是下牙的镜像。在恐龙的十几道牙缝中，有上千只蚂蚁在忙碌着。很快，牙缝中的残肉被剔得干干净净。

霸王龙牙齿间的不适感消失了，但它还没有进化到能说声谢谢的地步，它只是快意地长出一口气，一时间突然出现的飓风掠过两排巨牙，把所有的蚂蚁都吹了出去。蚁群像一片黑色的灰尘纷纷从空中飘落，由于它们身体极轻，都安然无恙地降落在距霸王龙头部一米多远的地方。饱餐一顿的蚂蚁们心满意足地向小镇的入口走去，而消除了齿间不适的霸王龙，又打了一个滚回到凉爽的树荫里，舒适地睡去。

地球在静静地转动着，太阳无声地滑向西方，苏铁植物的影子在悄悄拉长，林间有蝴蝶和小飞虫在静静地飞着，在远方，远古大洋上的浪花拍打着冈瓦纳古陆的海岸……

没有人知道，在这宁静的一刻，地球的历史已被扭向另一个方向。

一、信息时代

时光飞逝，五万年过去了。

恐龙和蚂蚁的相互依存关系一直延续下来，两个物种一同创造了白垩纪文明，跨越了石器时代、青铜时代、铁器时代、蒸汽机时代、电气时代、原子时代，现在进入了信息时代。

恐龙在各大陆上建起了巨大的城市，这些城市中有上万米高的大楼，站在楼顶向下看，就像坐在我们的高空飞机上鸟瞰一样，可以看到云层几乎贴着大地。这些巨楼站立在云海之上，下面的云很密时，总是处于万里晴空之中的顶层的恐龙就会打电话问底层的门卫，下面是不是在下雨，以决定它们下班回家时要不要带伞。它们的伞也很大，像我们马戏团的顶棚。它们的汽车每一辆都有我们的一幢楼房那么大，行驶时地面在颤动。恐龙的飞机像我们的巨轮那么大，飞行时如惊雷滚过长空，并在地面上投下大大的影子。恐龙还进入了太空进行探险，在地球同步轨道上运行着它们大量的卫星和飞船，这些航天器同样也是庞然大物，在地面上就能看出其形状。恐龙的世界是由庞大而复杂的计算机网络连在一起的，它们的计算机键盘上的每一个键都有我们的电脑屏幕那么大，而它们的电脑屏幕像我们的一面墙那么宽。

与此同时，蚂蚁世界也进入了先进的信息时代。蚂蚁世界的能源动力与恐龙世界完全不同，它们不使用石油和煤炭，而是采集风力和太阳能。在蚂蚁城市中能看到大量的风力发电机，外形和大小与我们的孩子玩的纸风车相仿；城市的建筑表面都是一种光亮的黑色材料，那是太阳能电池。蚂蚁世界的另一个重要技术是用生物工程制造的动力肌肉，这种动力肌肉的外形像一根根粗电缆，注入营养液后就能够进行各种频率的伸缩以产生动力，蚂蚁的汽车和飞机都是由这种动力肌肉作为发动机的。蚂蚁也有计算机，它们都是米粒大小的圆粒，与恐龙的计算机不同，没有任何集成电路，所有的计算都是由复杂的有机化学反应完成。蚂蚁计算机没有显示屏，它用化学气味输出信息，这些极其复杂精细的气味只有蚂蚁能够分辨，蚂蚁的感觉可以把这些气味翻译成数据、语言和图像。这些粒状化学计算机同样联成了庞大的网络，只是它们之间的联网不是通过光纤和电波，而是通过化学气味，计算机之间用气味语言来交换信息。蚂蚁社会的结构与我们今天见到的蚁群大不相同，反倒更像我们人类。由于采用生物工程生产胚胎，蚁后在生殖繁衍后代中的作用已微不足道，所以它们在蚂蚁社会中没有今天这样的地位和重要性。

蚂蚁和恐龙两个世界间形成了一种相互依存的关系，四肢笨拙的恐龙依赖蚂蚁的精细操作技能，在恐龙世界的所有工厂中，都有大量蚂蚁在工作，它们主要从事恐龙工人无法胜任的微小零件的制造、精密设备和仪器的操作、维护和维修等。蚂蚁在恐龙社会发挥重要作用的另一个重要领域是医学，恐龙的所有手术仍然由蚂蚁医师们进入它们那巨大的内脏来实施，蚂蚁拥有了许多精密的医疗设备，包括微小的激光手术刀、能够在恐龙血管中行驶并清淤的微型潜艇等。

冈瓦纳大陆上的蚂蚁帝国最后统一了各个大陆上的未开化的蚂蚁部落，建立了名叫蚂蚁联邦的覆盖整个地球的蚂蚁世界。

与蚂蚁世界相反，原本统一的恐龙帝国却发生了分裂，罗拉西亚大陆独立，建立了另一个庞大的恐龙国家——罗拉西亚共和国。后来经过上千年的扩张，冈瓦纳帝国占据了原生印度、原生南极和原生澳大利亚，而罗拉西亚共和国则把自己的版图扩张至原生亚洲和原生欧洲两个大陆。冈瓦纳帝国主要由霸王龙组成，而罗拉西亚共和国主要龙种是暴龙，双方在领土扩张的漫长历史中不断爆发战争。但在最近的两百年，随着核时代的到来，战争却停止了。这完全是核威慑的结果，两个大国都存储了大量的热核武器，战争一旦爆发，这些核弹会使地球变成一个没有生命的放射性熔炉。正是对共同毁灭的恐惧，使白垩纪地球维持了这针尖上的可怕和平。

随着时间的流逝，恐龙社会在地球上急剧膨胀，它们的人口迅速增加，各个大陆变得拥挤起来，环境污染和核战争两大威胁变得日益严重。蚂蚁和恐龙两个世界间的裂痕再次出现，白垩纪文明笼罩在一层不祥的阴云之中。

在刚刚闭幕的本年度龙蚁峰会上，蚂蚁世界要求恐龙世界采取断然措施，销毁所有核武器，保护环境和限制人口增长，在要求被拒绝后，白垩纪世界中的所有蚂蚁全体罢工。

二、蚂蚁罢工

冈瓦纳帝国首都，在高耸入云的皇宫中的一间宽阔的蓝色大厅中，达达斯皇帝躺在一张大沙发上，用大爪捂着左眼，不时痛苦地呻吟一声。围着它站着几头恐龙，它们是：国务大臣巴巴特、国防大臣洛洛加元帅、科学大臣尼尼坎博士、医疗大臣维维克医生。

维维克医生欠身看着皇帝说："殿下，您的左眼已经发炎了，急需手术，但现在找不到动眼科手术的蚂蚁医生，只能用抗生素药物维持，这样下去，您的这只眼睛有失明的危险。"

"见鬼！"皇帝咬牙切齿地说，接着问医生，"全国的医院都没有蚂蚁医生了吗？"

维维克点点头："是的殿下，大量需要手术的病人得不到治疗，已经引起了一定的社会恐慌。"

"大概更大的恐慌不是来自于此吧。"皇帝说着，转向国务大臣。

巴巴特欠一下身说："当然，殿下。现在，全国有三分之二的工厂已经停工，有几个城市还停电，罗拉西亚共和国的情况也比我们好不到哪里去。"

"那些恐龙能够操纵的机器和生产线也停下来了吗？"

"是的殿下，在制造业，比如汽车制造之类，如果精细的小部件造不出来，那些恐龙能够生产的大部件也无法装配成能够使用的成品，所以也都停止生产了。在另外一些工业部门，如化工和发电，蚂蚁罢工刚开始还影响不大，但后来随着设备故障的增加，维修又跟不上，瘫痪的工厂越来越多。"

皇帝暴跳如雷："浑蛋！龙蚁峰会刚结束，我们就命令你们在全国范围内对恐龙产业工人进行紧急培训，以使它们能够逐步胜任原来由蚂蚁从事的精细操作。"

"殿下，这几乎是一件不可能的事。"

"对于伟大的冈瓦纳帝国没有什么是不可能的！在帝国漫长的历史上，冈瓦纳恐龙经历过比这大得多的危机，有多少次敌众我寡的血战，多少次扑灭覆盖整个大陆的森林大火，多少次在大陆板块运动后岩浆横流的大地上生存下来……"

"但，殿下，这次不同……"

"有什么不同的？！只要勤学苦练，恐龙也能拥有一双灵巧的手！我们的世界不会因此而屈服于那些小虫子的要挟！"

"我将让您看到，这是一件多么困难的事……"国务大臣说着，张开它的大爪，把两根红色的电线放到沙发上，"殿下，您能试着做一个维修机器设备最基本的操作：把这两根导线接起来吗？"

143

达达斯皇帝大爪的每根指头都有半米长，比茶杯还粗，那两根直径三毫米的电线，在它看来比我们眼中的头发丝还细，它费了很大劲，蹲在那里把两眼紧凑在沙发上，试图把那两根电线捏起来，爪子粗大的锥形指甲像几颗小炮弹般光滑，夹起的电线最终都滑落下去，剥开电线的胶皮进行连接更是谈不上了。皇帝叹了口气，不耐烦地一挥爪子把电线扫到地上。

"就算是您最终练就了这接线的细功夫，还是无法进行维修工作，我们这粗大的手指不可能伸进那些只有蚂蚁才能钻进去的精密机器中。"

"唉——"科学大臣尼尼坎长叹一声，感慨地说，"早在八百年前，先皇就看到了恐龙世界对蚂蚁细微操作技能的依赖所产生的危险，并做出了巨大的努力，研究新的技术和设备以摆脱这种依赖，但恕我冒昧，在包括殿下在位的这两个世纪，这种努力几乎停止了，我们舒适地躺在蚂蚁服务的温床上，忘记了居安思危。"

"我没有躺在谁的温床上！"皇帝举起两只大爪愤怒地说，"事实上，先皇看到的那种危险也无数次在我的噩梦中出现，"它用一根粗指头抵着尼尼坎的前胸，"但你要知道，先皇摆脱对蚂蚁技能依赖的努力是因为失败而停止的，在罗拉西亚共和国也一样！"

"是这样，殿下！"国务大臣点点头，指指地上的电线对尼尼坎说，"博士，您不可能不知道，要想让恐龙顺利地完成接线操作，这两根电线必须有十至十五厘米粗！即使具有这样大的形体，我们也不可能想象一部内部盘着像小树那么粗的电线的移动电话，或者同样的一台电脑。与此类似，要想由恐龙操作和维护，有一半的机器设备必须造得比现在大百倍甚至几百倍，这样，资源和能源的消耗也相应地是现在的几百倍，这是恐龙世界的经济根本无法承受的！"

科学大臣点点头承认了上面的说法："是的，更要命的是，有些设备的部件是不可能大型化的，比如光学和电磁波通讯设备，包括光波在内的电磁波的波长，决定了调制和处理它们的部件一定是微小的。没有微小部件，怎么可能想象会有计算机和网络？在分子生物学和基因工程的研究和生产方面也是类似的。"

医疗大臣说："我们的医疗也离不开蚂蚁，没有他们，恐龙的外科手术无法想象。"

科学大臣总结道："龙蚁联盟是大自然在进化中的一项选择，它的意义是十分深远的，没有这种联盟，地球上的文明根本不可能出现，我们绝不能容忍蚂蚁破坏这个联盟。"

"可现在我们怎么办呢？"皇帝摊开双爪看看大家问。

一直沉默的国防大臣洛洛加元帅说话了："殿下，蚂蚁联邦固然有它们的优势，但我们也有自己的力量，蚂蚁世界的城市比我们娃娃的积木玩具还小，我们撒泡尿就能把它冲垮！帝国应该使用这种力量。"

皇帝点点头，对元帅说："好吧，你命令总参谋部制订一个行动方案，毁灭几座蚂蚁城市，给他们一个警告！"

"元帅，"国务大臣拉住正要离去的洛洛加说，"关键是要与罗拉西亚协调好。"

"对！"皇帝点点头，"要与它们同时行动，以防让多多米做好人，把蚂蚁联邦拉到罗拉西亚那边去。"

三、最后的战争

"在我们的那三座城市被摧毁后，为避免更大的损失，蚂蚁联邦已经暂时结束罢工，恢复在恐龙世界的工作。现在的事实已经很清楚：要么蚂蚁消灭恐龙，要么整个地球文明一起毁灭！"蚂蚁联邦最高执政官卡奇卡在议会讲坛上对议员们说。

"我同意最高执政官的看法。"蚂蚁参议员比卢比在自己的座位上挥动着触角说，"照现在的趋势发展下去，地球生物圈只有两个命运：或者被恐龙大工业产生的污染完全毒化，或者在冈瓦纳和罗拉西亚两个恐龙大国间的核战争中被完全毁灭！"

它们的话在蚂蚁议员们中引起了强烈反响："对，是做最后抉择的时候了！""消灭恐龙，拯救文明！""行动吧！行动吧！！"……

"请大家冷静一下！"蚂蚁联邦的首席科学家乔耶博士挥动触角平息了喧哗，"要知道，蚂蚁和恐龙的共生关系已经延续了两千多年，龙蚁联盟是地球文明的基础，当然也是蚂蚁文明的基础，如果这个联盟突然消失，并且其中的一方恐龙文明被消灭，蚂蚁文明真的能够独自存在下去吗？大家都知道，在龙蚁联盟中，恐龙从蚂蚁这里得到的东西一直是很明确、很具体的，而蚂蚁从恐龙那里得到的，除了基本的生活物资外，还有一些无形的东西，这就是它们的思想和科技知识，对于蚂蚁文明来说，后者显然是更重要的，蚂蚁也许能够成为出色的工程师，但永远也成不了科学家！因为蚂蚁大脑的生理结构决定了我们永远也不可能拥有恐龙的两样东西：好奇心和想象力。"

比卢比参议员不以为然地摇摇头："好奇心和想象力？啧啧，博士，您以为这是两样好东西吗？正是这两样东西，使恐龙成为一种神经兮兮的动物，使它们的情绪变幻不定、喜怒无常，整天在胡思乱想的白日梦中浪费时光。"

"但，参议员，正是这种变幻不定和胡思乱想，才使灵感和创造成为可能，才使以探索宇宙最深层规律的理论研究成为可能，而后者是技术进步的基础……"

"好了，好了——"卡奇卡不耐烦地打断乔耶博士的话，"现在不是进行这种无聊的学术讨论的时候，博士，蚂蚁世界现在面临的问题只有一个：是消灭恐龙，还是与它们一起毁灭？"

乔耶无言以对。

卡奇卡转向若列，点头示意。

若列元帅走上讲坛："我想让大家看一样小东西，这也是我们不依赖恐龙老师而进行的技术发明中的微不足道的一项。"

在元帅的示意下，有两只蚂蚁拿上来两小条薄薄的白色片状物，像两片小纸屑。若列介绍说："这是蚂蚁最传统的武器——雷粒的一种最新型号，这种片状的雷粒，是联邦的军事工程师们专为这场终极战争研制的。"它挥了一下触须，又有四只蚂蚁抬上来两小段导线，就是在恐龙的机器中最常见的那种，一段是红色的，另一段为绿色。它们把这两段导线放到一个支架上，然后把那两片白色的小条分别缠到两段导线的中部，小条紧紧地贴在导线上，像在上面缠了两圈白胶布。但接下来神奇的事情发生了：那两圈小白条突然开始变色，分别变成与它们所缠的导线一样的颜色，一条变红一条变绿，很快，它们就与所缠的导线融为一体，根本无法分辨出来。卡奇卡说："这就是联邦的最新武器：变色雷粒。它们一旦安装到位，恐龙是绝对无法发现的！"约两分钟后雷粒爆炸，啪啪两声脆响后，两段导线都被齐齐切断。

"届时，联邦将出动由一亿只蚂蚁组成的大军，它们中的一部分是目前正在恐龙世界工作的蚂蚁，另一部分则正在潜入恐龙世界。这支大军将在恐龙的机器内部的导线上，安装两亿片变色雷粒！我们把这个行动称为断线行动。"

"哇，真是一个宏伟的计划！"比卢比参议员赞叹道，引发了议员们一阵由衷的附和声。

"同时进行的另一个行动也同样宏伟！联邦将出动另一支由两千万蚂蚁组成的大军，潜入五百万恐龙的头颅，在它们的大脑主血管上安装雷粒。这五百万头恐龙是地球上几十亿恐龙中的精英部分，它们包括国家领导层、科学家、关键岗位上的技术人员和操作人员等，这些恐龙一旦被消灭，整个恐龙世界就像失去了大脑，所以我们把这个行动称为断脑行动。"

"计划的最精彩之处是对恐龙世界打击的同时性！"卡奇卡接着说，"安放在恐龙世界机器中的那两亿颗雷粒，和布设在恐龙大脑中的五百万颗雷粒，将在同一时刻爆炸！这一时刻的误差不会超过一秒钟！这使得恐龙世界的任何一部分都不可能得到其他部分的救援和替代，整个恐龙社会将像大洋中部一艘被抽掉了船底的大船，飞快地沉下去！那时，我们就是真正的地球统治者了。"

"尊敬的卡奇卡执政官，能否告诉我们那一伟大时刻的具体时间？"比卢比问，同时拼命抑制着自己的兴奋。

"所有雷粒的引爆时间，将设定在一个月后的午夜。"

蚂蚁们发出了一阵欢呼。

乔耶博士拼命地挥动触须，想让众蚂蚁安静下来，但欢呼声经久不息，他大喝了一声，才使大家安静下来把目光转向它。

"够了！你们都疯了？！"乔耶大喊道，"恐龙世界是一个极其复杂的超巨型系统，这个系统如果在一瞬间全面崩溃，会产生我们难以预测的后果。"

"博士，除了恐龙世界的毁灭和蚂蚁联邦在地球上的最后胜利，您能告诉大家还会有什么别的后果吗？"卡奇卡问。

"我说过，难以预测！"

"又来了，乔耶书呆子，您那一套我们都厌烦了。"比卢比说，其他的议员对首席科学家扫了大家的兴也纷纷表示不满。

若列走过来用前爪拍拍乔耶，元帅是一只冷静的蚂蚁，也是刚才少数没有同大家一起欢呼的蚂蚁之一："博士，我理解您的忧虑，其实这种担心我们也有过，我想恐龙的核武器失控算是最可能的一个吧。但不用担心，虽然两个恐龙大国的核武器系统都全部由恐龙控制，日常少量由蚂蚁进行的维护工作也在恐龙的严密监视之下，但对于蚂蚁特种部队来说，进入其内部也不是一件难事。我们在核武器系统中安放的雷粒数量将比别的系统多一倍，当那一时刻过后，核武器系统会同其他系统一样全面瘫痪，不会造成很大的灾难。"

乔耶叹了口气："元帅，事情要复杂得多，问题的关键在于，我们真的了解恐龙世界吗？"

这个问题让所有的蚂蚁都愣了一下，卡奇卡看着乔耶说："博士，蚂蚁遍及恐龙世界的每一个角落，而且上万年来一直如此！您怎么能提出一个如此愚蠢的问题？！"

乔耶缓缓地摇摇触须："蚂蚁和恐龙毕竟是两个差异巨大的物种，生活在两个完全不同的世界里。直觉告诉我，恐龙世界肯定存在着某些蚂蚁完全不知晓的巨大秘密。"

"如果您提不出什么具体的来，那就等于没说。"比卢比不以为然地说。

乔耶说："为此，我请求建立一个信息收集系统，具体的计划是：当你们每向恐龙的大脑中布设一颗雷粒，同时也向它的耳蜗中安装一个窃听器，我将领导一个部门监听和分析这些窃听器发回的信息，以期能尽快发现一些我们以前不知道的东西。"

四、雷粒

通讯大厦是巨石城信息网络的中心，担负着首都同全国的信息处理和交换义务。在冈瓦纳帝国共有上百个这样的网络中心，构成了帝国庞大信息网络的主干。

一支蚂蚁小分队已经进入了信息网络中心的一台服务器内部，它们由上百只蚂蚁组成，在五个小时前沿着一根供水管潜入通信大厦，然后又从地板上一道极小的缝隙进入了服务器机房，最后由通风孔进入这台服务器内部。在恐龙巨大的建筑和机器中，蚂蚁是通行无阻的。听到有恐龙走来，蚂蚁们赶紧躲到比他们的城市中的足球场还大的主板下面，它们听到机柜的门打开来，透过主板上的小孔，看到一面放大镜遮住了整个天空，放大镜中扭曲地映出了恐龙工程师的一只巨大的眼睛。这时蚂蚁们胆战心惊，但最后恐龙并没有发现它们。恐龙工程师没有发现蚂蚁刚刚布设的几十颗雷粒，那些小小的薄片已与贴于其上的导线颜色浑然一体，根本不可能分辨出来。在十几根不同颜色和粗细的导线上都贴上了薄片雷粒。还有几张薄片雷粒贴在电路板上，这些雷粒具有更高级的变色功能，它能在不同的位置变出不同的颜色，与下面的电路板精确对应，天衣无缝，比贴在导线上的雷粒更难发现。这种雷粒并不会爆炸，当到达设定的时间后，它会流出几滴强酸，将电路板上的蚀刻电路熔断。

机柜的门关上后，服务器中的世界立刻进入夜晚，只有一个电源指示灯像一颗绿色的月亮挂在空中，冷却扇的嗡嗡声和硬盘嗒嗒的轻响反而加剧了这个世界的宁静。

不久，在信息网络中心的每台服务器中，都有一支蚂蚁小部队完成了雷粒的布设。

在广阔的外部世界，在各个大陆上，有上亿只蚂蚁正在恐龙世界的无数大机器中干着同样的事。

这天夜里，冈瓦纳恐龙帝国皇帝达达斯做了一个噩梦，它梦见黑压压的一大片蚂蚁从鼻孔爬进了自己的身体，然后又从嘴里呈长长的一列爬出来。出来的每只蚂蚁嘴里都衔着一块东西，那是自己被咬碎的内脏。蚂蚁们扔下碎块后又从鼻孔钻进去，形成了一个不停循环的大圈……

达达斯皇帝的梦并非完全没有根据，此时，真的有两只蚂蚁正在钻进它的鼻孔，这两只兵蚁在白天就潜入了它的卧室，藏在枕头下等待机会。在鼻孔呼吸大风的呼啸声中，它们很有经验地在纵横交错的鼻毛丛林间悬浮着行走，以免触发恐龙的喷嚏。它们很快通过了鼻腔，沿着以前在无数次手术中早已熟悉的道路来到了眼球后面。蚂蚁们顺着半透明的视觉神经前行，向着大脑进发。有时，薄薄的隔膜挡住了通路，它们就在上面咬出洞穿过它，那洞极小，恐龙感觉不到。三个蚂蚁终于到达了大脑，大脑静静地悬浮于脑液中，像一个神秘的独立生命体。蚂蚁们仔细寻找着，很快找到了那根粗大的脑血管，它是供应大脑血液的主要通道。一只蚂蚁打开了微小的头灯，很快找到了大脑的主血管，另一只蚂蚁把一颗黄色的雷粒贴在血管透明的外壁上。然后它们从大脑部分撤出，在潮湿黑暗的头颅中沿着另一条曲折的道路向斜下方爬行，很快到达耳部，来到耳膜前，有一丝亮光从半透明的耳膜透进来，经过耳蜗放大的外界微小的声音在耳膜上轰轰作响。两只蚂蚁开始在耳膜下安装窃听器。

达达斯皇帝的噩梦还在继续，梦中自己的内脏已被完全掏空，有更多的蚂蚁钻了进去，要用自己的身体当蚁穴……当它一身冷汗

151

地醒过来时，那两只蚂蚁已经完成了自己的任务，无声地从鼻孔中爬出来，爬下床，从地板上撤出了卧室。

达达斯皇帝沉重地翻了个身，再次进入了仍然被噩梦困扰的睡眠。

五、海神和明月

在蚂蚁联邦统帅部，执政官卡奇卡和联邦军队总司令若列元帅正在指挥着毁灭恐龙世界的巨大行动。有两个大屏幕分别显示着断线行动和断脑行动的进展情况。

"看起来一切顺利。"若列对卡奇卡说。

这时，联邦首席科学家乔耶走了进来。卡奇卡对它打招呼说：

"啊，乔耶博士，有一个星期没看见您了！一直在忙着分析窃听到的信息吗？看您那严肃的样子，好像真有什么惊人的秘密要告诉我们了？"

乔耶点点触须："是的，我必须立刻和你们两位谈谈。"

"我们很忙，请您简短一些。"

"我想让二位听一段录音，是在昨天召开的冈瓦纳帝国和罗拉西亚共和国首脑会议上，我们窃听到的达达斯和多多米的对话。"

卡奇卡不耐烦地说："这次会议有什么秘密可言？我们都知道两国在裁减核武器问题上又谈崩了，冈瓦纳和罗拉西亚之间的战争一触即发，这更证明了我们行动的正确，必须在恐龙世界的核大战爆发之前消灭它们。"

乔耶说："您说的是新闻公告，而我要你们听的是它们秘密进行的会谈的细节，这中间，透露出一件我们以前不知道的事。"

录音开始播放。

......

多多米："达达斯殿下，您真的认为蚂蚁会那么容易屈服吗？几乎可以肯定，它们回到恐龙世界复工只是缓兵之计，蚂蚁联邦一定在策划着针对恐龙世界的重大阴谋。"

达达斯："多多米总统，您以为我愚蠢到连这么明显的事实都看不出来吗？但与罗拉西亚的'明月'进入负计时的事相比，蚂蚁的威胁，甚至你们的核威胁，都变得微不足道了。"

多多米："是的，是的，比起蚂蚁威胁和核战争的危险，'明月'和'海神'当然是地球文明更大的危险，那我们就先谈这个问题吧：在'明月'的事情上指责我们是不恰当的，是'海神'首先进入了负计时！"

......

"停停停，"卡奇卡挥挥触角说，"博士，我听不明白它们在说什么。"

乔耶暂停了录音机后说："这段对话中有两个重要信息：它们提到的'明月'和'海神'是什么？负计时又是什么？"

"博士，恐龙高层领导者的谈话中常常出现各种古怪的代号，您干吗要在这上面疑神疑鬼？"

"从它们的谈话中可以听出，这是很危险的两样东西，能够对整个地球世界构成威胁。"

"从逻辑上说这是不可能的。博士，能够对整个地球构成威胁的东西一定是一个很大的设施，这样的设施如果存在，蚂蚁联邦不可能不知道。"

"执政官，我同意您的看法：地球上不可能有大的设施能瞒过蚂蚁而存在，但简单的规模较小的设施却有可能，它不需要蚂蚁的维护就能正常运行，比如一颗单独的洲际导弹，就可以在没有蚂蚁参与的情况下长期待命并随时可以发射。也许，'明月'和'海神'就是类似这样的东西。"

"要是这样就不必担心了，这种小设施是不可能对整个地球构成威胁的，我刚说过，即使能量最高的热核炸弹，要想毁灭地球也需要上万枚。"

乔耶有几秒钟没有说话，然后它把头凑近卡奇卡，它们触须交错，眼睛几乎撞在一起："这就是问题的关键了，执政官，核弹真的是目前地球上能量最高的武器吗？"

"博士，这是常识啊！"

乔耶缩回头来，点点触须："不错，是常识，这就是蚂蚁思维致命的缺陷，我们的思想只局限于常识，而恐龙则在时时盯着未知的新领域。"

"那都是些与现实无关的纯科学领域。"

"那我就提醒你们一件与现实有关的事：还记得三年前夜空中突然出现的那个新太阳吗？"

卡奇卡和若列当然记得，那件亘古未有的事给它们的印象太深了。那是一个寒冷的冬夜，南半球的正空中突然出现了一个新太阳，世界在瞬间变成白昼。那太阳的光芒十分强烈，直视它会导致暂时的失明。那个太阳大约亮了二十秒钟就熄灭了，它辐射的热量使得那个严冬之夜变得像夏天般闷热，突然融化的积雪产生的洪水淹没了好几座城市。这件事当时令蚂蚁们很震惊，它们去问恐龙是怎么回事，但恐龙科学家们也没有给出任何解释，缺乏好奇心的蚂蚁很快就把这件事忘了。

"当时，蚂蚁所进行的观测所得到的唯一能确定的结果是：那个新太阳出现在太阳系内，距地球约一个天文单位。"

卡奇卡仍不以为然："博士，您所提到的事情仍然与现实无关，就算那种能量真的存在，您也无法证明恐龙已经把它弄到地球上来了，事实上这种可能性几乎不存在。"

"我以前也是这么想的，但……请你们接着听下面的录音吧。"乔耶说着，又启动了录音机。

……

达达斯："我们这场游戏太危险了，危险得超出了可以忍受的上限，罗拉西亚应该立刻停止'明月'的负计时，或至少将其改为正计时，如果这样，冈瓦纳也会跟着做的。"

多多米："应该是冈瓦纳首先停止'海神'的负计时，如果这样，罗拉西亚也会跟着做的。"

达达斯："是罗拉西亚首先启动'明月'的负计时的！"

多多米："可是，殿下，在更早一些的时候，也就是三年前的12月4日，如果冈瓦纳的飞船没有在太空中做那件事，'明月'和'海神'根本就不会存在！那个魔鬼早已沿着彗星轨道飞出太阳系，与地球无关了！"

达达斯："那是为了科学研究的需要……"

多多米："够了！到现在您还在重复这种无耻的谎言！是冈瓦纳帝国把地球文明推到了悬崖边缘，你们这些罪犯没有资格对罗拉西亚提出任何要求！"

达达斯："看来罗拉西亚共和国是不打算首先做出让步了？"

多多米："冈瓦纳帝国打算吗？"

达达斯："那好吧，看来我们都不在乎地球的毁灭。"

多多米："如果你们不在乎，我们也不在乎。"

达达斯："呵呵，好的，好的，恐龙本来就是对什么都不在乎的种族。"

……

155

乔耶停止了播放，问卡奇卡和若列："我想，二位已经注意到了对话中提到的那个日期。"

"三年前的12月4日？"若列回忆着，"就是那个新太阳出现的日子。"

"是的，把所有这一切联系起来，不知你们有什么感觉，但我感到毛骨悚然。"

卡奇卡说："我们不反对您尽力搞清这件事。"

乔耶叹了口气："谈何容易！搞清这个秘密的最好办法，是到恐龙的军事网络中查询，但蚂蚁的计算机与恐龙的在结构上完全不同，所以我们虽然能够随意进入恐龙计算机的硬件部分，却至今不能从软件上入侵，否则，怎么会用窃听这样的笨办法来收集情报呢？而用这种方式，在短时间内揭开这个秘密是不可能的。"

"好吧，博士，我会提供您从事这个调查所需要的力量，但这件事不能影响我们正在进行的对恐龙的全面战争，现在唯一令我毛骨悚然的事就是让恐龙帝国继续存在下去。我觉得您一直生活在幻觉中，这对联邦正在从事的伟大事业是不利的。"

乔耶没再说什么，转身走了，第二天他就失踪了。

六、恐龙世界的毁灭

两只兵蚁悄悄地从冈瓦纳帝国皇宫大门的底缝中爬出，它们是负责在皇宫的计算机系统和恐龙的头颅中布设雷粒的三千只蚂蚁中最后撤出的两只。爬出门缝后，它们开始爬下那高大的台阶，就在第一级台阶笔直的悬崖上，它们看到了一个向上爬的蚂蚁的身影。

"咦，那不是乔耶博士吗？！"一只兵蚁吃惊地对另一只说。

"联邦首席科学家？不错，是他！"

"他怎么会到这里来？我怎么看他怪怪的？"一只兵蚁看着乔耶爬进门缝后说。

"事情有些不对，你的对讲机呢？快向长官报告！"

达达斯皇帝正在主持一个由帝国主要大臣参加的会议，一个秘书走进来通报：蚂蚁联邦首席科学家乔耶博士紧急求见皇帝。

"让它等一等，开完会再说。"达达斯一挥爪说。

秘书出去不长时间又回来了："它说有极其重要的事情，坚持要立即见您，并且要求国务大臣、科学大臣和帝国军队总司令也在场。"

"浑蛋，这个小虫虫怎么这么没礼貌？！让它等着，要不就滚！"

"可它……"秘书看了看在座的大臣们，附到皇帝耳边低声说，"它说自己已从蚂蚁联邦叛逃。"

国务大臣插话说："乔耶是蚂蚁联邦领导层的重要成员，它的思维方式似乎也与其他蚂蚁不太一样，它来，可能真有什么紧急重要的事。"

"那好，就让它到这里来吧。"达达斯指指会议桌宽大的桌面说。

"我为拯救地球而来。"乔耶站在会议桌光滑的平原上，对周围高山似的恐龙说，翻译器把它的气味语言译成恐龙语，由一个看不见的扩音器播放出来。

"哼，好大的口气，地球现在很好嘛。"达达斯冷笑了一声说。

"您很快就不这么认为了。我首先要各位回答一个问题：'明月'和'海神'是什么？"

恐龙们顿时警觉起来，互相交换着目光，乔耶周围的高山一时

157

陷入沉默中，过了好一会儿，达达斯才反问："我们凭什么要告诉你呢？"

"殿下，如果它们真是我预料的那种东西，我也会向你们透露一个关系到恐龙世界生死存亡的超级秘密，你们会认为这种交换是值得的。"

"如果它们不是你预料的那种东西呢？"达达斯阴沉地问。

"那我就不会告诉你们那个超级秘密，你们也可以杀死我或者永远不让我离开这里，以保住你们的秘密。不管怎样，大家都没有什么损失。"

达达斯沉默了几秒钟，对坐在会议桌左边的帝国科学大臣点点头："告诉它。"

在蚂蚁联邦统帅部，若列元帅放下电话，神色严峻地对卡奇卡执政官说："已经发现了乔耶的行踪，看来我们的预测是对的，这家伙叛逃了。"

"雷粒的布设行动进行得怎么样了？"

"断线行动已完成了百分之九十二，断脑行动也完成了百分之九十。"

卡奇卡转向显示着世界地图的大屏幕，看着闪烁着五光十色的各个大陆，沉默了几秒钟后说："让地球的历史翻开新的一页吧，十分钟后引爆！"

听完了几位恐龙大臣的叙述，震惊使乔耶头晕目眩，一时站立不稳，更说不出话来。

"怎么样，博士？您是否可以按照刚才的承诺，告诉我们您的那个秘密？"达达斯问。

乔耶如梦初醒："这太……太可怕了！！你们简直是魔鬼！不过，蚂蚁也是魔鬼……快，立刻给蚂蚁联邦最高执政官去电话！"

"您还没有回答……"

"殿下，没有时间公布什么秘密了！它们已经知道我到这里来，随时都会提前行动，恐龙世界的毁灭已是千钧一发，整个地球的毁灭将紧跟其后！相信我吧，快打电话！快！！"

"好吧。"恐龙皇帝拿起会议桌上的电话，乔耶心急如焚地看着它的粗指头一个一个地按动着电话机上那硕大的按键，随后从达达斯爪中的话筒中隐约听到了接通的信号声，几秒钟后信号声停止，它知道卡奇卡已在另一端拿起了那小如米粒的电话，话筒中很快传来了它的声音：

"喂，谁呀？"

达达斯对着话筒说："是卡奇卡执政官吗？我是达达斯，现在……"

正在这时，乔耶听到周围响起了一阵细微的咔嗒声，像是许多钟表的秒针同时走动了一下，它知道，这是从恐龙们的头颅中传出的雷粒的爆炸声，所有的恐龙同时僵住了，这一刻的现实像被定格，达达斯爪中的话筒重重地摔在距乔耶不远处的桌面上，发出一声惊天动地的巨响，然后，所有的恐龙都轰然倒下，桌面平原晃动了几下，那些恐龙高山消失后，地平线处显得空旷了。乔耶爬上电话的耳机，里面仍在传出卡奇卡的声音：

"喂，我是卡奇卡，您有什么事吗？喂……"

耳机的音膜在这声音中振动着，使站在上面的乔耶浑身发麻，它大喊："执政官！我是乔耶！！"与刚才不同，它发出的气味语言没有被转化成声音，因而也无法被线路另一端的卡奇卡听到，皇宫的翻译系统已经被雷粒破坏了。乔耶没有再说话，它知道说什么都晚了。

接着，大厅内所有的灯都灭了，这时已是傍晚，这里的一切陷入昏暗之中。乔耶向着最近的一个窗子爬去，远处城市交通的喧哗声消失了，一切都陷入一片死寂之中，很像刚才恐龙倒下前的僵滞状态。当乔耶越过会议桌的边缘向下爬时，外面开始有种种不和谐的声音传进来，先是远远的恐龙的跑动声和惊叫声，乔耶知道这声音来自皇宫外面，因为皇宫内肯定已经没有活着的恐龙了，它们都死于自己头颅中的雷粒；然后，远处的城市有警报声，断断续续地持续了不长时间就消失了；当乔耶在地板上向着窗子爬过一半路程时，远处开始传来隐约的爆炸声。它终于爬上了窗子，向外看去，巨石城尽收眼底，傍晚的城市笼罩在一片黑暗中，可以看到几根细长的烟柱升上还没完全黑下来的天空，后来更多的烟柱出现了，在某些烟柱的根部出现了火光，城市的轮廓在火光中时隐时现。起火点越来越多，火光透过窗子，在乔耶身后高高的天花板上映出跳动的暗红色光影。

七、终极威慑

"我们成功了！！"若列元帅看着大屏幕上红光闪烁的世界地图兴奋地喊道，"恐龙世界已彻底瘫痪，它们的信息系统已经完全中断，所有的城市都已断电，被雷粒所破坏的车辆已堵死了所有的道路，火灾正在到处出现和蔓延。断脑行动已经消灭了四百多万恐龙世界的重要领导成员，冈瓦纳帝国和罗拉西亚共和国的首脑机构已不存在，这两个恐龙大国已陷入没有大脑的休克状态，整个社会一片混乱。"

"这还只是开始，"卡奇卡说，"所有的恐龙城市已经断水，存粮也将很快被这些食量很大的居民吃光，那时候真正致命的时刻才到来，大批恐龙将弃城而出，在没有交通工具和道路堵塞的情况下，它们不可能在短时间内真正疏散开来，它们的食量太大了，至少有一半的恐龙将在找到足够的食物之前饿死。其实，在恐龙弃城之际，它们的技术社会就已经彻底崩溃，恐龙世界已退回到低技术的农业时代了。"

"两个大国的核武器系统怎么样了？"有蚂蚁问。

若列回答："正如我们预料的那样，恐龙的所有核武器，包括洲际导弹和战略轰炸机，都在我们大量雷粒的破坏下成了一堆废铁，没有发生任何意外的核事故或核污染。"

"好极了，这真是一个伟大的时刻，我们只需等待恐龙世界自行灭亡就可以了！"卡奇卡兴高采烈地说。

正在这时，有蚂蚁报告，说乔耶博士回来了，急着要见卡奇卡和若列。当疲惫不堪的首席科学家走进指挥中心时，卡奇卡愤怒地斥责道：

"博士，你在最关键的时刻背叛了蚂蚁联邦的伟大事业，你将受到严厉的审判！"

"当你们听完我已得知的一切时，就明白到底谁该受到审判了。"乔耶冷冷地说。

"你到冈瓦纳皇帝那里去干什么了？"若列问。

"我从它那里知道了'明月'和'海神'到底是什么。"

博士的这句话使蚂蚁们亢奋的情绪顿时冷了下来，它们专注地把目光集中在乔耶身上。

乔耶看看四周问："首先，这里有没有谁知道反物质是什么？"

蚂蚁们沉默了一会儿，卡奇卡说："我知道一些：反物质是恐龙物理学家们猜想中的一种物质，它的原子中的粒子电荷与我们世界中的物质相反。反物质一旦与我们世界的正物质相接触，双方的质量就全部转化为能量。"

乔耶点点触须说："现在大家知道有比核武器更厉害的东西了，在同样的质量下，正反物质湮灭产生的能量要比核弹大几千倍！"

"但这和那神秘的'明月''海神'有什么关系？"

"请听我接着说：还记得三年前那个南半球的夜间突然出现的新太阳吗？这次闪光是从一个沿彗星轨道进入太阳系的小天体上发出的，那个天体直径还不到三十公里，只是漂浮在太空中的一个小石块。但它是由反物质构成的！在它经过小行星带时，与一块陨石相撞，陨石与反物质发生湮灭爆发出巨大的能量，产生了那次闪光。当时，罗拉西亚和冈瓦纳都发射了探测器，也都得到了同样的结果。这次湮灭产生了许多大大小小的反物质碎片，这些碎片都飞散到太空之中。恐龙天文学家很快定位了几块碎片，这并不是很困难，因为在小行星带以内，太阳风中的正粒子会与反物质产生湮灭，使那些碎片表面发出一种特殊的光。那时正值罗拉西亚和冈瓦纳军备竞赛的高峰期。于是，两个恐龙大国同时产生了一个极其疯狂的想法：采集一些反物质碎片带回地球，作为一种威力远在核弹之上的超级武器威慑对方……"

"等等，等等，"卡奇卡打断了乔耶的话，"这里有一个明显的逻辑错误：既然反物质与正物质接触后会发生湮灭，那它们用什么容器来存储它并把它带回地球呢？"

乔耶接着说："恐龙天文学家发现，那个反物质天体的相当大一部分是反物质铁，它们在太空中定位的碎片也都是反物质铁。反物质铁与我们世界的铁一样，能受到磁场的作用，这就为解决存储问题提供了可能，这使得恐龙有可能制造一种容器，容器的内部为真空，并产生一个强大的约束磁场，把要存储的反物质牢牢约束在容器的正中，避免它与容器的内壁相接触，这样就可以对反物质进行存储，并能够将它运送或投放到任何地方。当然，这种想法最初只是一种理论上的可能，要想用这种容器将反物质带回地球，则是一个极其疯狂和危险的举动，但疯狂是恐龙的本性，称霸世界的欲望战胜了一切，它们真的那么做了！

"是冈瓦纳帝国首先走出了这通向地狱的第一步。它们设计并制造了磁约束容器，它是一个空心球，在采集反物质碎片时，这个空心球分成两个半球，分别固定在飞船的两只机械臂上，飞船缓慢地接近反物质碎片，机械臂举着两个半球极其小心地向碎片合拢，最后将碎片扣在空心球中，在两个半球合拢的同时，球内由超导体产生的约束磁场开始工作，将碎片约束在球体正中，然后，飞船就将这个球体带回了地球。

"冈瓦纳飞船载着球体容器进入地球大气层，那块碎片重达四十五吨，如果在大气层内湮灭，将使九十吨的正反物质在大气层内转化为纯能，这巨大的能量将毁灭地球上的一切生命。罗拉西亚恐龙当然不想与冈瓦纳帝国玉石俱焚同归于尽，所以它们眼巴巴地看着那艘飞船降落在海面上。

"接下来发生的事情使疯狂达到了巅峰：冈瓦纳飞船降落后，在海上将那个球体容器转载到一艘大货轮上，这艘船叫海神号，以后恐龙也就将它所运载的反物质碎片称为'海神'了。这艘大船不是驶回冈瓦纳，而是驶向罗拉西亚大陆，最后停泊在罗拉西亚最大的港口上！在整个航程中，罗拉西亚不敢对这艘毁灭之船进行任何拦截，只能听之任之，那艘船进入港口如入无人之境。海神号停泊后，船上的恐龙乘直升机返回冈瓦纳，把船遗弃在港口。罗拉西亚恐龙对海神号敬若神明，不敢对它有任何轻举妄动，因为它们知道，冈瓦纳帝国可以遥控球体容器，随时关闭容器内的约束磁场，使那块反物质与容器接触而发生湮灭。如果这事发生，整个世界的毁灭在所难免，但最先毁灭的是罗拉西亚大陆，大陆上的一切将在海岸出现的一轮死亡太阳的烈焰中瞬间化为灰烬。那真是罗拉西亚共和国最黑暗的日子，而冈瓦纳帝国手握地球的生命之弦，变得无比猖狂，不断地向罗拉西亚提出领土要求，并命令其解除核武装。

"但这种一边倒的局面并没有持续多久，冈瓦纳的海神行动仅一个月后，罗拉西亚采取了同样的行动，用同样的技术从太空中将第二块反物质碎片带回地球，并做了与冈瓦纳帝国同样的事：将其装载到一艘叫明月号的货轮上，运到了冈瓦纳大陆最大的港口。

"于是，恐龙世界再次形成了平衡，这是终极威慑下的平衡，地球已被推到了毁灭的边缘上。

"为了避免世界性的恐慌，海神行动和明月行动都是在绝密状态下进行的，即使在恐龙世界，也只有极少数人知道它的底细。这两个行动都使用了不惜成本的高可靠性设备，同时使可替换的模块结构，同时系统的规模不大，所以完全不需要蚂蚁的维护，蚂蚁联邦也就至今对此一无所知。"

乔耶的叙述使统帅部所有的蚂蚁都极为震惊，它们从胜利的巅峰一下子跌入了恐惧的深渊，卡奇卡说："这不只是疯狂，是变态！这样以整个世界共同毁灭为基础的终极威慑，已完全失去了任何政治意义和军事意义，只是彻底的变态！"

"博士，这就是您所推崇的恐龙的好奇心、想象力和创造力产生的结果。"若列元帅讥讽地说。

"别扯远了，还是回到世界面临的极度危险中来吧。"乔耶说，"我要谈到两个恐龙大国元首曾提到的'负计时'了。为了避免在对方这种先发制人的打击下无还手之力，两个恐龙大国几乎同时对'海神'和'明月'采取了一种新的待命方式，这就是所谓'负计时'。这以后，本土遥控站不再用于对反物质容器发出引爆信号，相反，它发出的是解除引爆的信号；而球形容器则每时每刻都处于引爆倒计时状态，只有在收到本土遥控站的解除信号后，它才中断本次倒计时，重新复位，从零开始新的一轮倒计时，并等待着下一次的解除信号。每次的解除信号由冈瓦纳皇帝和罗拉西亚总统亲自发出。这样，当某一方遭受对方先发制人的打击而陷入瘫痪后，解除信号就无法发出，球形容器就会完成倒计时引爆反物质。这种待命方式使先发制人的打击等于自杀，使得敌人的存在成为自己存在的必要条件，同时，也使地球面临的危险上升了一个等级，'负计时'是这场终极威慑中最为疯狂，或用执政官的话说，最为变态的部分。"

统帅部再次陷入死寂之中。卡奇卡首先打破沉寂，它的气味语声有些颤抖：

"这就是说，'海神'和'明月'现在都在等待着下一个解除信号？"

乔耶点点触须："也许是两个永远不会发出的信号。"

"您是说，冈瓦纳和罗拉西亚的遥控站已经被我们的雷粒破坏了？！"若列问。

"是的。达达斯告诉了冈瓦纳遥控站的位置，也告知我他们侦察到的罗拉西亚遥控站的位置，我回来后在断线行动的数据库中查询，发现这是两个很小的信号发射站，由于其用途不明，我们只在其中的通讯设备里布设了很少的雷粒，冈瓦纳遥控站中布设了三十五颗，罗拉西亚遥控站中布设了二十六颗，总共切断六十一根导线。虽数量不多，但足以使这两个遥控站的信号发射设备完全失效。"

"每次倒计时有多长时间？"

"三天时间，六十六小时，罗拉西亚和冈瓦纳的倒计时几乎是同时开始的，一般解除信号是在倒计时开始后的二十二小时发出的，这次倒计时已过去二十小时，我们还有两天的时间。"

若列说："如果我们知道解除信号的具体内容，就能够自己建立一个发射台，不停地中断'海神'和'明月'的倒计时了。"

"问题是我们不知道，也不可能知道！恐龙没有告诉我信号的内容，只是说那个信号是一个十分复杂的长密码，每次都在变化，其算法只存储在遥控站的计算机中，我想现在已没恐龙知道了。"

"这就是说，只有这两个遥控站能够发出解除信号了。"

"我想是这样。"

卡奇卡迅速思考了一下说："我们能够做的，就是尽快修复它们了。"

八、遥控站战役

冈瓦纳帝国发射解除信号的遥控站位于巨石城远郊的一片荒漠之中。这是一幢顶端有复杂天线的不大的建筑，看上去像个气象站似的毫不起眼。遥控站的守卫很松懈，只有一个排的恐龙在把守，而这些守卫者主要是为了防止偶尔路过的本国恐龙无意中的闯入，并不担心敌国的间谍和破坏分子。因为，比起冈瓦纳来，罗拉西亚更愿意保证这个地方的安全。

除去守卫者外，负责遥控站日常工作的只有五个恐龙，包括一名工程师、三名操作员和一名维修技师。它们同守卫者一样，对这个站的用途全然不知。

遥控站的控制室里有一个大屏幕，上面显示着一个倒计时，从六十六小时开始递减。但这个倒计时从未减到四十四小时以下，每到这个时间（通常是早晨），另一个空着的屏幕上就出现了帝国皇帝达达斯的影像，皇帝每次只说一句简短的话：

"我命令，发信号。"

这时，值班操作员就会立正回答："是！殿下！"然后移动操作台上的鼠标，点击一下电脑屏幕上的"发射"图标，大屏幕上就会显示出如下信息：

解除信号已发出——收到本次解除成功的回复信号——倒计时重置，然后，屏幕上重新显示出"66：00"的数字，并开始递减。

在另一个屏幕上，皇帝很专注地看着这一切的进行，直到重置的倒计时开始，它才像松了一口气似的离开了。从皇帝关注信号发出的眼神可以看出，这个信号极其重要，但这些普通恐龙操作员无论如何也不可能想到，这个信号每天都推迟了一次地球的死刑。

这一天，两年如一日的平静生活中断了，信号发射机出了故障。遥控站配备的是高可靠性设备，且有冗余备份，像这样包括备份系统在内的整个设备都因故障停机，肯定不是自然或偶然因素所致。工程师和技师立刻查找故障，很快发现有几根导线断了，而那些导线只有蚂蚁才能接上。于是它们立刻向上级打电话，请求派蚂蚁维修工来，这才发现电话已不通了。它们继续查找故障，发现了更多的断线，而这时，距皇帝命令发信号的时间已经很近了。恐龙们只好自己动手接线，但那些细线它们的粗爪很难接上，五头恐龙心急如焚。虽然电话不通，但它们相信通讯很快就会恢复，在倒计时减到四十四小时时，皇帝一定会出现在那个屏幕上。两年来，在恐龙们的意识中，皇帝的出现如同太阳升起一般成了铁打不动的规律。但今天，太阳虽升起了，皇帝却没有出现，倒计时的时钟数码第一次减到了四十四以下，还在以同样恒定的速度继续减少着。

后来恐龙们知道，不可能再指望蚂蚁了，因为发射机就是它们破坏的。从巨石城逃出来的恐龙开始经过这里，从那些惊魂未定的恐龙那里，遥控站的恐龙们知道了首都的情况，知道了蚂蚁已经用雷粒破坏了恐龙帝国所有的机器，恐龙世界已经陷入瘫痪。

但在遥控站工作的都是尽心尽责的恐龙，它们继续试图接上已断的导线。但这是一项不可能完成的任务，机器中大部分断线所在的地方，恐龙粗大的爪子根本伸不进去，那几根露在外面的断线的线头在它们那粗笨的手指间跳来跳去，就是凑不到一起。

"唉，这些该死的蚂蚁！"恐龙技师揉揉发酸的双眼，骂了一声。

这时，工程师瞪大了双眼，它真的看到了蚂蚁！那是由百只左右的蚂蚁组成的小队伍，正在操作台白色的台面上急速行进，领队的蚂蚁对着恐龙高喊：

"喂，我们是来帮你们修机器的！我们是来帮你们接线的！！我们是来……"

恐龙这时没有打开气味语言翻译器，因而也听不到蚂蚁的话，其实就是听到了它们也不会相信，对蚂蚁的仇恨此时占据了它们的整个心灵。恐龙们用它们的爪子在控制台上蚂蚁所在的位置拍着拍着，嘴里咬牙切齿地嘟嚷着："让你们放雷粒！让你们破坏机器……"白色的台面上很快出现了一片小小的污迹，这些蚂蚁都被拍碎了。

"报告执政官，遥控站内的恐龙攻击蚂蚁维修队，把它们消灭在控制台上了！"在距遥控站五十米远的一棵小草下，从遥控站中

168

侥幸逃回来的一只蚂蚁对卡奇卡说。蚂蚁联邦统帅部的大部分成员都在这里。

"执政官，我们必须设法与遥控站的恐龙交流，说明我们的来意！"乔耶说。

"怎么交流？它们不听我们说话，根本就不打开翻译器！"

"能不能打电话试试？"有蚂蚁建议。

"早试过了，恐龙的整个通讯系统已被破坏，与蚂蚁联邦的电话网完全断开，电话根本打不通！"

若列说："大家应该知道蚂蚁的一项古老的技艺，在蒸汽机时代之前的漫长岁月，先祖用队列排出字来与恐龙交流。"

"目前在这里已集结了多少部队？"

"十个陆军师，大约十五万蚂蚁。"

"这能排出多少个字来呢？"

"这要看字的大小了，为了让恐龙在一定的距离上也能看清，最多也就是十几个字吧。"

"好吧，"卡奇卡想了一下，"就排出以下的字句：我们来帮你们修机器，这台机器能拯救世界。"

"蚂蚁又来了！这次好多耶！"

在遥控站的门前，恐龙士兵们看到有一个蚂蚁方阵正在向这里逼近，方阵约有三四米见方，随着地面的凹凸起伏，像一面在地上飘动的黑色旗帜。

"它们要进攻我们吗？"

"不像，这队形好奇怪。"

蚂蚁方阵渐渐近了，一头眼尖的恐龙惊叫起来："哇，那里面有字耶！！"

另一头恐龙一字一顿地念着："我、们、来、帮、你、们、修、机、器，这、台、机、器、能、拯、救、世、界。"

"听说在古代蚂蚁就是这样与我们的先祖交谈的，现在亲眼看见了！"有头恐龙赞叹说。

"扯淡！"少尉一摆头说，"不要中它们的诡计，去，把热水器中所有的热水都倒到盆里端来。"

恐龙士兵七嘴八舌地议论起来："它们的话太奇怪了，这台机器怎么能拯救世界？""谁的世界？我们的还是它们的？""这台机器发出的信号想必是很重要的。""是啊，要不为什么每天都由皇帝亲自下命令发出呢？"

"白痴！"中尉训斥道，"到现在你们还相信蚂蚁？就因为我们对它们的轻信，它们已经摧毁了帝国！这是地球上最卑鄙、最阴险的虫虫，我们绝不再上它们的当了！快，去倒热水！"

很快，恐龙士兵们搬出了五大盆热水，五个士兵每人端一盆，一字排开向蚂蚁方阵走去，同时把热水泼向方阵。滚烫的水花在弥漫的蒸汽中飞溅，地上的那行黑色字迹被冲散了，字阵的蚂蚁被烫死大半。

"与恐龙交流已不可能，现在唯一的选择，就是强攻遥控站，将其占领后修好机器，我们自己发出解除信号。"卡奇卡看着远处腾起的蒸汽说。

"蚂蚁强攻恐龙的建筑？！"若列像不认识似的看着卡奇卡，"这在军事上简直是发疯！"

"没办法，这本来就是一个疯狂的世界。这个建筑规模不大，且处于孤立状态，短时间内得不到增援，我们集结可能集结的最大力量，是有可能攻下它的！"

"看远处那是些什么？好像是蚂蚁的超级行走车！"

听到哨兵的喊声，少尉举起望远镜，看到远方的荒原上果然有一长排黑色的东西在移动，再细看，那确实是哨兵所说的东西。蚂蚁的交通工具一般都很小，但出于军事方面的特殊需要，它们也造出了一些与它们的身体相比极其巨大的车辆，这就是超级行走车。每辆这样的车约有我们的三轮车大小，这在蚂蚁的眼中无疑是庞然大物，与我们眼中的万吨巨轮一样。超级行走车没有轮子，而是仿照蚂蚁用六条机械腿行走，所以能够快速穿越复杂的地形。每辆超级行走车可以搭载几十万只蚂蚁。

"开枪，打那些车！"少尉命令。恐龙士兵用它们仅有的一挺轻机枪向远处的行走车射击，一排子弹在沙地上激起道道尘柱，走在最前面的那辆车的一条前腿被打断了，一下子翻倒在地，剩下的五条机械腿仍在不停地挥动着。从打开侧盖的车厢里滚出许多黑色的圆球，每一个有我们的足球那么大，那是一团团的蚂蚁！这些黑球滚到地面后很快散开来，就像在水中溶化的咖啡块一样。又有两辆行走车被击中停了下来，穿透车厢的子弹并不能杀死多少蚂蚁，黑色的蚁团纷纷从车厢中滚落到地面。

"唉，要是有门炮就好了！"一名恐龙士兵说。

"是啊，有手榴弹也行啊。"

"火焰喷射器最管用！"

"好了，不要废话了，你们数数有多少辆行走车！"少尉放下望远镜，指着前方说。

"天哪，足有两三百辆啊！"

"我看蚂蚁联邦在冈瓦纳大陆的超级行走车都开到这里了。"

"这就是说，这里集结了上亿只蚂蚁！"少尉说，"可以肯定，蚂蚁要强攻遥控站了！"

"少尉，我们冲过去，捣毁那些虫虫车！"

"不行，我们的机枪和步枪对它们没有多少杀伤力。"

"我们还有发电用的汽油，冲过去烧它们！"

少尉冷静地摇摇头："那也只能烧掉一部分。我们的首要任务是保卫遥控站，下面，听我的安排……"

"执政官，元帅，前方空军观察机报告，恐龙们正在挖壕沟，以遥控站为圆心挖了两圈壕沟。它们正在引来附近一条小河的水灌满外圈壕沟，还搬出了几个大油桶，向内圈的壕沟中倒汽油！"

"立刻发起进攻！"

蚁群开始向遥控站移动，黑压压一片，仿佛是空中的云层在大地上投下的阴影。这景象让遥控站中的恐龙们胆战心惊。

蚁群的前锋到达已经注满水的第一道壕沟边，最前边的蚂蚁没有停留，直接爬进了水中，后面的蚂蚁踏着它们的身体爬进稍靠前些的水中。很快，水面上形成了一层厚厚的黑色浮膜，这浮膜在迅速向水壕的内侧扩展。恐龙士兵们都戴上了密封头盔以防蚂蚁钻进体内，它们在水壕的内侧用铁锹向蚁群撒土，还大盆大盆地泼热水，但这些作用都不大，那层黑色浮膜很快覆盖了整个水面，蚁群踏着浮膜如黑色的洪水般涌了过来，恐龙们只得撤到第二道壕沟之内，并点燃了壕沟中的汽油。一圈熊熊烈火将遥控站围了起来。

蚁群到达火沟后，在沟边堆叠起来，形成了一道蚁坝。蚁坝不断增高，最后高达两米多，在火沟外面形成一堵黑色的墙。接着，蚁坝整体开始向火沟移动，它的表面在火光中蠕动着，仿佛是一条黑色的巨蟒。在烈火的烘烤中，蚁坝的表面冒出了青烟，空气中充满了刺鼻的焦味，蚁坝表面被烤焦的蚂蚁不停地滚落下去，掉进火沟烧着了，在火沟的外缘形成了一圈奇异的绿火，蚁坝的表面则不断地被一层新蚂蚁代替，整个蚁坝仍坚定地站立在火沟边上。这时，大批蚂蚁从蚁坝的另一侧登上顶端，聚成了一个个黑色的大蚁球，其大小与一小时前从超级行走车上滚下的那些相当，每个蚁球包含了一个师的蚂蚁兵力。这些黑色的球体从蚁坝的顶端滚下去，有一些被大火吞没了，但大部分借着冲力滚过了火沟，到达沟的另一侧。在穿越烈火的过程中，这些蚁球的外层都被烧焦了，但那无数只蚂蚁仍互相紧抓着不放，在蚁球外面形成了一层焦壳，保护了内层的蚂蚁。滚上火沟对岸的蚁球很快达到了上千个，它们外部的焦壳很快裂开，球体溶散成蚁群，黑压压地拥上遥控站的台阶。

守卫遥控站的恐龙士兵们的精神完成崩溃了，它们不顾少尉的阻拦，夺门而出，绕到建筑物后面，沿着正在包围遥控站的蚁群尚未填充的一条通道狂奔而去。

蚁群涌入了遥控站的底层，然后涌上楼梯，进入控制室。同时，蚁群也爬上了建筑的外墙，由窗户进入，一时间这幢建筑的下半截变成了黑色的。

控制室中还有六头恐龙，它们是少尉、工程师、维修技师和三名操作员。它们惊恐地看着蚂蚁从门、窗和所有的缝隙进入这个房间，仿佛整幢建筑被浸在蚂蚁之海中，黑色的海水正在从各处渗进来。它们看看窗外，发现这蚂蚁之海真的存在，目力所及之处，大地都被黑色的蚁群所覆盖，遥控站只是这蚂蚁海洋中的一个孤岛。

蚁群很快淹没了控制室的大部分地板，在控制台前留下了一个空圈，六头恐龙就站在空圈中。工程师赶紧取出翻译器，打开开关时立刻听到了一个声音：

"我是蚂蚁联邦的最高执政官，已没有时间向您详细说明一切，您只需要知道，如果遥控站不能在十分钟之内发出信号，地球将被毁灭。"

工程师向四周看看，黑压压的全是蚂蚁，按照翻译器上的方向指示，它看到控制台上有三只蚂蚁，刚才的话就是其中的一只说出的。它对那三只蚂蚁摇摇头：

"发射机坏了。"

"我们的技工已经接好了所有的断线，修好了机器，请立即启动机器发信号！"

工程师再次摇头："没电了。"

"你们不是有备用发电机吗？"

"是的，自从外部电力中断后，我们一直用汽油发电机供电，但现在没有油了，汽油都倒进外面的壕沟中点烧光了……世界真的会在十分钟后毁灭吗？"

翻译器中传出了卡奇卡的回答："如果发不出信号，是的！"

卡奇卡看看窗外，发现外面的火已经灭了，这证实了少尉的话，壕沟中也没有剩油了。他转身问若列：

"倒计时还剩多长时间？"

若列一直在看着表，他回答说："还剩五分钟三十秒，执政官。"

乔耶说："刚刚接到电话，罗拉西亚那边已经失败了，守卫遥控站的恐龙在蚂蚁军队的进攻中炸毁了遥控站，对'明月'的解除信号已不可能发出，五分钟后它将引爆。"

若列平静地说："'海神'也一样，执政官，一切都完了。"

恐龙们并没有听明白这三位蚂蚁联邦的最高领导者在说什么，工程师说："我们可以到附近去找汽油，距这里五公里有一个村庄，快的话，二十分钟就能回来。"

卡奇卡无力地挥了挥触须："去吧，你们都去吧，想去哪儿就去哪儿。"

六头恐龙鱼贯而出，工程师在门口停下脚步，问了刚才少尉问的同一个问题："几分钟后地球真的会毁灭吗？"

蚂蚁联邦的最高执政官对它做出了一个类似微笑的表情："工程师，什么东西都有毁灭的一天。"

"呵，我第一次听蚂蚁说出这么有哲学意味的话。"工程师说，转身走去。

卡奇卡再次走到控制台的边缘，对地板上黑压压一片的蚂蚁军队说："迅速向全军将士传我的话：遥控站附近的部队立刻到这幢建筑的地下室隐蔽，远处的部队就地寻找缝隙和孔洞藏身，蚂蚁联邦政府最后告诉全体公民的话是：世界末日到了，大家各自保重吧。"

"执政官，元帅，我们一起去地下室吧！"卡奇卡说。

"不，您快去吧，博士。我们已犯了文明史上最大的错误，没有资格再活下去了。"

"是的，博士，"若列说，"虽然不太可能，还是希望您能把文明的火种保存下去。"

乔耶同卡奇卡和若列分别碰了碰触须，这是蚂蚁世界的最高礼仪，然后它转身混入了控制室中正在快速离去的蚁群。

蚂蚁军队离开后，控制室内一片宁静，卡奇卡向窗子爬去，若列跟着它。两只蚂蚁爬到窗前时，正好看到了一幅奇景：此时是夜色将尽的凌晨，天空中有一轮残月。突然，月牙的方向在瞬间转动了一个角度，同时亮度急剧增强，直到那银光变得电弧般刺目，把大地上的一切，包括正在疏散的蚁群，都照得毫发毕现。

"怎么回事？太阳的亮度增强了吗？"若列好奇地问。

"不，元帅，是又出现了一个新太阳，月球在反射着它的光芒，那个太阳在罗拉西亚出现，正在把那个大陆烧焦。"

"冈瓦纳的太阳也该出现了。"

"这不是吗，来了。"

更强的光芒从西方射来，很快淹没了一切。在被高温气化之前，两只蚂蚁看到有一轮雪亮的太阳从西方的地平线上迅速升起，那太阳的体积急剧膨胀，最后占据了半个天空，大地上的一切在瞬间燃烧起来。反物质湮灭的海岸距这里有上千公里，冲击波要几十分钟后才能到达，但在这之前，一切都早已在烈火中结束了。

这是白垩纪的最后一天。

九、漫漫长夜

寒冬已持续了三千年。

在一个稍微暖和一些的正午，冈瓦纳大陆中部，两只蚂蚁从深深的蚁穴中爬到地面。在没有生气的灰蒙蒙的天空中，太阳只是一团模糊的光晕，大地覆盖在厚厚的冰雪下，偶尔有一块岩石从雪中露出，黑乎乎地格外醒目，极目望去，远方的山脉也是白色的。

蚂蚁A转过身来，打量着一个巨大的骨架，这种大骨架在大地上到处都有，由于也是白色的，同雪混在一起，从远处不易看到。但从这个角度看，在天空的背景下显得格外醒目。

"听说这种动物叫恐龙。"蚂蚁A说。

蚂蚁B转过来，也凝视着天空中的骨架："昨天夜里你听它们讲那个关于神奇时代传说了吗？"

"听了，它们说在几千年前，蚂蚁有过辉煌的时代。"

"是啊，它们说，那时的蚂蚁不是住在地下的洞穴中，而是生活在地面的大城市里，它们也不是由蚁后来生育，那真是一个神奇的时代。"

"那个传说里面说，那个神奇时代是蚂蚁和恐龙一起创造的，恐龙没有灵巧的手，蚂蚁就为它们干细活儿；蚂蚁没有灵活的思想，恐龙就想出了神奇的技术。"

"那个神奇的时代啊，蚂蚁和恐龙造出了许多大机器，建造了许多大城市，拥有了神一般的力量！"

"你听懂了传说中关于那个世界毁灭的部分了吗？"

"听不太懂，好像很复杂的：恐龙世界里爆发了战争，蚂蚁和恐龙之间也爆发了战争……再到后来，地球上出现了两个太阳。"

蚂蚁Ａ在寒风中打着抖："唉，现在要是有个新太阳有多好啊！"

"你不懂的！那两个太阳很可怕，把陆地上的一切都烧毁了！"

"那现在为什么这么冷呢？"

"这很复杂，好像是这么回事：那两个新太阳出现以后的一段时间内，世界上确实很热，据说太阳附近的大地都融成岩浆了！但后来，新太阳爆炸时激起的尘埃在空中遮住了旧太阳的阳光，世界就变冷了，变得比那两个太阳出现前还冷得多，就是现在这个样子。恐龙那么大个儿，在那可怕的时代自然都死光了，但有一部分蚂蚁钻到地下，活了下来。"

"听说就在不久前蚂蚁还识字的，现在，我们都不认识字了，那些古代留下来的书谁也读不懂了。"

"我们在退化，照这样下去，蚂蚁很快就会退化成什么都不知道，只会筑穴觅食的小虫子了。"

"那有什么不好？在这艰难时代，懂得少些就舒服些。"

"那倒也是。"

……

"会不会有那么一天，世界又温暖起来，别的什么动物又建立

177

起一个神奇时代？"

　　"有可能，我觉得那种动物应该既有足够大的大脑，又有灵巧的双手。"

　　"是的，但不能像恐龙这么大，它们吃得太多，生活会很难。"

　　"也不能像我们这么小，脑子不够大。"

　　"唉，这种神奇的动物怎么会出现呢？"

　　"我想会的，时间是无穷无尽的，什么都会出现，我告诉你吧，什么都会出现的。"

人生

母亲："我的孩儿，你听得见吗？"

胎儿："我在哪里？！"

母亲："啊孩儿，你听见了？！我是你妈妈啊！"

胎儿："妈妈！我真是在你的肚子里吗？我周围都是水……"

母亲："孩儿，那是羊水。"

胎儿："我还听到一个声音，咚咚的，像好远的地方在打雷。"

母亲："那是妈妈的心跳声……孩儿，你是在妈妈的肚子里呢！"

胎儿："这地方真好，我要一直呆在这里。"

母亲："那怎么行？孩儿，妈要把你生出来！"

胎儿："我不要生出去，不要生出去！我怕外面！"

母亲："哦，好，好孩子，咱们以后再谈这个吧。"

胎儿："妈，我肚子上的这条带子是干什么的？"

母亲："那是脐带，在妈的肚子里时你靠它活着。"

胎儿："嗯……妈，你好像从来也没到过这种地方。"

母亲："不，妈也是从那种地方生出来的，只是不记得了，所以你也不记得了……孩儿，妈的肚子里黑吗？你能看到东西吗？"

胎儿："外面有很弱的光透进来，红黄红黄的，像西套村太阳落山后的样子。"

母亲："我的孩儿啊，你还记得西套村？！妈就生在那儿啊！那你一定知道妈是什么样儿了？"

胎儿："我知道妈是什么样儿，我还知道妈小的时候是什么样儿呢？妈，你记得什么时候你第一次看到自己吗？"

母亲："不记得了，我想肯定是从镜子里看到的吧，就是你爷爷家那面好旧好旧的，破成三瓣又拼到一块儿的破镜子……"

胎儿："不是，妈，你第一次是在水面儿上看到自个儿的。"

母亲："嘻……怎么会呢？咱们老家在甘肃那地方，缺水呀，漫天黄沙的。"

胎儿："是啊，所以爷爷奶奶每天都要到很远的地方去挑水。那天奶奶去挑水，还小不点儿的你也跟着去了。回来的时候太阳升到正头上，毒辣辣的，你那个热那个渴啊，但你不敢向奶奶要桶里的水喝，因为那样准会挨骂，说你为什么不在井边喝好？但井边那么多人在排队打水，小不点儿的你也没机会喝啊。那是个旱年头，老水井大多干了，周围三个村子的人都挤到那口深机井去打水……奶奶歇气儿的时候，你趴到桶边看了看里面的水，你闻到了水的味儿，感到了水的凉气儿……"

母亲："啊，孩儿，妈记起来了！"

胎儿："……你从水里看到了自个儿，小脸上满是土，汗在上面流得一道子一道子的……这可是你记事起第一次看到自个儿的模样儿。"

母亲："可……你怎能记得比我还清呢？"

胎儿："妈你是记得的，只是想不起来了，在我脑子里那些你记得的事儿都清楚了，都能想起来了。"

母亲："……"

胎儿："妈，我觉得外面还有一个人。"

母亲："哦，是莹博士。本来你在妈妈肚子里是不能说话的，羊水里没有让你发声的空气，莹博士设计了一个小机器，才使你能和妈妈说话。"

胎儿："噢，我知道她，她年纪比妈稍大点儿，戴着眼镜，穿着白大褂。"

母亲："孩儿，她可是个了不起的有学问的人，是个大科学家。"

莹博士："孩子，你好！"

胎儿："嗯……你好像是研究脑袋的。"

莹博士："我是研究脑科学的，就是研究人的大脑中的记忆和思维。人类的大脑有着很大的容量，一个人的脑细胞比银河系的星星都多。以前的研究表明，大脑的容量只被使用了很少的一部分，大约十分之一的样子。我领导的项目，主要是研究大脑中那些未被使用的区域。我们发现，那大片的原以为是空白的区域其实也存储着巨量的信息，进一步的研究提示了一个令人震惊的事实：那些信息竟然是前辈的记忆！孩子，你听得懂我的话吗？"

胎儿："懂一点儿，你和妈妈说过好多次，她懂了，我就懂了。"

莹博士："其实，记忆遗传在生物界很普遍，比如蜘蛛织网和蜜蜂筑巢之类我们所说的本能，其实都是遗传的记忆。现在我们发现人类的记忆遗传，而且是一种比其他生物更为完整的记忆遗传。如此巨量的信息是不可能通过DNA传递的，它们存储在遗传介质的原子级别上，是以原子的量子状态记录的，于是诞生了量子生物学……"

母亲："博士，孩儿听不懂了。"

莹博士："哦，对不起，我只是想让你的宝宝知道，与其他的孩子相比他是多么幸运！虽然人类存在记忆遗传，但遗传中的记忆在大脑中是以一种隐性的、未激活的状态存在的，所以没有人能觉察到这些记忆的存在。"

母亲："博士啊，你给孩儿讲得浅些吧，因为我只上过小学呢。"

胎儿："妈，你上完小学后就在地里干了几年活儿，然后就一个人出去打工了。"

母亲："是啊，我的孩儿，妈在那连水都是苦的地方再也呆不下去了，妈想换一种日子过。"

胎儿："妈后来到过好几个城市，在饭店当过服务员，当过保姆，在工厂糊过纸盒，在工地做过饭，最难的时候还靠捡破烂过日子……"

母亲："嗯，好孩子，往下说。"

胎儿："反正我说的妈都知道。"

母亲："那也说，妈喜欢听你说。"

胎儿："直到去年，你在莹博士的研究所当勤杂工。"

母亲："从一开始，莹博士就很注意我。她有时上班早，遇上我在打扫走廊，总要和我聊几句，问我的身世什么的。后来有一天，她把妈叫到办公室去了。"

胎儿："她问你'姑娘，如果让你再生一次，你愿意生在哪里？'"

母亲："我回答：'当然是生在这里啦，我想生在大城市，当个城里人。'"

胎儿："莹博士盯着妈看了好半天，笑了一下，让妈猜不透的那种笑，说：'姑娘，只要你有勇气，这真的有可能变成现实。'"

182

母亲："我以为她在逗我，她接着向我讲了记忆遗传那些事。"

莹博士："我告诉你妈妈，我们的研究已经形成了这样一项技术，修改人类受精卵的基因，激活其中的遗传记忆，这样，下一代就能够拥有这些遗传记忆了！"

母亲："当时我呆呆地问博士，他们是不是想让我生这样一个孩子？"

莹博士："我摇摇头，告诉你妈妈：'你生下来的将不是孩子，那将是……'"

胎儿："'那将是你自己。'你是这么对妈妈说的。"

母亲："我傻想了好长时间，明白了她的话：如果另一个人的脑子里记的东西和你的一模一样，那他就不是你吗？但我真想不出那是一个什么样的娃娃。"

莹博士："我告诉她，那不是娃娃，而是一个有着婴儿身体的成年人，他（她）一生下来就会说话（现在看来还更早些），会以惊人的速度学会走路和掌握其他能力，由于已经拥有一个年轻人的全部知识和经历，他（她）在以后的发展中总比别的孩子超前二十多年。当然，我们不能就此肯定他（她）会成为一个超凡的人，但他（她）的后代肯定会的，因为遗传的记忆将一代代地积累起来，几代人后，记忆遗传将创造出我们想象不到的奇迹！由于拥有这种能力，人类文明将出现一个飞跃，而你，姑娘，将作为一个伟大的先驱者而名垂青史！"

母亲："我的孩儿，就这样，妈妈有了你。"

胎儿："可我们都还不知道爸爸是谁呢？"

莹博士："哦，孩子，由于技术方面的原因，你妈妈只能通过人工授精怀孕，精子的捐献者要求保密，你妈妈也同意了。孩子，其实这并不重要，与其他孩子相比，父亲在你的生命中所占的比例要小得多，因为你所遗传的全部是母亲的记忆。本来，我们已经掌握了将父母的遗传记忆同时激活的技术，但出于慎重只激活了母亲的，因为我们不知道，两个人的记忆共存于一个人的意识中会产生什么后果。"

母亲（长长地叹息）："就是只激活我一个人的，你们也不知道后果啊。"

莹博士（沉默良久）："是的，也不知道。"

母亲："博士，我一直有一个没能问出口的问题：你也是个没有孩子的女人，也还年轻，干吗不自己生一个这样的孩子呢？"

胎儿："阿姨，妈妈后来觉得你是一个很自私的人。"

母亲："孩儿，别这么说……"

莹博士："不，孩子说的是实情，你这么想是公平的，我确实很自私。开始我是想过自己生一个记忆遗传的孩子，但另一个想法让我胆怯了：人类遗传记忆的这种未激活的隐性很让我们困惑，这种无用的遗传意义何在呢？后来的研究表明它类似于盲肠，是一种进化的遗留物。人类的远祖肯定是有显性的、处于激活状态的记忆遗传的，只是在后来的漫长岁月中，遗传的记忆才渐渐变成隐性。这是一个不可理解的进化结果：一个物种，为什么要在进化中丢弃自己的一项巨大的优势呢？但大自然做的事总是有它的道理，它肯定是意识到了某种危险，才在后来的进化中关闭了人类的记忆遗传。"

母亲："莹博士，我不怪你，这都是我自愿的，我真的想再生一次。"

莹博士："可你没有，现在看来，你腹中怀着的并不是自己，而仍然是一个孩子，一个拥有了你全部记忆的孩子。"

胎儿："是啊，妈，我不是你，我能感觉到我脑子里的事都是从你脑子里来的，真正是我自己记住的东西，只有周围的羊水、你的心跳声，还有从外面透进来的那红黄红黄的弱光。"

莹博士："我们犯了一个致命的错误，竟然认为复制记忆就能从精神层面上复制一个人，看来完全不是这么回事，一个人之所以成为自己，除了大脑中的记忆还有许多其他的东西，许多无法遗传也无法复制的东西。一个人的记忆像一本书，不同的人看到时有不同的感觉。现在糟糕的是，我们把这本沉重的书让一个还未出生的胎儿看了。"

母亲："真是这样！我喜欢城市，可我记住的城市到了孩儿的脑子中就变得那么吓人了。"

胎儿："城市真的很吓人啊，妈，外面什么都吓人，没有不吓人的东西，我不生出去！"

母亲："我的孩儿，你怎么能不生出来呢？你当然要生出来！"

胎儿："不，啊妈！你……你还记得在西套村时，挨爷爷奶奶骂的那些冬天的早晨吗？"

母亲："咋不记得，你爷爷奶奶常早早地把我从被窝拎出来，让我跟他们去清羊圈，我总是赖着不起，那真难，外面还是黑乎乎的夜，风像刀子似的，有时还下着雪，被窝里多暖和，暖和得能孵蛋，小时候贪睡，真想多睡一会儿。"

胎儿："只想多睡一会儿吗？那些时候你真想永远在暖被窝里睡下去啊。"

母亲："……好像是那样。"

胎儿："我不生出去！我不生出去！！"

莹博士："孩子，让我告诉你，外面的世界并不是风雪交加的寒夜，它也有春光明媚的时候，人生是不容易，但乐趣和幸福也是很多的。"

母亲："是啊孩儿，莹博士说得对！妈活这么大，就有好多高兴的时候：像离开家的那天，走出西套村时太阳刚升出来，风凉丝丝的，能听到好多鸟在叫，那时妈也真像一只飞出笼子的鸟……还有第一次在城市里挣到钱，走进大商场的时候，那个高兴啊，孩儿，你怎么就感觉不到这些呢？"

胎儿："妈，我记得你说的这两个时候，记得很清呢，可都是吓人的时候啊！从村子里出来那天，你要走三十多里的山路才能到镇子里赶上汽车，那路好难走的。当时你兜里只有十六块钱，花完了怎么办呢？谁知道到在外面会遇到什么呢？还有大商场，也很吓人的，那么多的人，像蚂蚁窝，我怕人，我怕那么多的人……"

沉默……

莹博士："现在我明白了进化为什么关闭人类的记忆遗传：对于在精神上日益敏感的人类，当他们初到这个世界上时，无知是一间保护他们的温暖的小屋。现在，我们剥夺了你的孩子的这间小屋，把他扔到精神的旷野上了。"

胎儿："阿姨，我肚子上的这根带子是干什么的？"

莹博士："你好像已经问过妈妈了。那是脐带，在你出生之前它为你提供养料和氧气，孩子，那是你的生命线。"

两年以后一个春天的早晨。

莹博士和那位年轻的母亲站在公墓里，母亲抱着她的孩子。

"博士，您找到那东西了吗？"

"你是说，在大脑中的记忆之外使一个人成为自己的东西？"莹博士缓缓地摇摇头，"当然没有，那真是科学能找到的东西吗？"

初升的太阳照在她们周围的墓碑群上，使那无数已经尘封的人生闪动着桔黄色的柔光。

"爱情啊你来自何方，是脑海还是心房？"

"您说什么？"年轻的母亲迷惑地看着莹博士。

"呵，没什么，这只是莎士比亚的两句诗。"莹博士说着，从年轻母亲的怀中抱过婴儿。

这不是那个被激活了遗传记忆的孩子，那孩子的母亲后来和研究所的一名实验工人组成了家庭，这是他们正常出生的孩子。

那个拥有母亲全部记忆的胎儿，在那次谈话当天寂静的午夜，拉断了自己的脐带，值班医生发现时，他那尚未开始的人生已经结束了。事后，人们都惊奇他那双小手哪来那么大的力量。此时，两个女人就站在这个有史以来最小的自杀者小小的墓前。

莹博士用研究的眼光看着怀中的婴儿，但孩子却不是那种眼光，他忙着伸出细嫩的小手去抓晨雾中飞扬的柳絮，从黑亮的小眼睛中迸发出的是惊喜和快乐，世界在他的眼中是一朵正在开放的鲜花，是一个美妙的大玩具。对前面漫长而莫测的人生之路，他毫无准备，因而准备好了一切。

两个女人沿着墓碑间的小路走去，年轻母亲从莹博士怀中抱回孩子，兴奋地说：

"宝贝儿，咱们上路了！"

超新星纪元

．

这时，地球是天上的一颗星。

这时，北京是地上的一座城。

在这座已是一片灯海的城市里，有一所小学校，在校园里的一间教室中，一个毕业班正在开毕业晚会。像每一个这种场合必不可少的，孩子们开始畅谈自己的理想，未来像美丽的花朵一样在他们眼前绽开。

班主任郑晨是一名年轻的女教师，她问旁边的一个女孩儿："晓梦，你呢？你长大想干什么？"那女孩儿一直静静地看着窗外想心事，她穿着朴素，眼睛大而有神，透出一种与年龄不相称的忧郁和成熟。

"家里困难，我将来只能读职业中学了。"她轻轻叹了一口气说。

"那华华呢？"郑晨又问一个很帅的男孩儿，他的一双大眼睛总是不停地放出惊喜的光芒，仿佛世界在他的眼中，每时每刻都是一团刚刚爆发的五彩缤纷的焰火。

"未来太有意思了，我一时还想不出来，不管干什么，我都要成为最棒的！"

"其实说这些都没什么意思，"一个瘦弱的男孩儿说，他叫严井，因为戴着一副度数很高的近视镜，大家都管他叫眼镜，"谁都不知道将来会发生什么，未来是不可预测的，什么事情都可能发生。"

华华说："用科学的方法就可以预测，有未来学家的。"

眼镜摇摇头："正是科学告诉我们未来不可预测，那些未来学家以前做出的预测没有多少是准的，因为世界是一个混沌系统，混沌系统，三点水的沌，不是吃的馄饨。"

"这你好像跟我说过，这儿蝴蝶拍一下翅膀，在地球那边就有一场风暴。"

眼镜点点头："是的，混沌系统。"

华华说："我的理想就是成为那只蝴蝶。"

眼镜又摇摇头："你根本没明白：我们每个人都是蝴蝶，每只蝴蝶都是蝴蝶，每粒沙子和每滴雨水都是蝴蝶，所以世界才不可预测。"

"同学们，"班主任站起身来说，"我们最后看看自己的校园吧！"

于是孩子们走出了教室，同他们的班主任老师一起漫步在校园中。这里的灯大都灭着，大都市的灯光从四周远远地照进来，使校园的一切显得宁静而朦胧。孩子们走过了两幢教学楼，走过了办公楼，走过了图书馆，最后穿过那排梧桐树，来到操场上。这43个孩子站在操场的中央，围着他们年轻的老师，郑晨张开双臂，对着在城市的灯光中暗淡了许多的星空说：

"孩子们，童年结束了。"

这似乎只是一个很小的故事，43个孩子，将离开这个宁静的小学校园，各自继续他们刚刚开始的人生旅程。

这似乎是一个极普通的夜，在这个夜里，时间一如既往平静地流动着，"不可能两次进入同一条河流"不过是古希腊人的梦呓，在人们心中，时间的河一直是同一条，以永恒的节奏流个没完。所以，即使在这个夜里，这个叫地球的行星上的名字叫人的碳基生物，在时间长河永恒感的慰藉下，仍能编织着已延续了无数代人的平静的梦。

这里有一个普通的小学校园，校园的操场上有43个13岁的孩子，同他们年轻的班主任一起仰望着星空。

苍穹上，冬夜的星座：金牛座、猎户座和大犬座已沉到西方地平线下；夏季的星座：天琴座、武仙座和天秤星座早已出现。一颗颗星如一只只遥远的眸子，从宇宙无边的夜海深处一眨一眨地看着人类世界，只是在今夜，这来自宇宙的目光有些异样。

这时，人类所知道的历史已走到了尽头。

死　星

在我们周围十光年的太空里，有大团的宇宙尘埃存在，这些尘埃像是漂浮在宇宙夜海中的乌云。正是这片星际尘埃，挡住了距地球八光年的一颗恒星，那颗恒星直径是太阳的23倍，质量是太阳的67倍。现在它已进入了漫长演化的最后阶段，离开主星序，步入自己的晚年期，我们把它称为死星。

如果它有记忆的话，也无法记住自己的童年。它诞生于五亿年前，它的母亲是另一片星云。经过剧变的童年和骚动的青年时代，核聚变的能量顶住了恒星外壳的坍缩，死星进入了漫长的中年期，它那童年时代以小时、分钟甚至秒来计算的演化现在以亿年来计算了，银河系广漠的星海又多了一个平静的光点。

但如果飞近死星的表面，就会发现这种平静是虚假的。这颗巨星的表面是核火焰的大洋，炽热的火的巨浪发着红光咆哮撞击，把高能粒子像暴雨般地撒向太空；大得无法想象的能量从死星深深的中心涌上来，在广阔的火海上翻起一团团刺目的涌浪；火海之上，核能的台风在一刻不停地刮着，暗红色的等离子体在强磁场的扭曲下，形成一根根上千万公里高的龙卷柱，像伸向宇宙的红色海藻群……死星在人类看到的星空应该是很亮的，它的视星等是−7.5，如果不是它前方三光年处那片星际尘埃挡住它射向地球的光线的话，将有一颗比最亮的恒星——天狼星还亮五倍的星星照耀着人类历史，在没有月光的夜晚，那颗星星能在地上映出人影。那梦幻般的蓝色星光，一定会使人类更加多愁善感。

死星平静地燃烧了四亿六千万年，它的生命壮丽辉煌，但冷酷的能量守恒定律使它的内部不可避免地发生了一些变化：随着氦的沉积，它那曾是能量源泉的心脏渐渐变暗，死星老了。又经过一系列复杂的变化，死星中心的核聚变已无法支撑沉重的外壳，曾使死星诞生的万有引力现在干起了相反的事，死星在引力之下坍缩成了一个致密的小球，组成它的原子在不可思议的压强下被压碎，首先坍塌的是核心，随后失去支撑的外壳也塌了下来，猛烈地撞击致密的核心，在一瞬间最后一次点燃了核聚变。

五亿年引力和火焰的史诗结束了，一道雪亮的闪电撕裂了宇宙，死星化作亿万块碎片和尘埃。强大的能量化为电磁辐射和高能粒子的洪流，以光速涌向宇宙的各个方向。在死星爆发三年后，能量的巨浪轻而易举地推开了那片星际尘埃，向太阳扑来。

死星的强光越过了人马座三星后，又在冷寂而广漠的外太空走了四年，终于到达了太阳系的外围（这时，那个小学班级的毕业晚会刚刚开始）。

死星的强光越过了冥王星，在它那固态氮的蓝色晶体大地上激起一片蒸汽；很快，强光又越过了天王星和海王星，使它们的星环变得晶莹透明；越过了土星和木星，高能粒子的狂风在它们的液体表面掀起一阵磷光；死星的能量到达月球，哥白尼环形山和雨海平原发出一片刺目的白光。又过了一秒钟，在太空中行走了八年的死星的能量到达地球。

夜空骄阳

是中午了！！

这是孩子们视力恢复后的第一个感觉，刚才的强光出现得太突然，仿佛有谁突然打开了宇宙中一盏大电灯的开关，使他们暂时失明了。

这时是22点18分，但孩子们确实站在正午的晴空之下！抬头看看这万里碧空，他们倒吸了一口冷气。这绝不是人们过去看到的那种蓝天，这天空蓝得惊人，蓝得发黑，如同超还原的彩色胶卷记录的色彩；而且这天空似乎纯净到极点，仿佛是过去那略带灰白的天空被剥了一层皮，这天空的纯蓝像皮下的鲜肉一样，似乎马上就要流出血来。城市被阳光照得一片雪亮，看看那个太阳，孩子们失声惊叫起来。

那不是人类的太阳！！

那个夜空中突然出现的太阳的强光使孩子们无法正视，他们从指缝中瞄了几眼，发现那个太阳不是圆的，它没有形状，事实上它的实体在地球上看去和星星一样是一个光点，白色的强光从宇宙中的一个点迸发出来，但由于它发出的光极强（视星等为-51.23，几乎是太阳的一倍），所以看上去并不小，它发出的光芒经大气的散射，好像是西天悬着的一个巨大而刺目的毒蜘蛛。

操场上的孩子们还没回过神来，空中就出现了闪电，这是由于死星的射线电离大气造成的。长长的紫色电弧在纯蓝的天空中出现，越来越密，雷声震耳欲聋。

"快！回教室去！！"郑老师喊，孩子们纷纷向教学楼跑去，每个人都捂着头，阵阵雷声在他们头顶炸响，仿佛整个世界都在分崩离析。跑进教室后，孩子们都瑟瑟发抖地在老师的周围挤成一团。死星的光芒从一侧窗中透射进来，在地板投下明亮的方形；另一侧窗则透进闪电的光，那蓝紫色的电光在教室的这一半急骤地闪动。空气中开始充满了静电，人的衣服上的金属小件，都噼噼啪啪地闪起了小火花；皮肤上的汗毛都竖了起来，使人觉得浑身痒痒；周围的物体都像长了刺似的扎手。

死星在宇宙中照耀了1小时25分钟后，突然消失了。现在，只有巨大的射电望远镜阵列才能探测到死星的遗体——一颗飞速旋转的中子星，它发出具有精确时间间隔的电磁脉冲。

孩子们把脸贴在教室的窗玻璃上，从头至尾目睹了这没有日落的日落，这最怪异的黄昏。他们看到，天空的蓝色渐渐变深，很快成了夜幕降临时的蓝黑色。死星的光芒在收敛，在它的周围形成了一片暮曙光，这暮曙光最初占据了半个天空，很快缩小至围着死星的一圈，色彩由蓝紫色过渡到白色，这时天空的大部分已黑了下来，零星的星星开始出现。死星周围的光晕继续缩小，最后完全消失，死星这时已由一个光芒四射的光源变成了一个亮点，当星空完全重现时，它仍是最亮的一颗星，然后它的亮度继续减小，成了银河系中一颗普通的星星，5分钟后，死星完全消失在宇宙深渊中。

看到闪电停了，孩子们跑出教室，他们发现自己置身于一个荧光世界中，在黑色的夜空下，外面的一切：树木、房屋、地面……全都发出蓝绿色的荧光，仿佛大地和它上面的一切都变成了半透明的玉石，而大地的深处有一个月亮似的光源照上来，把其光亮浸透于玉石之中。夜空中悬浮着发着绿光的云朵，被死星惊动的鸟群像一群发着绿光的精灵从空中飞快掠过。最让孩子们震惊的是，他们自己也发出荧光，在黑暗中看去如负片上的图像，像一群幽灵。

"我说过嘛，什么事情都会发生的……"眼镜喃喃地说。

这时，教室里的灯亮了，周围城市的灯光也相继亮了起来，孩子们才意识到刚才停电了。随着灯光的出现，那无处不在的荧光消失了。孩子们原以为世界恢复了原状，但他们很快发现让人震惊的事情还没有完。

在东北方向的天边有一片红光，过了一会儿，那个方向的天空中升起了发着暗红色光的云层，像刚刚出现的朝霞。

"这次是真的天亮了！"

"胡说，还不到12点呢！"

那红云浩浩荡荡地飘过来，很快覆盖了半个夜空，这时孩子们才发现，那云本身就发光。当红云的前缘飘至中天时，他们看到那里由一条条巨大的光带组成的，像是从太空中垂下的无数条红色的帷幔，在缓缓地扭动变幻。

"是北极光呀！"有孩子喊。

由死星的辐射产生的极光很快布满了整个天空，在以后的两天，东半球的夜空都涌动着红色的光幔。

在死星出现的那个位置，浮现出一小片的发光星云！这是超新星爆发后留下的尘埃，死星残骸发出的高能电脉冲激发了它，使其在可见光波长发出同步加速辐射，人类才能看到它。星云现在还很小，初看上去只像一颗昏暗的星星，仔细看才能看出形状，但它在缓慢地长大，按照它的形状，人们称它为玫瑰星云。

从此，玫瑰星云将照耀着人类历史，直至这个继恐龙之后统治地球的物种毁灭或永生。

山谷世界

死星的出现对人类世界来说无疑是一件大事。从天文学的尺度来讲，说这次超新星爆发近在眼前已不准确，应该是近在睫毛上。但到了第二天，普通人已经重新埋头于自己平淡的生活了，人们对超新星的兴趣，仅限于玫瑰星云又长到了多大、形状又发生了什么变化，不过这种关注已是休闲性质的了。

超新星爆发后的第三天，郑晨接到了校长的一个紧急通知，让她集合已放假的毕业班。郑晨很奇怪，这个班已正式毕业，按说已与她的学校没有什么关系了。当这个班的43个孩子又在他们的母校集合后，发现操场上有一辆大轿车在等着他们，车上下来3个人，其中那个负责的中年人叫张林，校长介绍说他们来自中央非常委员会。

"非常委员会？"这个名称让郑晨很困惑。

"是一个刚成立的机构。"张林简单地说，"您这个班的孩子要有一段时间不能回家，我们负责通知他们的家长，您对这个班比较熟悉，和他们一起去吧。不用拿什么东西了，现在就走。"

"这么急？"郑晨吃惊地问。

"时间紧。"张林简单地说。

载着43个孩子的大轿车出了城，一直向西开。张林坐在郑晨的旁边，一上车就仔细地看这个班的学生登记表，看完后两眼直视着车的前方，沉默不语，另外两个年轻人也是一样，看着他们那凝重的神色，郑晨也不好问什么。这气氛也感染了孩子们，他们一路上很少说话。车过了颐和园继续向西开，一直开到西山，又在丛林间的僻静的山间公路上开了一会儿，来到一个山谷里，山谷两边的山坡很平缓，到深秋，这里可能会有很多红叶的，但现在还是一片绿色。谷底流着一条小河，挽起裤脚就能走过去。车停在公路旁的一块空地上，这里已经停着一大片与这辆轿车一模一样的大轿车，郑晨和她的学生们下了车，看到这里已聚集了一大片孩子，可能有上千名，他们看上去年龄都与这个班的孩子差不多。

一位负责人站在一块大石头上大声讲话。

"孩子们，现在我告诉你们此行的目的：我们要做一个大游戏！"

他显然不是一个常与孩子打交道的人，说这话时一脸严肃，没有一点做游戏的样子，但却在孩子们中引起了一阵兴奋的骚动。

"你们看，"他指指这个山谷，"这就是我们做游戏的场地。你们24个班级，每个班级将在这里分到一块地，面积有3到4平方公里，很不小了。你们每个班将在这块土地上，听着，将在这块土地上建立一个小国家！"

他最后这句话吸引了孩子们的注意力，上千双眼睛一动不动地聚焦在他身上。

"这个游戏为期15天，这15天时间你们将自己生活在分配给你们的国土上！"

孩子们欢呼起来。

"安静安静，听我说：在这24块国土上，已经放置了必需的生活资料，如帐篷、行军床、燃料、食品和饮用水，但这些物资并不是平均分配的，比如有的国土上帐篷比较多，食品比较少，有的则相反。但有一点可以肯定：这些国土上总的生活物资的数量，是不够维持这么多天的生活的，你们将通过以下两个渠道获得生活物资：

"一、贸易，你们可以用自己多余的物资来换取自己短缺的物资，但即使这样，仍不可能使你们的小国家维持15天，因为生活物资的总量是不够的，这就需要你们——

"二、进行生产，这将是你们的小国家中主要的活动和任务。生产是在你们的国土上开荒，在开好的地上播下种子并浇上水。你们当然不可能等到田地里长出粮食，但根据你们开出的土地的数量的播种灌溉的质量，将能从游戏的指挥组这里换到相应数量的食品。这24个小国家是沿着这条小河分布的，它是你们的共同资源，你们将用小河的水灌溉开出的土地。

"国家的领导人由你们自己选举，每个国家有3位最高领导人，权力相等，国家的最高决策由他们共同做出。国家的行政机构由你们自己设置，你们自己决定国家的一切：如建设规划、对外政策等等，我们不会干涉，国家的公民可以自由流动，你觉得哪个国家好就可以去哪里。

"下面就到分配给你们的国土上去，首先给你们的国家起个名字，报到指挥组来，剩下都是你们自己的事了。我只想告诉你们，这场游戏的限制很少很少，孩子们，这些小国家的命运和未来掌握在你们手里，希望你们使自己的小国家繁荣、壮大！"

这是孩子们见过的最棒的游戏了，他们一哄而散，纷纷奔向自己的国土。

在张林的带领下，郑晨的班级很快找到了他们的国土，在这个被白色栅栏围起来的区域里，河滩和山坡各占一半，在河滩和山坡的交接处整齐地堆放着帐篷和食品等各种物资。孩子们向前跑去，在那堆物资中翻腾起来，把张林和郑晨甩在后面。郑晨听到孩子们发出一阵惊呼声，然后围成一圈看着什么，她走过去分开孩子们向地上看去，一时像见了鬼。

在一块绿色的篷布上，整齐地摆放着一排冲锋枪。

郑晨对武器比较陌生，但她肯定这些不是玩具。她弯腰拿起其中的一支，感到了沉甸甸的质感，闻到了一股枪油味，那钢制的枪身现出冷森森的蓝色光泽。她看到旁边还有三个绿色的金属箱，一个孩子打开其中的一个，露出了里面装着的黄灿灿的子弹。

"叔叔，这是真枪吗？"一个孩子问刚走过来的张林。

"当然，这种微型冲锋枪是我军最新装备的制式武器，它体积小、重量轻，枪身可折叠，很适合孩子使用。"

"哇……"男孩子们兴奋地去拿枪，但郑晨厉声说："别动！谁也不许碰这些东西！"然后转向质问张林："这是怎么回事？"

张林淡淡地说："作为一个国家，必需的物资中当然包括武器。"

"你刚才说，适合孩子……使用？"

"呵呵，你不必担心，"张林笑笑说，弯腰从弹药箱中拿出一排子弹，"这种子弹是没有杀伤力的，它实际上是粘在一小片塑料两侧的两小团金属丝，分量很轻，射出后速度很快减慢，击中人体也不会造成伤害。但这两团金属丝充有很强的静电，击中目标时会产生几十万伏的放电，会把人击倒并失去知觉，但其电流强度很小，被击中的人会很快恢复，不会造成永久伤害。"

"被电击怎么能不造成伤害？！"

"这种弹药最初是作为警用的，进行过大量的动物和人体试验，西方警察早在上世纪80年代就装备过这种子弹，有过大量的使用案例，从没有造成伤亡。"

"如果打到眼睛上呢？"

"可以戴上护目镜。"

"如果被击中的人从高处摔下来呢？"

"我们特别选了比较平缓的地形……当然应该承认，绝对保证安全是很难的，但受伤的机会确实很小。"

"你们真的要把这些武器交给孩子们，并允许他们对别的孩子使用它？"

张林点点头。

郑晨的脸色变得苍白："不能用玩具枪吗？"

张林摇摇头："战争是国家历史中不可少的组成部分，我们必须尽可能制造一种真实的氛围，得出的结果才可靠。"

"结果？什么结果？！"郑晨惊恐地盯着张林，像在看一个怪物，"你们到底要干什么？！"

"郑老师，您冷静些，我们做得很节制了，据可靠情报，有一半国家让孩子们使用实弹。"

"一半国家？全世界都做这种游戏？！"

郑晨用恍惚的眼神四下看看，似乎在确定她是不是处在噩梦中，然后努力使自己平静下来，撩了一下额前的乱发说："请送我和孩子们回去。"

"这不可能，这个地区已经戒严了，我对您说过这个工作极其重要……"

郑晨再次失去控制："我不管这些，我不允许你们这样做，作为一名教师，我有自己的责任和良心！"

"我们也有良心，但同样有更大的责任，正是这两样东西迫使我们这样做的。"张林用很真诚的目光看着郑晨，"请相信我们。"

"送孩子们回去！！"郑晨不顾一切地大喊。

"请相信我们。"

这不高的话音是从郑晨身后传来的，她觉得这声音很熟，但一时又想不起在哪儿听到过。看到面前的孩子们都在呆呆地看着她身后的方向，她转过身来，看到这里已站了许多人，当她看清这些人时，更觉得自己不是在现实中了，这反而使她再次平静下来。这些人中，她认出了后面几位在电视上常见到的国家高级领导人，但她最先认出的是站在最前面的两个人。

他们是国家主席和国务院总理。

"有在噩梦中的感觉，是吗？"主席神情祥和地问。

郑晨说不出话，只是点点头。

总理说："这不奇怪，开始我们也有这种感觉，但很快就会适应的。"

主席的一句话使郑晨多少清醒过来："你们的工作很重要，关系到国家和民族的命运，以后我们会对大家解释清楚这一切，到那时，老师同志，你会为你以前和现在所做的工作感到自豪的。"

一行人开始向相邻的那片小国土走去，总理走了一步又停下来，转身对郑晨说："年轻人，现在你要明白的只有一点：世界已不是原来的世界了。"

"同学们，给我们的小国家起个名字吧！"眼镜建议。

这时，太阳已从山脊落下，给山谷中洒下了一层金辉。

"就叫太阳国吧！"华华说，看到大家一致赞同，他又说，"我们要画一面国旗。"

于是孩子们从那堆物资中找到一块白布，华华从带来的书包中拿出一支粗记号笔，在上面画了一个圆圈，"这是太阳，谁有红色笔，把它涂上。"

"这不成了日本旗吗？"有孩子说。

晓梦拿过笔来，在太阳中画上了一双大大的眼睛和一张笑嘻嘻的嘴巴，又在太阳的周围画上了象征光芒的放射状线条，于是这面国旗也得到了孩子们的认同。在超新星纪元，这面雅拙的国旗被作为最珍贵的历史文物保存在国家历史博物馆。

"国歌呢？"

"就用少先队的队歌吧。"

当太阳完全升出来时，孩子们在他们小小的国土中央举行了升旗仪式。

仪式结束后，张林问华华："为什么首先想到设计国旗和国歌呢？"

"国家总得有一个，嗯，象征吧，总得让同学们看到国家吧，这样大家才有凝聚力！"

张林在笔记本上记下了些什么。

"我们做得不对吗？"有孩子问。

张林说："已经说过，你们自己决定这里的一切，照自己想的去做，我的任务只是观察，绝不干涉你们。"他又对旁边的郑晨说："郑老师，你也是这样。"

然后孩子们选举国家领导人，过程很顺利，华华、眼镜和晓梦当选。华华让吕刚组建军队，结果班里的25个男孩子全是军队成员，其中的20个孩子领到了冲锋枪，吕刚安慰那5个怒气冲冲的没领到枪的男孩儿，答应这几天大家轮着拿枪。晓梦则任命林莎为卫生部长，让她管理生活物资中所有的药品并给可能出现的病人看病。其他的机构孩子们决定在国家的运行过程中依需要建立。

然后孩子们开始在新国土上安家，他们清理空地并在上面支起帐篷，当几个孩子钻进刚支起的第一顶帐篷，它倒了下来，把孩子们盖到里面，费了好大劲儿才钻出来，但这也让他们很开心。到中午时，他们终于支起了几顶帐篷，并把行军床搬进去，基本安顿下来。

在孩子们开始做午饭前，晓梦建议：应该把所有的食品和饮用水清点一下，对每天的消耗量做一个详细的计划。头两天的食品应尽量节省，因为开荒开始后，劳动强度更大，大家会吃得更多，还要考虑到开荒不顺利，不能从指挥组那里及时换到食品的情况。孩子们干了一上午活儿，胃口都出奇地好，现在又不让敞开吃，大家都很有意见，但晓梦还是晓之以理，用极大的耐心说服了大家。

张林在旁边默默地观察着这一切，又在本子上记了些什么。

饭后，孩子们走访了邻国，与它们进行了一些易货贸易，用多余的帐篷和工具换来了较短缺的食品，同时了解了自己的国家所处的位置：他们在小河这一侧上游的邻国是银河共和国，下游邻国是巨人国，小河正对岸是伊妹儿国，它的上下游分别是蓝花国和毛毛虫国（分别以本国国土上的特色物产命名）。山谷中还有其他18个小国家，但距这里有一段距离，孩子们不太感兴趣。

其后的一天一夜是山谷世界的黄金时代，孩子们对新生活充满了兴奋和热情。第二天所有的小国家都开始在山坡上开荒，孩子们使用铁锹和锄头等简单工具，用塑料桶从小河中提水浇地。晚上，小河边燃起一堆堆篝火，山谷中回荡着孩子们的歌声和笑声，山谷世界这时完全是一个童话中美丽的田园国度。

但童话世界很快消失了，灰色的现实又回到了山谷。

随着新鲜感的消失，开荒劳动的强度开始显现出来，孩子们一天干下来累得筋疲力尽，回到帐篷里倒在行军床上不想起来。晚上山谷中一片寂静，再也没有歌声和笑声了。

小国家之间的自然资源差别也显现出来，虽然相距不远，但有的国土土质松厚，开垦容易，有的则全是乱石，费半天劲也开不出多少地来。太阳国的国土属于最贫瘠之列，不但山坡上土质极差，最要命的是河滩太宽。指挥组有一个规定：较平整的河滩只能作为居住地，开荒必须在山坡上，在河滩里开出的地不被承认。有的国土山坡距小河较近，可以排成一个人链向山坡上传递水桶浇地，这是一个高效省力的办法。但太阳国宽宽的沙滩拉大了小河与山坡的距离，排不成人链，只能单人一桶桶地向坡上提水，劳动强度增大了许多。

眼镜这时提出了一个设想：在小河中用大石块筑一道坝，河水可以从坝上漫过或从石块的缝隙中流走，但水位也相应抬高了；再在山坡下挖一个大坑，用一条小水渠把河水引到坑里。于是太阳国抽调了10名壮劳力干这个工程。工程一开始就遭到了下游巨人国和蓝花国的强烈抗议，虽然眼镜反复向他们解释坝只是抬高了水位，河水仍从坝上流过，不会影响下游河段的流量和水位，但下游两国死活不答应。华华主张不管它们的抗议，工程照常进行。但晓梦经过仔细考虑后认为，应该搞好与邻国的关系，从长远考虑不能因小失大，同时小河是山谷世界的公共资源，与它有关的事情都很敏感，太阳国应该在山谷世界树立起自己良好的形象；眼镜则从实力方面考虑，虽然吕刚一再承诺一旦与下游两国爆发冲突，军队能保证国家的安全，但人家毕竟是两个国家，轻率挑起冲突是不理智的。于是，太阳国放弃了原工程计划，在不建坝的情况下挖了一条引水渠，这样水渠要比原设计挖得深一倍，引到山脚下坑里的水也比原来少得多，但还是使开荒效率提高了很多。

现在，太阳国似乎引起了指挥组的注意，派驻太阳国的观察员除张林外又增加了一个人。

第三天，各种纠纷和冲突在山谷世界急剧增多，大部分都是由自然资源分配和易货贸易引起的，孩子们对冲突的调解是没有什么技巧和耐心的，山谷中开始出现枪声。开始这些冲突都局限在小范围内，还没有扩大到整个山谷世界。在太阳国这一带，局势相对平静，但下午由饮水引起的冲突彻底打破了这种平衡。

小河中的水浑浊不堪，不能饮用，而山谷世界中随生活物资配发的饮用水数量是一定的，但分配不均，有的小国家占有的饮水数量是其他小国家的几倍甚至十几倍，这种分配的差别远大于其他物资，显然是策划者有意设置的。开荒的成果只能换取粮食而不能换饮水，所以在第二天以后，饮水问题成了一些小国家生存下去的关键，自然也成了冲突的焦点。在太阳国周围的五国中，银河共和国占有的饮水量最大，是其他小国家的近10倍。它对面的毛毛虫国饮水首先耗尽，那个小国家的孩子干什么都无计划，挥霍无度，开始因懒得去河里取水，洗脸洗手都用饮用水，结果早早就陷入困境。于是他们只好与河对岸的银河共和国谈判，想通过易货贸易来换取饮用水，但对方提出的要求让他们绝对无法接受：银河共和国要毛毛虫国用土地换水！

这天夜里，太阳国从对岸的伊妹儿国的一个孩子那里得知，毛毛虫国向他们借枪，一借就是10支，还借子弹，并声称如果不借就向他们开战。毛毛虫国的45个孩子中就有37个男孩子，自恃军力雄厚，而伊妹儿国正相反，三分之二是女孩儿，根本打不了仗，他们不想惹麻烦，加上毛毛虫国答应他们的优厚条件，就把枪和子弹借给他们了。第二天中午，毛毛虫国的国土上响起了枪声，那些男孩子在学习射击。

在太阳国紧急召开的国务会议上，华华这样分析形势："毛毛虫国肯定要发起对银河共和国的战争，从军事实力上看，银河共和国肯定战败，被毛毛虫国吞并。毛毛虫国本来就有大片优良的山坡地，再拥有银河共和国的饮水和武器，那就十分强大了，迟早要找我们的麻烦，应该及早准备才好。"

晓梦说："我们应该与伊妹儿国、巨人国和蓝花国结成联盟。"

华华说："既然这样，我们还不如趁战争爆发之前，把银河共和国也拉入联盟，这样毛毛虫国就不敢发动战争了。"

眼镜摇摇头说："世界战略格局的基本原理是势力均衡，你们违反了这个原理。"

"大博士，你能不能说明白些？"

"一个联盟，只有面对与自己实力相当的威胁时，才是稳定的，面对的威胁太大或太小，这个联盟都会解体。再向上游的国家都离我们较远，我们六国是相对独立的系统，如果银河共和国也加入联盟，毛毛虫国就找不到谁结盟，必然陷入了绝对的劣势，对联盟构不成威胁，联盟也就不稳定。再说，银河共和国自恃有那么多饮水，自高自大，会认为我们打它水的主意，也不会真心与我们结盟。"

大家都同意这个看法，晓梦问："那剩下的这三个国家愿意与我们结盟吗？"

华华说："伊妹儿国没有问题，他们已经感觉到了毛毛虫国的威胁；至于其他两个国家，由我去说服他们。结盟符合他们的利益，加上在前面的水坝纠纷中，我国给他们留下了很好的印象，我想问题是不大的。"

当天下午，华华出访相邻三国，他发挥了卓越的辩才，很快说服了这些小国家的领导人。他们在三国交界处的小河边开会，正式成立三国联盟。

这之后，派驻太阳国的观察员又增加了一个人。

指挥组设在山顶上的一个电视转播站里，从这儿可以俯视整个山谷世界。三国联盟成立的这天晚上，郑晨来到转播站的小院外。

现在，玫瑰星云在空中的可视面积已长到两个满月那样大，它在苍穹中发出庄严而神秘的蓝光，这光芒照到大地上后就变成月光那样的银色，有满月那样亮，照亮了山谷中的每一个细节。玫瑰星云的面积和亮度在今后的几十年时间里会一直增长，据天文学家预测，当它达到最大时，将占据天空五分之一的面积，地球的夜晚将如白天的阴天时那么亮，夜将消失。

郑晨将目光下移到星云光芒中的山谷。一天的劳累后，孩子们都睡了，下面只能看到零星的几点灯火。现在，郑晨已把自己完全投入了这项惊异的工作，不再问这一切都是为什么。

这时，原来用作转播站职工宿舍的那间小屋的门开了，张林走出来，来到郑晨身边，同她一起看着山谷，说："郑老师，目前在所有的小国家中，你的班级是运行得最成功的，那些孩子素质很高。"

"你怎么说他们是最成功的？据我所知，在山谷最西边有一个小国家，现在已吞并了周围五个小国，形成了一个国土面积和人口数都是原来五倍的国家，还在不停地扩张。"

"不，郑老师，这并不是我们所看重的，我们看重的是小国家自身建设的成就、自身的凝聚力、对自己所处的小世界的形势判断，以及由此所做出的长远决策等等。"

山谷世界的游戏是可以自由退出的，这两天，几乎每个小国家都有孩子上山来到指挥组，说他们不玩了，越来越没意思了，干活

207

太累，孩子们还用枪打架，太吓人了。负责人对他们说的都是同一句话："好的，孩子，回家去吧。"于是他们被很快送回了家。但唯独太阳国无一个孩子退出，这是最为指挥者们看重的一点。

这时，山谷响起了一阵枪声。

"是太阳国的位置！"郑晨失声惊叫。

张林看了看说："不，是在他们上游，毛毛虫国开始进攻银河共和国了。"

枪声变得密集起来，山谷中可以看到一片枪口喷出的火焰。

"你们真的打算任事情这么发展下去吗？我的精神已经承受不了了。"郑晨的声音有些发颤。

"整个人类历史就是一部战争史，就是现在，人类世界还是战争不断，我们不是照样生活吗？"

"可他们是孩子！"

"很快就不是了。"

在这天下午，毛毛虫国答应了银河共和国的交换条件，同意用未开垦的土地中最好的一块来交换饮水，但提出要举行一个土地交接仪式，双方各派出一支由20个男孩儿组成的仪仗队，银河共和国答应了这个条件。当双方的国家领导人和仪仗队正在举行升降旗仪式时，埋伏在周围的十多名毛毛虫国的男孩儿突然向银河共和国的仪仗队射击，毛毛虫国的仪仗队也端枪扫射，银河共和国的那20名男孩子在一片电火花中相继倒地，当10分钟后他们浑身麻木地醒来时，发现已成了毛毛虫国的战俘，自己的国土也全部落入敌手。在这段时间里，毛毛虫国的军队冲过河进攻银河共和国，对方只剩下6名男孩儿和二十多个女孩儿，枪全随仪仗队落入敌手，连招架之力都没有了。

毛毛虫国吞并银河共和国后，果然立即对下游的三国联盟提出了领土要求，他们一时还不敢对三国发动军事进攻，只是打饮水这张牌，因为下游三国的饮水即将耗尽。

这时眼镜广博的知识再次发挥了作用，他想出了一个办法：把5个洗脸盆在底部钻许多小孔，分别装上石块摞起来，石块的直径由上往下依次减小，这就做成了一个水过滤器。吕刚也提出一个净水方法：把野草和树叶捣成糊状，放入水中搅拌，让其沉淀后水就被净化，他说这是在随父亲看部队的野外生存训练时学到的。他们把用这两种方法处理后的水送到指挥组去鉴定，结果达到了饮用标准。这之后三国联盟反而可以向毛毛虫国出口饮水了。

毛毛虫国开始准备进攻三国联盟，毛毛虫国的孩子们已无心去开荒，扩张领土已成了他们唯一的兴趣，也是未来食品的唯一来源，但他们很快发现这已经没有必要了。

从小河上游传来消息，山谷最西边的星云帝国已连续吞并了十三个国家，形成了一个超级大国，他们那人数达四百多的大军正沿山谷而下，声称要统一山谷世界。面对如此强大的敌人，毛毛虫国的领导人完全没有了吞并银河共和国时的魄力，惊慌失措，不知如何是好，其结果是毛毛虫国乱作一团，最后作鸟兽散了，那些孩子一半到上游去投了星云帝国，其余则找指挥组退出游戏回家了。三国联盟中的巨人国和蓝花国也随之解体，大部分也都退出了游戏，这样，只剩下太阳国在山谷的一端面对强敌。

太阳国的全体公民决心战斗到底保卫国家，孩子们对这十多天来他们洒下汗水的小小国土产生了感情，由此产生了让指挥组的大人们都惊叹的精神力量。

吕刚制订了一个作战方案：太阳国的孩子们把那片宽阔河滩上的帐篷全部推倒，用各种杂物筑成了两道防线，分别位于这片河滩的东西两侧。河滩西侧首先迎敌的第一道防线上只布置了十个男孩儿，吕刚这样吩咐他们："你们打完一梭子后，就喊'没有子弹了！'然后向回跑。"

防线刚布置完毕，星云帝国的军队就沿山谷密密麻麻地冲了过来，很快布满了原来银河共和国和毛毛虫国的国土。有个男孩子在用扩音器喊：

"喂，太阳国的孩子们，山谷世界已经被星云帝国统一，你们这些小可怜还玩个什么劲啊，快投降吧！别给脸不要脸！"

回答他们的只有沉默，于是星云帝国开始进攻，太阳国第一道防线的孩子开始射击，进攻的帝国军队立刻卧倒，双方对射起来，太阳国防线的枪声渐渐稀下来，有一个孩子大喊："没子弹了！快跑啊！"于是防线上的所有孩子起身向后跑去。"他们没子弹了！冲啊！"帝国军队见状起身高呼着成群冲来，当他们冲到那片河滩开阔地的一半时，太阳国第二道防线的冲锋枪突然开火，帝国军队猝不及防，被打倒了一大片，后面的孩子见状向回跑，第一次进攻被打退了。

待到那些被带电子弹击中的孩子都爬起来后，星云帝国马上组织了第二次进攻。太阳国这时子弹真的不多了，他们看着那十倍于己的沿河边谨慎行进的大群帝国士兵，准备做最后的抵抗，这时有孩子惊呼："天哪，他们还有直升机！"

真有一架直升机从山后飞来，在战场上空悬停，飞机上的扩音器中响起一个大人的声音：

"孩子们！停止射击！游戏结束了！"

灾　变

天刚黑下来时，三架载着54个孩子的直升机向市内飞去，这些孩子大部分是郑晨班级的。

直升机依次降落在一幢灯火通明的建筑物前，这个建筑物外表是上世纪50年代建筑的朴素风格。山谷游戏指挥组的负责人和张林带领着这54个孩子进了大门，沿着一条长长的走廊向前走，走廊尽头有一扇有着闪光黄铜把手的包着皮革的大门。孩子们走近时，门前两位哨兵轻轻把门打开，他们走进了一个宽阔的大厅。这是一个发生过很多大事的大厅，在那些高大的立柱间，仿佛游动着历史的幻影。

大厅中有3个人，他们是国家主席、国务院总理和军队的总参谋长，他们在这里好像已经有一段时间了，在低声地谈着什么，当大厅的门开时，他们都转身看着孩子们。

带孩子们来的两位负责人走到主席和总理面前，简短地低声汇报了几句。

"孩子们好！"主席说，"我这是最后一次把你们当孩子了，历史要求你们在这十分钟时间里，从十三岁长到三十岁。首先请总理为大家介绍情况吧。"

总理说："大家都知道，六天前发生了一次近距离的超新星爆发，你们肯定已对其过程了解得很详细，就不多说了，下面只说一件你们不知道的事情。超新星爆发后，世界各国的医学机构都在研究它对人类健康的影响。现在，我们已收到了来自各大洲的权威医学机构的信息，他们同国内医学机构得出的结论是相同的。超新星的高能射线完全破坏了人体细胞中的染色体，这种未知的射线穿透力极强，在室内甚至矿井中的人都不能幸免。但对一部分人来说，

211

染色体受到的损伤是可以自行修复的，年龄为13岁的人有97%可以修复，12岁和12岁以下的孩子可100%修复，其余的人的机体受到的损伤是不可逆转的，我们的生存时间，从现在算起，大约还有两到三天。超新星在可见光波段只亮了一个多小时，但其不可见的高能射线持续了两天，也就是天空中出现极光的那段时间，这期间地球自转了两圈，所以全世界都是一样的。"

总理的声音沉稳而冷峻，仿佛在说一件很平常的事情。孩子们的头脑一时还处于麻木之中，他们费力地思考着总理的话，好长时间都不明白。突然，几乎在同时，他们都明白了。

几十年后，当超新星纪元的第二代人成长起来，他们对父辈听到那个消息时的感受很好奇，因为那是有史以来最让人震惊的消息。新一代的历史学家和文学家们也做了无数种生动的描述，但他们全错了，这时，在国家心脏的这个大厅里，这54个孩子所感到的不是震惊而是陌生，仿佛一把无形的利刃凌空劈下，把过去和未来从这一点齐齐斩断，他们面对的是一个完全陌生的世界。这时，从那宽大的窗户可以看到刚刚升起的玫瑰星云，它把蓝色的光芒投到大厅的地板上，仿佛宇宙中的凝视着他们的一只怪异的巨眼。

那两天时间里，大地和海洋笼罩在密密的射线暴雨里，高能粒子以巨大的能量穿过人类的躯体，穿过组成躯体的每个细胞。细胞中那微小的染色体，如一根根晶莹而脆弱的游丝在高能粒子的弹雨中颤抖挣扎，DNA双螺旋被撕开，碱基四下飞散。受伤的基因仍在继续工作，但经过几千万年进化的精确的生命之链已被扭曲击断，已变异的基因现在不是复制生命而是播撒死亡了。地球在旋转，全人类在经历一场死亡淋浴，在几十亿人的体内，死神的钟表上满了弦，嘀嗒嘀嗒地走了起来……

世界上13岁以上的人将全部死去，地球，将成为一个只有孩子的世界。

紧接着又一个晴空霹雳，将孩子们眼中这刚刚变得陌生的世界四分五裂，使他们悬浮于茫然的虚空之中。

郑晨首先醒悟过来："总理，这些孩子，如果我没有猜错，是……"

总理点点头，平静地说："你没有猜错。"

"这不可能！"年轻的小学教师惊叫起来。

国家领导人无言地看着她。

"他们是孩子，怎么可能……"

"那么，年轻人，你认为该怎么办呢？"总理问。

"……至少，应在全国范围内选拔的。"

"你认为这可能吗？我们，只有两三天的时间了……与成人不一样，孩子们并没有一个全国范围的由上至下的社会结构，所以不可能在短时间内在四亿孩子中找到最有能力和最适合承担这种责任的人。在这人类最危难的时刻，我们绝不能让整个国家处于没有大脑的状态，还能有别的选择吗？所以，我们与世界各国一样采取了这种非常特殊的选拔方式。"

年轻的教师几乎要昏倒了。

主席走到她面前说："你的学生们未必同意你的看法。你只了解平时的他们，并不了解极限状态时的他们，在极端时刻，人，包括孩子，都有可能成为超人！"

主席转向这群对眼前的一切仍然处于茫然中的孩子，说：

"是的，孩子们，你们将领导这个国家。"

认识国家

一支小小的车队向北京近郊驶去，来到一处僻静的周围有小山环绕的地方。车停了，主席和总理，还有三个孩子：华华、眼镜和晓梦下了车。

"孩子们，看。"主席指指前方，他们看到了一条铁路，只有单轨，上面停着长长的载货列车，那列车有首尾相接的许多列，太长了，呈一个巨大的弧形从远方的小山脚下拐过去，看不到尽头。

"哇，这么长的火车！"华华喊道。

总理说："这里共有11列货车，每列车有20节，共220节车皮。"

主席说："这是一条环形试验铁路，是一个大圆圈，刚出厂的机车就在这条铁路上进行性能试验。"他指指最近的那一列火车，"去看看那上面装着什么。"

三个孩子向列车跑去，华华顺着梯子爬上了一节车皮，然后眼镜和晓梦也爬了上去。他们站在装得满满一车皮的白色大塑料袋上，向前方看去，这一列车全满装着这种白色的袋子，在阳光下反射着耀眼的白光。他们蹲下来，眼镜用手指在一个袋子上捅了个小洞，看到里面是一些白色半透明的针状颗粒，华华夹起一粒来用舌头舔了一下。

"当心有毒！"眼镜说。

"我觉得好像是味精。"晓梦说，也夹起一粒舔了一下，"真的是味精。"

"你能尝出味精的味道？"华华怀疑地看着晓梦。

"确实是味精，你们看！"眼镜指着前面正面朝上的一排袋子，上面有醒目的大字，这种商标他们在电视广告上常见，但孩子们很难把电视上那个戴着高高白帽子的大师傅放进锅里的一点白粉末同眼前这白色的巨龙联系起来。他们在这白袋子上走到车皮的另一头，小心地跨过连接处，来到另一节车皮上，看看那满装的白色袋子，也是味精。他们又连着走过了3节车皮，上面都满载着大袋的味精，无疑，剩下的车皮装的也都是味精。对于看惯了汽车的孩子们来说，这一节火车车皮已经是十分巨大了，他们数了数，如刚才总理所说，整列货车共有20节车皮，都满满地装着大袋味精。

"哇，太多了，全国的味精肯定都在这儿了！"

孩子们从梯子下到地面，看到主席和总理一行人正沿着铁道边的小路向他们走来，他们刚想跑过去问个究竟，却见到总理冲他们挥挥手，喊道："再看看前面那些火车上装的是什么！"

于是三个孩子在小路上跑过了十多节车皮，跑过机车，来到与这辆火车间隔十几米的另一辆火车的车尾，爬到最后一节车皮的顶上。他们又看到了装满车皮的白色袋子，但不是刚才看到的塑料袋，而是编织袋，袋子上标明是食盐。这袋子很难弄破，但有少量粉末漏了出来，他们用手指蘸些尝尝，确实是盐。前面又是一条白色的长龙，这列火车的20节车厢上装的都是食盐。

孩子们下到铁路旁的小路上，又跑过了这列长长的火车，爬到第3列的车皮顶上看，同第2列相同，这列火车的20节车厢上装的也全是食盐。他们又下来，跑去看第4列火车，还是满载着食盐。去看第5列火车时，晓梦说跑不动了，于是他们走着去，走过这20节车皮花了不少时间，第5列火车上也全是食盐。

站在第5列火车车皮的顶上向前望，他们有些泄气了：列车的长龙还是望不到头，弯成一个大弧形消失在远处的一座小山后面。孩子们又走过了两列载满食盐的列车，第7列列车的头部已绕过了小山，站在车皮顶上终于可以看到这条列车长龙的尽头，他们数了数，前面还有4列火车！

三个孩子坐在车皮顶的盐袋上喘着气，眼镜说：“累死了，向回走吧，前面那几列肯定也都是盐！”

华华又站起来看了看：“哼，环球旅行，我们已经走过了这个环形铁路大圆圈的一半，从哪面回去距离都一样！”

于是孩子们继续向前走，走过了一节又一节车皮，路途遥远，真像环球旅行了。每个车皮他们不用爬上去就能知道里面装的是食盐，他们现在知道盐也有味，眼镜说那是海的味道。三个孩子终于走完了最后一列火车，走出了那长长的阴影，眼前豁然开朗。他们面前出现了一段空铁轨，铁轨的尽头就是那列停在环形铁路起点的满载味精的火车了，孩子们沿着空铁轨走去。

在环形铁路的起点上，主席和总理站在火车旁谈着什么，总理在说着，主席缓缓地点头，两人的脸色凝重严峻，显然已谈了很长时间，他们的身影与黑色的高大车体形成了一个凝重有力的构图，仿佛是一幅年代久远的油画。当他们看到远远走来的孩子们时，神情立刻开朗起来，主席冲孩子们挥挥手。

华华低声说：“你们发现没有，他们在我们面前时和他们自己在一起时很不一样，在我们面前，好像天塌下来时也是乐观的；他们自己在一起时，那个严肃，让我觉得天真的要塌下来了。”

晓梦说：“大人们都是这样，他们能够控制自己的情绪，华华，你就不行。”

“我怎么了？我让小朋友们看到真实的自己有什么不好？”

“控制自己并不是虚假！知道吗，你的情绪会影响周围的人，特别是孩子们，最易受影响，所以你以后要学着控制自己，这点你应该向眼镜学习。”

"他？哼，他脸上就比别人少一半神经，什么时候都那个表情。行了晓梦，你比大人们教我的都多。"

"真的，你没有发现大人们教得很少吗？只有这一天时间，他们为什么不抓紧呢？"

走在前面的眼镜转过身来，那"少一半神经"的脸上还是那副漠然的表情："这是人类历史上最难上的课，他们怕教错了。"

"孩子们辛苦了！今天下午你们可真走了不少的路，对看到的东西一定印象深刻吧？"主席对走到面前的孩子们说。

眼镜点点头说："再普通的东西，数量大了就成了不普通的奇迹。"

华华附和道："是的，真没想到世界上有这么多的味精和盐！"

主席和总理对视了一下，微微一笑，总理说："我们的问题是：这么多的味精和盐够我们国家所有的公民吃多长时间？"

"起码一年吧。"眼镜不假思索地说。

总理摇摇头。

华华也摇头："一年可吃不了，五年！"

总理又摇头。

"那是十年？"

总理说："孩子们，这么多的味精和盐，只够全国公民吃一天。"

"一天？！"三个孩子大眼瞪小眼地呆立了好一会儿，华华对总理不自然地笑笑："这……开玩笑吧？"

主席说："按每人一天吃1克味精和10克盐，这每节车皮的载重量是60吨，这个国家有12亿公民。一道很简单的算术题，你们自己算吧。"

三个孩子在脑子里吃力地数着那一长串0，终于知道这是真的。

"天哪！"华华说。

217

"天哪！"眼镜说。

"天哪！"晓梦说。

总理说："这两天，我们总是在试图找到一个办法，使你们对自己国家的规模有一个感觉，这很不容易。但要领导这样一个国家，没有这种感觉是不行的。"

"实在对不起，孩子们，时间有限，只能给你们上这唯一的一堂课了。"主席沉重地对三个孩子、几个小时之后世界上最大国家的最高领导人说。

交接世界

这是公元世纪的最后一夜。

国家领导集体和他们的孩子继任者们再次相聚在中南海的那个大厅中。在过去的一天里，孩子们上了一堂人类历史上最难的课：试图在这一天内掌握这世界上绝大多数人终其一生都不可能掌握的东西。

在古老的围墙外面，首都的灯海消失了，城市静静地躺在玫瑰星云的光辉下，与远方同样没有灯光的广阔大地融为一体。此时，全世界的发电厂都小心翼翼地停止了运转，谁也不知道它们多少年以后才能重新启动。但由小型发电机维持的最基本的通信系统仍在运转，收音机仍能收听到已换成童声的广播，世界突然变得广漠无边，但并没有崩溃。

在大厅里，两代国家领导人在做最后的告别。大人们的病情已很重，他们都发着高烧，步履维艰。每位大人领导人都把他们的孩子继任者拉到身边，做最后的叮嘱。有些大人领导者只是在急促地不停地说，仿佛想把自己的全部记忆在这最后的几十分钟里移植到继任者的大脑里；另一些领导者则长时间默默无言，要说的话分量太重，一时不知怎样说起。

总理对华华、眼镜和晓梦说："你们首先要做的事情，是和全国各省取得联系，他们同我们一样已有所准备。记住，一定要和省一级领导机关联系，再往下更细的事情由他们去做，否则，你们是绝对顾不过来的。下一步，要确保全国孩子的基本生活，这个国家将只有四亿左右的人口了，只要组织得当，在相当长的一段时间内，这是不难做到的。但要记住，再多的存粮也会吃光的，要立刻着手恢复农业生产，尽你们的所能，夏粮能收多少就收多少，秋粮能种多少就种多少；工业生产的恢复要难得多，但也要立刻着手干，首先是交通，然后是能源，要知道，没有这两样，现有的大中城市将无法存在下去。对你们来说这些都很难，但一定要试着干，不能等，等不来什么了。六岁以上的孩子都要参加工作，但这并不意味着停止学习，相反，不但要把你们现在的课程继续学下去，还要学多得多的东西，白天工作，就在晚上学。这种学习应该是跳跃式的，你们得提前学会很多只有大学才学的东西，才能使社会各领域运转起来，孩子们，要准备吃苦啊。"

你们必须尽快使国家稳定下来，使国民经济正常运转起来，越快越好。因为据我们预测，你们的注意力很快不得不集中到另一件事上：在三至五年内，国家有很大的可能面对外敌入侵。"

总参谋长接着说："我们无法准确预测未来的世界格局，但有一点可以肯定：孩子控制的世界将重新失去理智，现有的国际政治体系将全面崩溃，世界将进入野蛮争霸时代，战争会再次成为解决国际问题的主要手段。战争一旦爆发，将是全面的、大规模的，战争的样式和技术水平大约同第一次世界大战相当，虽然进程缓慢，但战场广阔，战况激烈、残酷。北约一时不具备向亚洲投放大规模兵力的能力，首批入侵可能来自近邻强国。所以，军队的恢复也要立即进行，且不能小于现有规模。"

参谋长伸出一只手，他身后的一位大校军官把一只号码箱递给他。

"孩子们，我们很高兴把所有的东西都留给你们，但这件例外。这是国家战略核武器的启动密码和技术资料。我们只给了你们一小部分，但也是很不情愿的。这是把一支拉开栓的手枪放到了婴儿手里。可没有办法，如果人家的孩子手里有了这东西而你们没有，那个亏中华民族是吃不起的。千万记住，绝不能首先用它来打别人！剩下的一切，只能由你们来把握了。"

孩子们几双手同时伸来，接住了那只沉甸甸的箱子。

只有主席还没说话，大家这时都安静下来，把目光会聚到他身上。

主席沉思良久才开口："孩子们，在你们很小的时候，大人们就教导你们：有志者事竟成。现在我要告诉你们，这句话不对。只有符合科学规律和社会发展规律的事，才能成。事实上，你们想干的大部分事，不管多么努力，是成不了的。你们的责任，就是在一百件事情中除去九十九件不能成的事情，找出那一件能成的来。这极难，但你们必须做到！"

总理转身向后，领导者们向两边散开，露出了他们身后的一张大桌子，上面整齐地摆放着三十多部电话，主席指着些电话说："当世界交换完成时，各省的领导机构将通过这些电话同中央联系。这之前还有一段时间，大家要好好休息，睡一会儿，以后，不会有很多睡觉的时间了。"

主席说："其实把超新星称为死星是完全错误的，冷静地想想，构成我们这个世界的所有重元素都来自于爆发的恒星，构成地球的铁和硅，构成生命的碳，都是在远得无法想象的过去，从某个超新星喷发到宇宙中的。所以超新星不是死星，而是真正的造物主！人类文明被拦腰切断，孩子们，我们相信，你们会使这新鲜的创口上开出绚丽的花朵。当超新星第二次袭击地球时，你们肯定已经学会了怎样挡住它的射线。"

华华说："那时我们会引爆一颗超新星，用它的能量飞出银河系！"

主席高兴地说："孩子们对未来的设想总比我们高一个层次，在同你们相处的这段时间里，这是最使我们陶醉的……好了，孩子们，我们该走了。"

"我想同孩子们在一起。"年轻的班主任郑晨说。

"小郑老师，我们还是一起走吧，相信你的学生们！姑娘，你应该骄傲地离开这个世界，人类历史上没有任何一位教师能与你相比，你培养出了一个国家！"

大人们相互搀扶着走出大厅，融入玫瑰星云银色的光芒之中。主席走在最后，他出门前转身对新的国家领导集体挥了挥手：

"孩子们，世界是你们的了！"

全世界的大人们用最后的时间到最后聚集地去迎接死亡，这些被称为终聚地的地方大都很偏僻，很大一部分在无人烟的沙漠、极地甚至海底。由于世界人口猛减至原来的五分之一，地球上大片地区重新变成人迹罕至的荒野。直到很多年后，那一座座巨大的陵墓才被发现。

创世纪

当只剩下他们时，孩子们真的感觉累了，五十多个孩子就在大

221

厅里的长沙发和地毯上睡着了。

像透明的雾气无声无息地穿越宇宙，时间在无声地流动着。

当他们中的第一个人醒来时，天还黑着。接着，其他孩子也醒来了，一个孩子无意中看到了大厅一角的那座大钟，他失声惊叫起来，其他的孩子也都看着钟呆住了。

他们睡了十多个小时，地球，现在已是一个孩子的世界了。

这一刻，被后来的历史学家称为人类的"精神奇点"，这是人类有史以来最孤独的时刻。这巨大的孤独感如崩塌的天空死死压住了孩子们，攫住了他们每一个细胞。

"妈妈——"有个女孩失声叫了一声，所有的孩子都想哭，但——

电话响了。

开始是那三十部电话中的一部，紧接着两部、三部……分不清多少部电话在响了，蜂鸣声汇成一片，外部世界在呼唤，提醒着孩子领导集体记起他们的责任和使命。

他们没时间哭了。

"同志们，进入工作岗位！"华华大声说，新的国家领导集体向电话走去。

蓝色的玫瑰星云仍然那么明亮，这是古老恒星庄严的坟墓和孕育着新恒星的壮丽的胚胎，这光芒透过高高的落地窗，这群小身躯被镀上了一层的银色光辉。与此同时，东方曙光初现，新世界将迎来她的第一次日出。

超新星纪元开始了。

圆圆的肥皂泡

一

很多人生来就会莫名其妙地迷上一样东西，仿佛他（她）的出生就是要和这东西约会似的，正是这样，圆圆迷上了肥皂泡。

圆圆出生后一直是一副无精打采的样子，连哭啼都像是在应付差事，显然这个世界让她很失望。

直到她第一次看到肥皂泡。

圆圆第一次看到肥皂泡时才五个月大，立刻在妈妈怀中手舞足蹈起来，小眼睛中爆发出足以使太阳星辰都黯然失色的光芒，仿佛这才是第一次真正地看到这个世界。

这是一个西北的正午，已经数月无雨，窗外，烈日下的城市迷漫着沙尘，在这异常干燥的世界中，那飘浮在空中的绚丽的水的精灵确实是绝美的东西，看到小女儿能认识到这种美，为她吹出肥皂泡的爸爸很高兴，抱着她的妈妈也很高兴，圆圆的妈妈放弃了还有一个月的产假，明天就要回实验室上班了。

223

二

时光飞逝，圆圆进幼儿园大班了，她仍然热爱肥皂泡。

这个星期天和爸爸出去玩儿，她的小衣袋中就装着吹泡泡的小瓶儿，爸爸许诺要让妈妈带她坐飞机吹泡泡。这并不是吹牛，他们真的去了近郊的一个简易机场，妈妈做飞播造林研究用的飞机就停在那里。那飞机让圆圆很失望，这是一架破旧的双翼农用飞机，估计是那个已消失的社会主义联盟制造的，圆圆觉得它是旧木板做的，像童话中的猎人在森林中住的破木屋，真不相信这玩意儿能飞起来。但就这破飞机，妈妈也不让圆圆坐。

"今天是孩子生日，你还加班不回家，让圆圆坐坐飞机，总能给她个惊喜嘛！"爸爸说。

"惊喜什么呀，她这么大分量，我要少带多少树种？"妈妈说着，又把一个沉重的大塑料包吃力地搬进舱门。

圆圆觉得自己没有多少分量，咧嘴大哭起来。妈妈于是赶紧来哄女儿，她从仍放在地上的一堆大塑料袋中的一个里拿出一件奇怪的东西，样子和大小与胡萝卜差不多，头儿尖尖的呈流线型，屁股上还有一对用硬纸板做的尾翼，看上去像个小炸弹，但却是透明的，很好玩儿的样子。圆圆伸手去抓，但小手立刻又松开了，这玩意儿是冰做的。妈妈指着小炸弹中心的一个小黑粒，告诉圆圆那就是树种："飞机从好高的地方把这些冰炸弹扔下去，它们落到地上时会扎进沙土中。春天来了冰弹就会在沙土里悄悄地化开，化出的水会让种子发芽出苗。把好多好多这样的冰炸弹投下来，沙漠就会变绿，沙子就不会吹到我圆圆的小脸儿上了……这是妈妈的研究项目，它能使西北干旱地区飞播造林的成活率提高一倍……"

"孩子懂什么成活率，真是，圆圆，咱们走！"爸爸抱起圆圆，气鼓鼓地走了，妈妈没有留他们，只是赶紧用两手又捧了一下女儿的脸蛋儿。

圆圆感到妈妈的手比爸爸的粗糙多了。

圆圆伏在爸爸的肩膀上看到"猎人木屋"轰鸣着起飞，她对着飞机吹出一串肥皂泡，看着它消失在沙尘迷漫的空中。

爸爸抱着圆圆走出了机场，在公路边的车站等着回市里的汽车，圆圆感到爸爸的身体突然颤抖了一下。

"爸爸，你冷吗？"

"不……圆圆。你没听到什么？"

"嗯……没有呀。"

但他听到了，那是一声沉闷的爆炸，从飞机飞向的远方传来，隐隐约约，他几乎是用第六感听到的。他猛地回头看着那个方向，在他和女儿面前，大西北干旱的大地冷酷地凝视着苍穹。

三

时光继续飞逝，圆圆上了小学，她仍然热爱肥皂泡。

清明节，当她和爸爸来到妈妈墓前时，仍拿着吹泡泡的小瓶，当爸爸把鲜花放到那朴素的墓碑前时，圆圆吹出了一串泡泡。爸爸正要发作，女儿的一句话使他平静下来，双眼湿润了。

"妈妈会看到的！"圆圆指着飘过墓碑的肥皂泡说。

"孩子啊，你要做一个妈妈那样的人，像她那样有责任感和使命感，像她那样有一个远大的人生目标！"爸爸搂着圆圆说。

"我有远大的目标呀！"圆圆喊道。

"说给爸爸听听？"

"吹——"圆圆指着已飞远的肥皂泡，"大——大——的——

225

泡——泡！"

爸爸苦笑着摇摇头，拉着女儿走去。这里距几年前飞机坠毁的地点不远，当年由自天而降的冰弹播下的种子确实都成活了，长成了小树苗，但最后的胜利者仍是无边的干旱，飞播林在干旱少雨的第二年都死光了，沙漠化仍在继续着它不可阻挡的步伐。爸爸回头看，夕阳将墓碑的影子拉得好长好长，圆圆吹出的肥皂泡已经一个都不见了，像墓中人的理想，像西部大开发美丽的梦幻。

四

时光继续飞逝，圆圆上了中学，仍然喜欢肥皂泡。

这天，圆圆年轻的女班主任老师来家访，递给爸爸一把新奇漂亮的玩具手枪，说是圆圆在课上玩，让物理老师没收的。那把枪有个大肚子，枪管顶部固定着一个天线似的圆圈，爸爸翻来覆去地看着，很迷惑它怎么玩，"这是泡泡枪。"班主任说着，拿过来一扣扳机，随着一阵嗡嗡的轻响，从枪口的小圆圈上飞出一长串肥皂泡。

班主任告诉爸爸，圆圆的学习成绩一直在同年级中领先，但她最大的长处是有很强的创造性思维，班主任说自己还是第一次看到思想这么活跃的学生，告诉爸爸要珍惜这个苗头。

"你不觉得这孩子……怎么说呢，有些轻飘飘的吗？"爸爸手拿着泡泡枪问。

"现在的孩子嘛，都这样儿……其实在这个新时代，轻松洒脱一些的思想和性格也不一定就是缺点。"

爸爸叹口气，挥挥泡泡枪结束了谈话，他觉得和这个班主任没什么可谈的，她自己还几乎是个孩子呢。

送走了班主任，回到只有他们父女两人的家中，爸爸想和圆圆谈谈泡泡枪的问题，但立刻发生了另一件让他不快的事：

"又换了一个？今年你已经换了一个了！"他指着圆圆挂在胸前的手机问。

"没有呀爸爸，人家只是换了个壳儿嘛！看，这能给我新鲜的感觉。"圆圆说着，拿出了一个扁盒子，爸爸打开来，看到一排鲜艳的色块，最初以为是绘画颜料一类的东西，仔细一看才发现那是十二个手机外壳，十二种色彩。

爸爸摇摇头，把盒子放在一边："我正想和你谈谈你的这种……嗯，思想倾向。"

圆圆看到了爸爸手中的泡泡枪，一把抢了过来："爸爸，我保证以后不再带它去学校了！"说完，她对着爸爸射出一串泡泡。

"我要说的不是这个，我要说的问题比这深刻得多，圆圆，你看你这么大了还喜欢吹肥皂泡……"

"不行吗？"

"哦不，这本来不算什么大问题，我是说，你的这种喜好反映出了你的一种，嗯，刚才说过的，思想倾向。"

圆圆不解地看着父亲。

"这说明你倾向于追求美丽、新奇而虚幻的东西，容易对远离现实的幻影着迷，你的双脚将离开大地，会将你的人生引向一个错误的方向。"

圆圆看看满屋飘浮着的肥皂泡，显得更迷惑了。那些肥皂泡像一群透明金鱼，在空气中幽幽地游着。

"爸爸，咱们还是谈一些更有趣的事吧！"圆圆靠到爸爸的肩膀上，语气变得神秘起来，"爸，我们的班主任漂亮吗？"

"没注意……圆圆，我刚才的意思是……"

227

"她显然很PP的！"

"也许吧……我刚才要说的是……"

"爸爸，您真没注意到她和您说话时的眼神？她好像被您吸引了耶！"

"我说你这个孩子，就不能少想些无聊的事？！"爸爸生气地把女儿的手从肩上拨开。

圆圆长叹一声："唉，爸爸呀爸爸，您已经变成了一个对什么都提不起兴趣的人了，您这没有新鲜、没有新奇、没有激动的日子，有什么劲呢？还好意思当别人的人生教师。"

一个肥皂泡飘到爸爸脸前爆裂了，他隐约感到了一小股弱得不能再弱的湿润水汽，这一场转瞬即逝的微型毛毛雨令他感到片刻的陶醉，不可思议，这竟让他想起了自己遥远的南方故乡。他不为人察觉地叹息了一下。

"我年轻的时候也追逐过缥缈的梦想，和你妈妈从上海来到这里，天真地把大西北看作实现自己人生价值的地方。我们那批建设者用了那么短的时间，就让荒漠上出现了这座崭新的城市，我们曾把它当作一生的骄傲，想到当离开人世之前，这城市能作为自己的没有虚度一生的证明。谁能想到，她不过是我们这一代人用青春甚至生命吹出的一个肥皂泡。"

圆圆很吃惊："丝路市怎么是肥皂泡呢？它可是实实在在的，总不会啪一下消失吧？"

"它将消失，中央已经认可了省里的报告，停止为丝路市引水的一切规划和努力。"

"那要把我们渴死吗？现在已经是两天来一次水，每次只来一个半小时！"

"正在制订一个为期十年的拆迁计划，整座城市将全部分散迁

228

移，丝路将成为现代世界第一座因缺水而消失的城市，一个现代的楼兰……其实，曾让年轻的我们热血沸腾的整个西部大开发，现在已经变成了噩梦般的西部大开矿，谁知道，这是不是一个更大的肥皂泡呢？"

"哇，太棒了！"圆圆欢呼起来，"早就该离开这地方了！一个平淡乏味的地方，我真的不喜欢这里耶！迁移！迁移到一个全新的地方，开始全新的生活，这是多美妙的事啊爸爸！"

爸爸默默地看了女儿一会儿，站起身来走到窗前，呆呆地看着外面黄沙中的城市，他双肩下垂的背影，看上去一下子老了许多。

"爸——"圆圆轻轻叫了一声，父亲没有回答。

两天后，圆圆的爸爸成为这即将消失的城市的最后一任市长。

五

高考结束了，圆圆取得了全省理科第二名的成绩。爸爸难得彻底地高兴了一次，慷慨地问女儿有什么要求，过分些也行，圆圆冲他张开一个手掌。

"五……五个什么？"

"五块雕牌透明皂。"说完她又张开另一个手掌，"十袋汰渍洗衣粉，"两手翻了一下，"二十瓶白猫洗洁精，"最后拿出一张纸，"最重要的是这些化学药剂，照清单上的分量买。"

那些化学药剂让父亲费了些事，他让一个在北京出差的办公室副主任跑了一天才买齐。

拿到这些东西后，圆圆一头扎进了卫生间，在那里面忙活了三天，配制了整整一浴池的溶液，怪味迷漫在家里的每个房间。第四天，两个男生送来了她定做的一个直径一米多的圆环，那圆环是用一根钻了许多小眼的长金属管弯成的。

第五天，家里早早就有一群人来访，他们中包括两个电视台的摄像师，市长还认出了其中的一位漂亮女士，是省电视台一个娱乐节目的主持人，还有两个穿着花里胡哨的家伙，自称是吉尼斯中国分部的人，昨天刚从上海飞来，其中一位沙哑着嗓子说：

"市长先生，您的女儿……咳咳……这地方空气真干燥……您的女儿要创造吉尼斯纪录了！"

市长随着一行人爬到开阔的楼顶上，他发现女儿和她的几个同学已经上来了，圆圆扛着那个大圆环，他们面前放着的那个大澡盆中盛满了她配的那种溶液。那两个吉尼斯的人开始架设两根有长度刻度的标杆，后来才知道那是用于测量肥皂泡直径的。

一切准备就绪后，圆圆把那个圆环伸进澡盆，再提出来时环面已附着了一层液膜。她小心地把带液膜的圆环固定在一根长杆顶端，走到楼顶边缘，挥动长杆使圆环在空中画了一个大圈，吹出了一个巨大的肥皂泡。那个大泡在空中颤颤地变着形状，像是在跳舞。后来知道，这个大泡的直径竟达四点六米，打破了由比利时人凯利斯保持的三点九米的吉尼斯纪录。

"液体的配方是很重要的，但窍门还在这个大环上。"圆圆在回答主持人提问时说，"那个比利时人用的只是一个普通的液膜环圈，而我这个，是由钻了一排洞的铅管弯成的，管里面充满了发泡液体，在大泡的形成过程中，这些液体不断地从管上的小孔中泄出，以使尽可能多的液体参与成泡，这样自然就可以形成更大的泡泡了。"

"那么，你还有可能制造出更大的泡泡来吗？"主持人问。

"当然会的！这就要研究肥皂泡形成的几个要素，它包括液体黏度、延展性、蒸发率和表面张力，但对于形成超大的泡泡来说，最需要改进的是后两项。蒸发率必须降低，因为蒸发是泡壁破裂的主要原因之一；表面张力嘛……你知道为什么纯水不能吹出泡泡？"

"当然是它的表面张力太小了。"

"恰恰相反，是因为水的表面张力太大了，形不成气泡。再问一句，你知道肥皂泡形成以后，它的表面的张力与直径大小有什么关系？"

"那……照你说的，张力越小泡就越大呗。"

"No！No！当泡形成后，随着直径的增大，它反而需要增大自己的表面张力，以维持泡壁的强度。这就出现一个问题：液体的表面张力是恒定的，那么要想吹出超大的泡泡，我们该解决什么样的问题呢？"

主持人茫然地摇摇头，她属于外形漂亮口齿伶俐头脑简单的那一类，圆圆看出了这点："算了，我们还是给观众们再吹几个大泡吧！"

于是，又有几个直径四五米的大肥皂泡顺风飘行在城市上空，在这沙尘迷漫的干旱世界中，它们显得那么不真实，仿佛是来自另一个世界的幻影。

一星期后，圆圆离开了这座她出生长大的西北城市，到中国那所最好的理工科大学去学习纳米专业了。

六

时光继续飞逝，但圆圆不再吹肥皂泡了。

圆圆读完了学士、硕士和博士，然后以令她父亲头晕目眩的速度开始创业。她以做博士课题时创造的一项技术为基础，开发了一种新的太阳能电池，成本仅为传统的单晶硅电池的几十分之一，可

231

以作为马赛克贴到整个建筑表面上。仅三四年时间，她的公司就发展到几亿元资产的规模，成为纳米技术的东风催生的一大批急剧膨胀的奇迹企业之一。

圆圆的父亲由此陷入了一个尴尬的境地。以事业的成功程度而言，女儿现在已经有资格教导父亲了。看来圆圆当年的那个漂亮班主任说得有道理，轻飘洒脱的思想和性格不一定就是缺点。这是一个令父亲这一代人恼火的时代，现在的成功需要的是逼人的思想灵气，经验、毅力和使命感之类的不起决定作用，凝重和沉重更是显得傻乎乎的。

"很久没有过这种感觉了，这是我听过的最好的歌唱，他们确实比上一代那三个强。"在国家大剧院广阔的出口平台上，市长对女儿说。圆圆知道父亲喜欢听古典美声，这是他不多的爱好之一，就趁他到北京开会之际，请他听新一代世界三大男高音为即将到来的奥运会举办的演唱会。

"早知道我该买最好座位的票，怕您又嫌我浪费，就买了两张中等的。"

"这样的票多少钱一张？"父亲随口问。

"便宜多了，好像每张两万八吧。"

"嗯……啊，什么？！"

看着父亲目瞪口呆的样子，圆圆笑了起来："如果您能找回很久没有过的感觉，就是二十八万也值得。看这座大剧院，投资几十个亿，还不是为了人们从艺术中得到或找回某种感觉？"

"也许你有道理，我还是希望你的钱能花到更有意义的地方。圆圆，我想与你谈谈有关丝路市的事，你能不能对它进行一项市政投资？"

"是什么？"

"一个大型的水处理工程，建成后能够大大提高城市用水的循环利用率，还能够用太阳能淡化一部分盐湖的水。如果这个系统能够实现，丝路市就能在缩小规模后继续存在下去，避免完全消失的命运。"

"投资是多少？"

"初步规划，大约十六个亿吧。大部分资金已有来源，但到位时间很长，怕来不及了，所以现在需要你投入一笔启动资金，约一个亿吧。"

"爸爸，不行，我目前能周转的资金也就这么多了，我想用它搞一个研究项目……"

父亲举起一只手打断女儿的话说："那就算了。圆圆，我丝毫没有想影响你的事业，其实，我本来没打算向你提这个要求的，虽然你的投资能保证收回，但利润回报却微乎其微。"

"呵，那倒无所谓，爸爸，我这个项目更惨，别说赢利，投资都肯定会打水漂！"

"你想搞基础研究吗？"

"不，但也不是应用研究，是好玩儿的研究。"

"……"

"我将研制一种超级表面活性剂，已为它想好了名字，叫飞液。它的溶液黏性和延展性比现有的任何液体都大几个数量级，蒸发速度仅是甘油的千分之一。这种表面活性剂溶液还具有一个魔鬼般的特性——它的表面张力能够随着液层的厚度和液面的曲率自动调节，调节范围从水的张力的百分之一到一万多倍。"

"它是干什么用的？"父亲惊恐地问，他已知道答案，但还是不敢相信。

年轻的亿万富翁搂住父亲的肩膀大声说："吹——大——大——的——泡——泡！"

"你不是开玩笑吧？"

圆圆看着长安街上的灯火，沉默了好久："谁知道呢？也许我的整个生活就是一个大玩笑，但，爸爸，我觉得这也没有什么不好，一个人用一生开一个玩笑也是一种使命吧。"

"用一亿元吹泡泡？有什么用吗？"父亲的语气好像觉得自己在做梦。

"没什么用，好玩呗。不过，比起你们当年用几百个亿建起一座很快就拆掉的城市，我的奢侈微不足道。"

"可你现在能救这城市，它也是你的城市，你在那里出生长大。可你却用这笔钱吹肥皂泡！你……也太自私了！"

"我在过自己的生活，无私奉献并不一定能推动历史，您的那座城市就是证明！"

直到圆圆把车开上长安街，父女俩都没有再说话。

"对不起，爸爸。"圆圆轻声说。

"这些天我总是想起拉着你小手儿的那些日子，那是多好的时光啊。"灯光中，父亲的双眼一闪一闪的，似乎有些湿润。

"我知道让您失望了。您一直想让我成为妈妈那样的人，如果我能有两次人生的话，其中的一次会照您的做，把自己奉献给责任和使命，可是，爸爸，我只能活一次。"

父亲没有说话。当这沉默的路程快结束时，圆圆拿出一个大纸袋递给父亲。

"什么？"父亲不解地问。

"房产证和钥匙。爸，我给您买了一幢别墅，在太湖边上，您退休后可以回到南方了。"

父亲把纸袋轻轻地推了回来："不，孩子，我会在丝路的废墟上度过余生，我和你妈妈的青春和理想都埋在那儿，离不开了。"

北京在夏夜里尽情地闪烁着，看着这绚丽的光海，圆圆和父亲竟同时联想到肥皂泡，这无边的灿烂似乎在极力向他们展示着什么，是生命之重还是生命之轻？

七

两年后的一天，市长在办公室里接到了女儿的电话。

"爸爸，生日快乐！"

"呵呵，圆圆吗？你在哪儿？"

"离您那儿不远，我给您送生日礼物来了！"

"嗨，我好多年没想起生日这回事儿了，那中午回家吧，我也有一个多月没回家了，就保姆在那儿照看着。"

"不，礼物现在就送给您！"

"我在工作，马上要开市政周例会了。"

"没关系，您打开窗向天上看！"

今天的天空万里无云，蓝得清澈，这种天气在这一地区是很少见的。空中传来引擎的轰鸣声，市长看到有一架飞机在城市上空缓缓地盘旋，在蓝天的背景下很醒目。

"爸爸，我在飞机上呢！"圆圆在电话中喊道。

这是一架老式双翼螺旋桨飞机，在空中像一只懒洋洋的大鸟。时光瞬间闪回，一种熟悉的感觉闪电般出现，市长浑身颤抖了一下，二十多年前他也这样过，那时女儿问他是不是冷了。

"圆圆，你……干什么？！"

"要送礼物啦爸爸，注意飞机下面！"

市长刚才就发现，飞机机腹下面吊着一个大环，那环的直径比飞机还长，显然是升空以后才展开的。整体看去，飞机和大环组成了一个在空中飞行的戒指。后来知道，那个大环的结构同圆圆破吉尼斯纪录时用的环一样，由轻型金属管制成，管内充满了那种叫飞液的魔鬼液体。环面上罩着一层飞液的液膜，环上有无数的小洞，使飞液能够不断地从围成大圆环的细管中流出。

　　令人震惊的景象出现了，在那个大环后面，吹出了一个大肥皂泡！它反射着阳光，形状时隐时现。肥皂泡在急剧膨胀，很快，飞机与它相比只是透明西瓜上的一粒小芝麻。

　　下面的城市广场上所有人都在驻足仰望，市政府办公大楼里也开始有人跑出来看。

　　飞机拖着巨泡在城市上空缓缓盘旋，肥皂泡的膨胀速度大大减慢，但仍在继续着。最后，它脱离了飞机下的大环，独自在空中飘浮着。虽然巨泡的进气口已经消失，它的膨胀却没有停止，这是由于阳光的热量在泡内聚集使其中的空气膨胀的缘故。渐渐地，巨泡占据了半个天空！

　　"这就是礼物啦，爸爸！"圆圆在电话中兴奋地喊着。

　　蓝天上晃动着大片的闪光，仿佛整个天空就是一张平滑的玻璃纸，正被一双无形的大手在阳光下抖动着。细看去，那些闪光勾勒出了一个巨大的球体形状，那个透明球体此时占据了大部分天空，下面的人们得将头转动近一百八十度才能看全它。它仿佛是地球在天空的镜面上投下的一个晶莹的幻影。

　　城市骚动起来，大街上开始出现交通堵塞。

　　巨泡缓缓从空中降下来，当它降到足够低时，地面上的人们竟然在泡壁上看到了城市的高楼群的镜像，由于泡壁在风中的波动，高楼群扭曲变形，像是海中的植物林。这广阔的泡壁从上方气势磅礴地压下来，人们不由得捂住了脑袋。当巨泡接触地面时，地面上暴露在外的人们在身体穿过泡壁时感到脸上痒痒了一下。

巨泡没有破碎，而是成一个直径近十公里的半球形立在大地上。这座城市，连同边缘的一座火力发电厂和一个化工厂，全被巨泡扣在其中！

"我们不是故意的，真的不是故意的！"圆圆对着摄像机说，"本来，按一般的情况，大泡是会顺风飘走，谁想到今天这里的风力竟这么弱，这儿一贯是风很大的！所以它才掉了下来，把城市扣住了！"

市长看着市电视台中断了正常节目插进的紧急现场报道，他看到女儿身穿航空皮夹克，拉链敞开着，露出里面的蓝色工作服。她的身后，是那架老式双翼飞机……时光再次闪回，太像了，太像了……市长的心融化了，泪水夺眶而出。

两小时后，市长同刚刚成立的紧急小组一起，驱车来到了城市边缘巨泡泡壁的位置，圆圆和她的几个工程师早已等在那里。

"爸爸，我的肥皂泡很棒吧？！"圆圆没有了刚才的恐慌，不合时宜地一脸兴奋。

市长没理女儿，抬头打量着泡壁，这是一张在阳光下发着多彩霓光的大膜，它表面那结构极其精细的衍射条纹，令人迷惑地变幻着，构成一个疯狂展示宇宙间所有色彩的妖艳的海洋。大膜是全透明的，这使得透过它看到的外部世界也蒙上了一层霓彩。向上到一定的高度，霓彩消失了，从空中看不出膜的存在。

市长伸出一只手，小心地触摸泡壁，他的手背感到一阵极其轻微的瘙痒，手已在膜的另一面了，这膜可能只有几个分子的厚度。

他抽回手来，膜瞬间恢复原状，那一处的霓彩光纹仍是完整的形状，仿佛根本没有中断过。

现在，他一贯认为是虚幻象征的肥皂泡已是这样一个实实在在的巨大现实，而透过它看到的现实世界反倒变得虚幻了。

其他人也开始触摸大膜，后来挥手试图撕裂膜面，最后发展成对大膜拳打脚踢。市长的司机从车里拿出一根铁棍，抡得呼呼作响击打膜面……但这一切对大膜没有丝毫影响，所有的打击物都毫无阻碍地穿膜而过，之后膜面完好无损。市长挥手制止了大家的徒劳，接着指指远处的高速公路，人们看到，公路上的车流正在不间断地高速穿过大膜。

"这同肥皂泡膜的性质一样：固体可以穿过，但不透气。"圆圆说。

"正是因为它不透气，现在城市里的空气质量在急剧恶化。"市长瞪了一眼女儿说。

众人抬头看去，发现城市上空出现了一个巨大的半球状白色顶盖。这是由于城市和工厂产生的烟雾被大膜限制在泡内，使大泡的形状显现出来，这时如果从远处看城市，恐怕只能看到一个顶天立地的乳白色半球了。

"可能需要关闭发电厂和化工厂，以减缓空气污染的速度。"紧急小组组长说，"但最严重的问题是泡内气温的上升，现在城市实际上处于一个密闭极好的温室内，与外界没有空气流通，阳光的热量在很快聚集，现在正值盛夏，据测算，泡内气温最终将达到60摄氏度！"

"到现在为止，都进行了哪些方面的尝试来打破它？"市长问。

一名驻军指挥官回答："一小时前，我们曾调用陆军航空兵的直升机在泡顶反复穿过，试图用螺旋桨撕裂它，没有用；后来又用炸药在泡壁与地面的交接处进行爆破，爆炸只是使大膜波动了一会儿，不能造成任何破坏，更邪乎的是，这张膜居然瞬间延伸到爆炸产生的大坑中，天衣无缝地横穿过坑的底部！"

市长问圆圆："大泡要多长时间才能自然破裂？"

"大泡的破裂主要是由于泡壁液体的蒸发，这种物质的蒸发速度是极慢的，即使日照良好，大泡也得五六天才能破。"圆圆回答，令父亲气恼的是，女儿的语气显得很得意。

"那只有全城紧急疏散了。"紧急小组组长叹了口气说。

市长摇摇头："不到万不得已，不能走这一步。"

"还有一个办法，"一名环境专家说，"赶造许多长筒，口径越大越好，把这些筒的一头伸出泡外，在筒的底部装上大功率换气扇，以实现与外界的空气交换。"

"哈哈……"圆圆大笑起来，把大家吓了一跳，她在众人气愤的目光中笑得直不起腰来，"这想法真……真够滑稽的！哈哈……"

"这都是你干的好事！"市长厉声喝道，"你要为此负责的，必须赔偿对本市造成的一切损失！"

圆圆两眼看天止住笑说："那是，我们会赔的。不过我刚想出一个使大泡破裂的简单方法——烧。在泡壁与地面交接线的内侧，挖一条一百至二百米长的壕沟，沟中灌满燃油并点燃，火焰会大大加速泡壁的蒸发，可以在三个小时左右使大泡破裂。"

市长命令抢险队照圆圆的方案做了。城市的边缘出现了一道一百多米长的火墙，在那一排冲天烈焰的上方，被火舌舔着的泡壁变幻着各种怪异的色彩和图案，从图案的纹路可以看出，大膜上其他部分的飞液正在涌过来补充已被火焰蒸发掉的部分，这使得大膜上被烧灼的位置像一个大旋涡，绚丽妖艳的色彩洪水般从四面八方涌来，消失在火焰中。火焰的黑烟顺着泡壁上升，在天空中形成了一个黑色巨掌，令大泡中的百万市民惊恐不已。

三小时后，大泡破裂了，城市里的人们听到天地间发出一声轻微的破碎声，清脆悠扬深远，仿佛宇宙的琴弦被轻轻拨动了一下。

"爸爸，我很奇怪，您并没有像我想象的那样暴跳如雷。"圆圆对父亲说，这时，他们正站在市政府大楼的楼顶看着大泡破裂。

"我一直在思考一件事……圆圆，你认真回答我几个问题。"

"关于大肥皂泡的？"

"是的。我问你，既然泡壁是不透气的，那大泡也能保持住内部的湿润空气了？"

"当然。其实，在飞液的研制即将完成时，我不经意想到了它的一项可能的用途：用大泡作为超大型温室，可以在冬季制造小型气候区，为大片的土地提供适合作物生长的湿度和温度。当然，这还要使大泡更持久些。"

"第二个问题：你能让大泡随风飘很远吗？比如说几千公里？"

"这没问题，阳光的热量在泡内聚集，使其内部空气膨胀，会产生类似于热气球的浮力。至于今天这个大泡的坠落，只是因为它生成的位置太低，风也太小了。"

"第三个问题：你能让大泡在确定的时间破裂吗？"

"这也不难，只需调节飞液内的一种成分，改变其溶液的蒸发速度就行了。"

"最后一个问题：如果有足够的资金，你能够吹出几千万甚至上亿个大泡吗？"

圆圆吃惊地瞪大双眼："上亿个？天哪，干什么？！"

"想象这样一幅图景：在遥远的海洋上空，形成了无数个大肥皂泡，它们在平流层强风的吹送下，飞越了漫长的路程，来到大西北上空，全部破裂了，把它们在海洋上空包裹起来的潮湿的空气，都播洒在我们这片干旱的天空中……是的，肥皂泡能为大西北从海洋上运来潮湿空气，也就是运来雨水！"

震惊和激动使圆圆一时间说不出话来，只是呆呆地看着父亲。

"圆圆，你送给我一件伟大的生日礼物，说不定，这一天也是大西北的生日！"

这时，外界清凉的风吹过城市，上空那个由烟雾构成的巨大白色半球失去了大膜的限制，在风中缓慢地改变着形状。东方的天空中有一道色彩奇异的彩虹，这是大泡破裂后，构成它的飞液散布到空中形成的。

八

向中国西部空中调水的宏大工程进行了十年。

这十年，在中国南海和孟加拉湾，建成了许多巨大的天网。这些天网是由表面布满小孔的细管构成，每个网眼有几百米甚至上千米的直径，相当于那个十多年前曾吹出超级肥皂泡的大圆环。每张天网有几千个网眼。天网分陆基和空中两种，陆基天网沿海岸线布设，空中天网则由巨型系留气球悬挂在几千米的高空。在南海和孟加拉湾，天网在海岸线和海洋上空连绵两千多公里，被称作"泡泡长城"。

空中调水系统首次启动的那天，构成天网的细管中充满了飞液，并在每个网眼上形成一层液膜。潮湿而强劲的海风在天网上吹出了无数巨型气泡，它们的直径都有几公里，这些气泡相继脱离天

241

网，一群群升上更高的天空，升向平流层，随风而去，同时，更多的气泡从天网上源源不断地被吹出来。大群大群的巨型气泡浩浩荡荡地飘向大陆深处，包裹着海洋的湿气，飘过了喜马拉雅山，飘过了大西南，飘到大西北上空，在南海、孟加拉湾和大西北之间的天空中，形成了两条长达数千公里的气泡长河！

九

在空中调水系统正式启动两天后，圆圆从孟加拉湾飞到大西北的一座省会城市。当她走下飞机时，看到一轮圆月静静地悬在夜空中，从海上起程的气泡还没有到达。在城市里，月光下挤满了人，圆圆也在中心广场停下车，挤在人群中，同他们一起热切地等待着。一直到午夜，夜空依旧，人群开始同前两天一样散去，但圆圆没走，她知道气泡在今夜一定会到达这里。她坐在一把长椅上，正在睡意蒙眬之际，突然听到有人喊：

"天啊，怎么这么多的月亮！！"

圆圆睁开眼，真的在夜空中看到了一条月亮河！那无数个月亮是由无数个巨型气泡映出的，与真月亮不同，它们都是弯月，有上弦的也有下弦的，每个都是那么晶莹剔透，真正的月亮倒显得平淡无奇了，只有根据其静止状态才能从浩浩荡荡流过长空的月亮河中将它分辨出来。

从此，大西北的天空成了梦的天空。

白天，空中的气泡看不太清楚，只是蓝天上到处出现泡壁的反光，整个天空像在阳光下泛起涟漪的湖面，大地上缓缓运行着气泡巨大而清晰的影子。最壮丽的时刻是在清晨和黄昏，当地平线上的朝阳或夕阳将天空中的气泡大河镀上灿烂的金色时。

但这些美景并不会存在很久，空中的气泡相继破裂。虽然有更多的气泡滚滚而来，天空中的云却多了起来，使气泡看不清了。

接着，在这个往年最干旱的时节，天空飘下了绵绵细雨。

圆圆在雨中来到了自己出生的那座城市。经过十年的搬迁，丝路市已成了一座寂静的空城。一座座空荡的高楼在小雨中静静地立着。圆圆注意到，这些建筑并没有真正被抛弃，它们都被保护得很好，窗上的玻璃还都完整，整座城市仿佛在沉睡中，等待着肯定要到来的复活之日。

小雨掩盖了尘埃，空气清新宜人，雨洒在脸上凉丝丝的很舒服。圆圆慢慢地行走在她熟悉的街道上，那些街道，爸爸曾拉着她的小手儿无数次走过，曾洒落过她吹出的无数个肥皂泡，圆圆的心里响起了一支童年的歌。

突然她发现，这歌真的在响着。这时天已黑了，在整座浸没于夜色中的空城里，只有一扇窗户亮着灯，那是一幢普通住宅楼的二楼，是她的家，歌声就是从那里传出的。

圆圆来到楼前，看到周围收拾得很干净，还有一小片菜地，里面的菜长得很好。地边有一辆小工具车，车上装有大铁桶，显然是用来从远处运水浇地的。即使在朦胧的夜色中，这里也能感觉到一股生活的气息，它在这一片死寂的空城里，像沙漠中的绿洲一样令圆圆向往。

圆圆走上了扫得很干净的楼梯，轻轻地推开家门，看到灯下头发花白的父亲，仰在躺椅上，陶醉地哼着那首童年老歌，他手里拿着那个圆圆在孩子时代装肥皂液的小瓶儿，还有那个小小的塑料吹环，正吹出一串五光十色的肥皂泡。

纤
维

"喂，你走错纤维了！"

这是我到达这个世界后听到的第一句话，当时我正驾驶着这架F-18返回罗斯福号，这是在大西洋上空的一次正常的巡逻飞行，突然就闯进了这里，尽管我把马力开到最大，我的歼击机悬在这巨大的透明穹顶下一动不动，好像被什么看不见的力场固定住了，还有外面那颗巨大的黄色星球，围绕着星球的那纸一样薄的巨环在它的表面投下阴影。我不像那些傻瓜，我并不认为自己在做梦，我知道这是现实，理智和冷静是我的长项，正因为如此我才通过了百分之九十的淘汰率飞上了F-18。

"请到意外闯入者登记处！当然，你得先下飞机。"那声音又在我的耳机中说。

我看看下面，飞机现在悬停的高度足有50米。

"跳下来，这里重力不大！"

果然如此，我打开舱盖，双腿使劲想站起来，却跳了起来，整个人像乘了弹射座椅似的飞出了座舱，轻轻地飘落在地。我看到在光洁的玻璃地面上有几个人在闲逛，他们让我感到最不寻常的地方就是太寻常了，这些人的穿着和长相，就是走在纽约大街上都不会

245

引起注意的，但在这种地方，这种寻常反而让人感觉怪异。然后我就看到了那个登记处，那里除了那个登记员外已经有了三个人，可能都是与我一样的意外闯入者，我走了过去。

"姓名？"那个登记员问，那人又黑又瘦，一副地球上低级公务员的样子，"如果你听不懂这里的语言，就用翻译器。"他指了指旁边桌子上那一堆形状奇怪的设备，"不过我想用不着，我们的纤维都是相邻的。"

"戴维·斯科特。"我回答，接着问，"这是哪儿？"

"这儿是纤维中转站，您不必沮丧，走错纤维是常有的事。您的职业？"

我指着外面那个有环的黄色星球："那儿，那儿是哪儿？"

登记员抬头看了我一眼，我发现他面带倦容，无精打采，显然每天都在处理这类事、见这类人，已厌烦了，"当然是地球了。"他说。

"那怎么会是地球？！"我惊叫起来，但很快想到了一种可能，"现在是什么时间？"

"您是问今天的日期吗？2001年1月20日，您的职业？"

"您肯定吗？！"

"什么？日期？当然肯定，今天是美国新总统就职的日子。"

听到这里我松了一口气，多少有了些归宿感，他们肯定是地球人。

"戈尔那个白痴，怎么能当选总统？"旁边那三位中的一个披着棕色大衣的人说。

"您搞错了，当选总统的是布什。"我对他说。

他坚持说是戈尔，我们吵了起来。

"我听不明白你们在说些什么。"后面的一个男人说，他穿着

246

一件很古典的外套。

"他们两个的纤维距离较近。"登记员解释说,又问我:"您的职业,先生?"

"先别扯什么职业,我想知道这是哪儿?外面这个星球绝不是地球,地球怎么会是黄色的?!"

"说得对!地球怎么会是这种颜色?你拿我们当白痴吗?"披棕色大衣的人对登记员说。

登记员无奈地摇摇头:"您最后这句话是蛀洞产生以来我听到的最多的一句话。"

我立刻对披棕色大衣的人产生了亲切感,问他:"您也是走错纤维的吗?"尽管我自己也不理解这话的意思。

他点点头:"这两位也都是。"

"您是乘飞机进来的?"

他摇摇头:"早上跑步跑进来的,他们两位的情况有些不同,但都类似:走着走着,突然一切都变了,就到了这儿。"

我理解地点点头:"所以你们一定明白我的话:外面那个星球绝不是地球!"

他们三个都频频点头,我得意地看了登记员一眼。

"地球怎么会是这种颜色?拿我们当白痴?!"披棕色大衣的人重复道。

我也连连点头。

"连白痴都知道,地球从太空中看是深紫色的!"

在我发呆的当儿,穿古典外套的人说:"您可能是色盲吧?"

我又点头:"或者真是个白痴。"

穿古典外套的人接着说:"谁都知道地球的色彩是由其大气的散射特性和海洋的反射特性决定的,这就决定了它的色彩应该是……"

我不停地点头，穿古典外套的人说着也对我点头。

"……是深灰色。"

"你们都是白痴吗？"那个姑娘第一次说话了，她身材窈窕、面容姣好，如果我这时不是心烦意乱，会被她吸引住的，"谁都知道地球是粉红色的！它的天空是粉红色的，海洋也是，你们没听过这首歌吗：'我是一个迷人的女孩儿，蓝色的云彩像我的双眸，粉红的晴空像我的脸蛋儿……'"

"您的职业？"登记员又问我。

我冲他大喊起来："别急着问他妈的什么职业，告诉我这是哪儿？！这儿不是地球！就算你们的地球是黄色的，那个环是怎么回事？"

这下我们四个走错纤维的人达成了一致，他们三个都同意说地球没有环，只有土星、天王星和海王星才有环。

姑娘说："地球只不过是有三个卫星而已。"

"地球只有一颗卫星！！"我冲她大叫。

"那你们谈情说爱时是多么乏味，你们怎么能体会到两人手拉手在海边上，1月、2月和3月给你们在沙滩上投下六个影子的浪漫。"

穿古典外套的人说："我觉得那情形除了恐怖外没什么浪漫，谁都知道地球没有卫星。"

姑娘说："那你们谈情说爱就更乏味了。"

"您怎么能这么说？两人在海滩上看着木星升起，乏味？"

我不解地看着他："木星？木星怎么了？你们谈恋爱时还能看到木星？"

"您是个瞎子吗？！"

248

"我是个飞行员，我的眼睛比你们谁都好！"

"那您怎么会看不到一颗准恒星呢？您怎么这么看着我？您难道不知道木星的质量已经很大，其引力在八千万年前引发了内部的核反应，变成了一颗准恒星吗？您难道不知道恐龙因此而灭绝吗？！您没有上过学吗？就算如此，您总看到过木星单独升起的那银色的黎明吧？您总看到木星与太阳一同落下时那诗一般的黄昏吧？唉，您这个人啊。"

我感觉像来到了疯人院，便转向登记员："你刚才问我的职业，好吧，我是美国空军少校飞行员。"

"哇！"姑娘大叫起来，"您是美国人？"

我点点头。

"那您一定是角斗士吧！我早看到您不一般，我叫哇哇妮，印度人，我们会成为朋友的！"

"角斗士？那和美国有什么关系？"我一头雾水。

"我知道美国国会是打算取消角斗士和角斗场的，但现在这个法案不是还没通过吗？再说布什与他老子一样，是个嗜血者，他上台法案就更没希望通过了。您觉得我没有见识是吗？最近的一次在亚特兰大奥角会我可是去了的，唉，买不起票，只在最次的座位上看了一场最次的角斗，那叫什么？两人扭成一团，刀都掉了，一点儿血都没见。"

"您说的是古罗马的事吧？"

"古罗马？呸，那个绵软的时代，那个没有男人的时代，那时最重的刑罚就是让罪犯看看杀鸡，他百分之百会晕过去。"她温情地向我靠过来，"你就是角斗士。"

我不知该说什么了，甚至不知该有什么表情，于是又转向了登记员："您还想问什么？"

登记员冲我点点头："这就对了，我们10个人应该互相配合，事情就能快点完。"

我、哇哇妮、披棕色大衣的人和穿古典外套的人都四下看看："我们只有5个人啊？"

"'5'是什么？"登记员一脸茫然，"你们4个加上我不就是10个吗？"

"你真是白痴吗？"穿古典外套的人说，"如果不识数我就教你，达达加1才是10！"

这次轮到我不识数了："什么是达达？"

"你的手指和脚趾加起来是多少？10个；如果砍去一个，随便手指或脚趾，就剩达达个了。"

我点点头："达达是19，那你们是20进制，他们，"我指指登记员，"是5进制。"

"你就是角斗士……"哇哇妮用亲昵的手指触摸着我的脸说，我感觉很舒服。

穿古典外套的人轻蔑地看了一眼登记员："多么愚蠢的数制，你有两只手和两只脚，计数时却只利用了四分之一。"

登记员大声反驳："你才愚蠢呢！如果你用一只手上的指头就能计数，干吗还要把你的另一个爪子和两个蹄子都伸出来？！"

我问大家："那你们的计算机的数制呢？你们都有电脑吧？"

我们再次达成了一致，他们都说是二进制。

披棕色大衣的人说："这是很自然的，要不计算机就很难发明出来。因为只有两种状态：豆子掉进竹片的洞中或没掉进去。"

我又迷惑了："……竹片？豆子？"

"看来你真的没上过学，不过周文王发明计算机的事应该属于常识。"

"周文王？那个东方的巫师？"

"你说话要有分寸，怎么能这样形容控制论的创始人？"

"那计算机……您是指的中国的算盘吧？"

"什么算盘，那是计算机！占地面积有一个足球场那么大，用竹片和松木制造，以黄豆作为运算介质，要一百多头牛才能启动呢！可它的CPU做得很精致，只有一座小楼那么大，其中竹制的累加器是工艺上的绝活。"

"怎么编程序呢？"

"在竹片上打眼呀？那个出土的青铜钻头现在还存在北京的故宫博物院里呢！周文王开发的易经3.2，有上百万行代码，钻出的竹条有上千公里长呢……"

"你就是角斗士……"哇哇妮依偎着我说。

登记员不耐烦地说："我们先登记好吗？之后我再试着向你们解释这一切。"

我看着外面那黄色的有环的地球沉思了一会儿，说："我好像明白一些了，我不是没上过学，我知道一些量子力学。"

"我也明白一些了。"穿古典外套的人说，"看来，量子力学的多宇宙解释是正确的。"

披棕色大衣的人是这几个人中看上去最有学问的，他点点头说："一个量子系统每做出一个选择，宇宙就分裂为两个或几个，包含了这个选择的所有可能，由此产生了众多的平行宇宙，这是量子多态叠加放大到宏观宇宙的结果。"

登记员说："我们把这些平行宇宙叫纤维，整个宇宙就是这样一个纤维丛，你们都来自临近的纤维，所以你们的世界比较相似。"

我说："至少我们都能听懂彼此的语言。"刚说完，哇哇妮就

251

部分否定了我的话。

"莫名其妙！你们都在说些什么？"她最没学问，但最可爱，而且我相信，那个词在她的纤维中就是那个顺序，她又冲我温柔地一笑，"你就是角斗士。"

"你们打通了纤维？"我问登记员。

他点点头："只是超光速航行的附带效应，那些虫洞很小，会很快消失的，但同时也有新的出现，特别是当你们的纤维都进入超光速宇航时代时，虫洞就更多了，那时会有更多的人走错门的。"

"那我们怎么办呢？"

"你们不能驻留在我们的纤维，登记后只能把你们送回原纤维。"

哇哇妮对登记员说："我想让角斗士和我一起回到我的纤维。"

"他要愿意当然行，只要不留在这个纤维就行。"他指了一下黄地球。

我说："我要回自己的纤维。"

"你的地球是什么颜色的？"哇哇妮问我。

"蓝色，还点缀着雪白的云。"

"真难看！跟我回粉色的地球吧！"哇哇妮摇着我娇滴滴地说。

"我觉得好看，我要回自己的纤维。"我冷冷地说。

我们很快登记完了，哇哇妮对登记员说："能给件纪念品吗？"

"拿个纤维镜走吧，你们每人都可以拿一个。"登记员指着远处玻璃地板上散放着的几个球体说，"分别之前把球上的导线互相连接一下，回到你们的纤维后，就可以看到相关纤维的图像。"

哇哇妮惊喜说："如果我和角斗士的球连一下，那我回去后可以看到角斗士的纤维了？！"

"不仅如此，我说过是相关纤维，不止一个。"

我对登记员的话不太明白，但还是拿了一个球，把上面的导线与哇哇妮的球连了一下，听到一声表示完成的蜂鸣后，就回到了我的F-18上，座舱里勉强能放下那个球。

几分钟后，纤维中转站和黄色地球都在瞬间消失，我又回到了大西洋上空，看到了熟悉的蓝天和大海，当我在罗斯福号上降落时，塔台的人说我没有耽误时间，还说无线电联系也没有中断过。

但那个球证明我到过另一个纤维，我设法偷偷从机舱中拿回了球。当天晚上，航母在波士顿靠岸了，我把那个球带到军官宿舍。当我从大袋子中把它拿出来时，球上果然显示出了清晰的图像，我看到了粉色的天空和蓝色的云，哇哇妮正在一座晶莹的水晶山的山脚下闲逛。我转动球体，看到另一个半球在显示着另一幅图像，仍是粉色的天空和蓝色的云，但画面上除了哇哇妮外还有一个人，那人穿着美国空军的飞行夹克，那人是我。

其实事情很简单：当我做出了不随哇哇妮走的决定时，宇宙分裂为二，我看到的是另一种可能的纤维宇宙。

纤维镜伴随了我的一生，我看着我和哇哇妮在粉红色的地球上恩恩爱爱，隐居水晶山，白头到老，生了一大群粉红色的娃娃。

就是在哇哇妮孤身回到的那个纤维，她也没有忘记我。在我们走错纤维30周年那天，我在球体相应的一面上看到她挽着一个老头的手，亲密地在海边散步，一月、二月和三月把他们的六个影子投在沙滩上，这时哇哇妮在球体中向我回过头来，她的眸子已不像蓝色的云，脸蛋儿也不再像粉红色的天空，但笑容还是那么迷人，我分明听见她说：

"你就是角斗士！"

信
使

　　老人是昨天才发现楼下那个听众的。这些天他的心绪很不好，除了拉琴，很少向窗外看。他想用窗帘和音乐把自己同外部世界隔开，但做不到。早年，在大西洋的那一边，当他在狭窄的阁楼上摇着婴儿车，和在专利局喧闹的办公室中翻着那些枯燥的专利申请书时，他的思想却是沉浸在另一个美妙的世界，在那个世界中，他以光速奔跑……

　　现在，普林斯顿是一个幽静的小城，早年的超脱却离他而去，外部世界在时时困扰着他。有两件事使他不安：其中一件是量子理论，这个由普朗克开始，现在有许多年轻的物理学家热衷的东西，让他觉得很不舒服，他不喜欢那个理论中的不确定性，"上帝不掷骰子。"他最近常常自言自语。而他后半生所致力的统一场论却没有什么进展，他所构筑的理论只有数学内容而缺少物理内容。另一件事是原子弹。广岛和长崎的事已过去很长时间了，甚至战争也过去很长时间了，但他的痛苦在这之前只是麻木的伤口，现在才痛起来。

　　那只是一个很小的、很简单的公式，只是说明了质量和能量的关系，事实上，在费米的反应堆建成之前，他自己也认为人类在原

255

子级别把质量转化为能量是异想天开。海伦·杜卡斯最近常这么安慰他。但她不知道，老人并不是在想自己的功过荣辱，他的忧虑要深远得多。最近的睡梦中，他常常听到一种可怕的声音，像洪水，像火山，终于有一夜他被这声音从梦中惊醒，发现那不过是门廊中一只小狗的鼾声。以后，那声音再没在他梦中出现，他梦见了一片荒原，上面有被残阳映照着的残雪。他试图跑出这荒原，但它太大了，无边无际。后来他看到了海，残阳中呈血色的海，才明白整个世界都是盖着残雪的荒原……

他再次从梦中惊醒，这时，一个问题，像退潮时黑色的礁石一样突然出现在他的脑海中：人类还有未来吗？这问题像烈火一样煎熬着他，他已几乎无法忍受了。

楼下的那人是个年轻人，穿着现在很流行的尼龙夹克。老人一眼就看出他是在听他的音乐。后来的三天，每当老人在傍晚开始拉琴时，那人总是准时到来，静静地站在普林斯顿渐渐消失的晚霞中，一直到夜里九点左右老人放下琴要休息时，他才慢慢地离去。这人可能是普林斯顿大学的一个学生，也许听过老人的讲课或某次演讲。老人早已厌倦了从国王到家庭主妇的数不清的崇拜者，但楼下这个陌生的知音却给了他一种安慰。

第四天傍晚，老人的琴声刚刚响起，外面下起雨来。从窗口看下去，年轻人站到了这里唯一能避雨的一棵梧桐树下。后来雨大了，那棵在秋天已很稀疏的树挡不住雨了。老人停下了琴，想让他早些走，但年轻人似乎知道这不是音乐结束的时间，仍一动不动地站在那儿，浸透了雨水的夹克在路灯下发亮。老人放下提琴，迈着不灵便的步子走下楼，穿过雨雾走到年轻人面前。

"你如果，哦，喜欢听，就到楼上去听吧。"

没等年轻人回答，老人转身走回去。年轻人呆呆地站在那儿，双眼望着无限远处，仿佛刚才发生的是一场梦。后来，音乐又在楼上响了起来。他慢慢转过身，恍惚地走进门，走上楼去，好像被那乐声牵着魂一样。楼上老人房间的门半开着，他走了进去。老人面对着窗外的雨夜拉琴，没有回头，但感觉到了年轻人的到来。对于如此迷恋于自己琴声的这个人，老人心中有一丝歉意。他拉得不好，特别是今天这首他最喜欢的莫扎特的回旋曲，拉得常常走调，有时，他忘记了一个段落，就用自己的想象来补上。还有那把价格低廉的小提琴，很旧了，音也不准。但年轻人在静静地听着，他们俩很快就沉浸在这不完美但充满想象力的琴声中。

这是20世纪中叶一个普通的夜晚，这时，东西方的铁幕已经落下，在刚刚出现的核阴影下，人类的未来就像这秋天的夜雨一样阴暗而迷蒙。就在这夜、这雨中，莫扎特的回旋曲从普林斯顿这座小楼的窗口飘出……

时间过得似乎比往常快，又到九点了。老人停下了琴，想起了那个年轻人，抬头见他正向自己鞠躬，然后转身向门口走去。

"哦，你明天还来听吧。"老人说。

年轻人站住，但没有转身，"不了，教授，您明天有客人。"他拉开门，又像想起了什么，"哦对，客人八点十分就会走的，那时您还拉琴吗？"

老人点点头，并没有仔细领会这话的含义。

"好，那我还会来的，谢谢。"

第二天雨没停，但晚上真有客人来，是以色列大使。老人一直在祝福那个遥远的新生的自己民族的国家，并用出卖手稿的钱支援过它。但这次大使带来的请求让他哭笑不得，他们想让他担任以色列总统！他坚决拒绝了。他送大使到外面的雨中，大使上车前掏出怀表看，路灯下老人看到表上的时间是八点十分。他突然想起了什么。

"您，哦，您来的事情还有人知道吗？"他问大使。

"请放心教授，这是严格保密的，没有任何人知道。"

也许那个年轻人知道，但他还知道……老人又问了一个很奇怪的问题："那么，您来之前就打算八点十分离开吗？"

"嗯……不，我想同您谈很长时间的，但既然您拒绝了，我就不想再打扰了，我们都会理解的，教授。"

老人困惑地回到楼上，但当他拿起小提琴时，就把这困惑忘记了。琴声刚刚响起，年轻人就出现了。

十点钟，两个人的音乐会结束了。老人又对将要离去的年轻人说了昨天的话："你明天还来听吧。"他想了想又说，"我觉得这很好。"

"不，明天我还在下面听。"

"明天好像还会下雨，这是连阴天。"

"是的，明天会下雨，但在您拉琴的时候不下；后来还会下一天，您拉琴时也下，我会上来听；雨要一直下到大后天上午十一点才会停。"

老人笑了，觉得年轻人很幽默，但看着他离去的背影，他突然预感到这未必是幽默。

老人的预感是对的。以后的天气精确地证实着年轻人的预言：第二天晚上没雨，他在楼下听琴；第三天外面下雨，他上来听；普林斯顿的雨准确地在第四天上午十一点停了。

雨后初晴的这天晚上，年轻人却没有在楼下听琴，他来到老人的房间里，拿着一把小提琴。他没说什么，用双手把琴递给老人。

"不，不，我用不着别的琴了。"老人摆摆手说。有很多人送给他提琴，其中有很名贵的意大利著名制琴师的制品，他都谢绝了，他认为自己的技巧配不上这么好的琴。

"这是借给您的，过一段时间您再还给我。对不起教授，我只能借给您。"

老人接过琴来，这是一把看上去很普通的小提琴，没有弦！再仔细一看，弦是有的，但是极细，如蛛丝一般。老人不敢把手指按到弦上，那蛛丝似乎一口气就可吹断。他抬头看了看年轻人，后者微笑着向他点点头，于是他轻轻地把手指按到弦上，弦没断，他的手指却感到了那极细的蛛丝所不可能具有的强劲的张力。他把弓放上去，就是放弓时这不经意的一点滑动，那弦便发出了它的声音。这时，老人知道了什么叫天籁之音！

那是太阳的声音，那是声音的太阳！

老人拉起了回旋曲，立刻把自己融入了无边的宇宙。他看到光波在太空中行进，慢得像晨风吹动的薄雾；无限宽广的时空薄膜在引力的巨浪中轻柔地波动着，浮在膜上的无数恒星如晶莹的露珠；能量之风浩荡吹过，在时空之膜上激起梦幻般的霓光……

当老人从这神奇的音乐中醒来时，年轻人不知什么时候已经走了。

以后，老人被那把小提琴迷住了，每天都拉琴到深夜。杜卡斯和医生都劝他注意身体，但他们也知道，每当琴声响起时，老人就感到一种从未有过的生命活力在血管中涌动。

年轻人却再也没来。

这样过了十多天，老人的琴突然拉得少了起来，面且有时又拉起了他原来那把旧提琴。这是因为他突然产生了一种忧虑，怕过多的演奏会磨断那蛛丝般的弦。但那把琴所发出的声音的魔力让他无法抗拒，特别是想到年轻人在某一天还会来要回那把琴，他又像开始时那样整夜地拉那把琴了。每天深夜，当他依依不舍地停止演奏

259

时，总要细细地察看琴弦，老眼昏花，他就让杜卡斯找了一个放大镜，而放大镜下的琴弦丝毫没有磨损的痕迹，它的表面如宝石一样光滑晶莹，在黑暗中，它还会发出蓝色的荧光。

这样又过了十多天。

这天深夜，入睡前，老人像往常那样最后看了看那把琴，突然发现琴弦有些异样。他拿起放大镜仔细察看，肯定了自己的判断。其实这迹象在几天前就出现了，只是到了现在，它才明显到能被轻易察觉的程度。

琴弦越磨越粗。

第二天晚上，当老人刚把弓放到琴弦上时，年轻人突然出现了。

"你来要琴吗？"老人不安地问。

年轻人点点头。

"哦……如果能把它送给我的话……"

"绝对不行，真对不起教授，绝对不行。我不能在现在留下任何东西。"

老人沉思起来，他有些明白了。双手托起那把琴，他问："那么这个，不是现在的东西了？"

年轻人点点头。他现在站在窗前，窗外，银河横贯长空，群星灿烂，在这壮丽的背景前他呈现出一个黑色的剪影。

老人现在明白了更多的事。他想起了年轻人神奇的预测能力，其实很简单，他不是在预测，是回忆。

"我是信使，我们的时代不想看到您太忧虑，所以派我来。"

"那么你给我带来什么呢，这把琴吗？"老人并没有表现出任何惊奇，在他的一生中，整个宇宙对他就是一个大惊奇，正因为如此，他才超越别人之上，首先窥见了它最深的奥秘。

"不是的，这把琴只是一个证明，证明我来自未来。"

"怎么证明呢？"

"在您的时代，人们能够把质量转化为能量：原子弹，还有很快将出现的核聚变炸弹。在我们的时代，已可以把能量转化成质量，您看，"他指着那把提琴的琴弦，"它变粗了，所增加的质量是由您拉琴时产生的声波能量转化的。"

老人仍然困惑地摇摇头。

"我知道，这两件事不符合您的理论：一、我不可能逆时间而行；二、按照您的公式，要增加琴弦上已增加的那么多的质量，需要大得多的能量。"

老人沉默了一会儿，宽容地笑了，"哦，理论是灰色的，"他微微叹息，"我的生命之树也是灰色的了。好吧，孩子，你给我带来了什么信息？"

"两个信息。"

"那么，第一？"

"人类有未来。"

老人宽慰地仰躺到扶手椅上，像每一个了确了人生最后夙愿的老者一样，一种舒适感涌遍了全身，他可以真正休息了。"孩子，见到你我就应该知道这一点的。"

"投在日本的两颗原子弹是人类最后两颗用于实战的核弹。本世纪90年代末，大部分国家签署了禁止核试验和防止核扩散国际公约，又过了五十年，人类的最后一颗核弹被销毁。我是在那之后二百年后出生的。"

年轻人拿起了那把他要收回的小提琴："我该走了，为了听您的音乐，我已耽误了很多行程，我还要去三个时代，见五个人，其中有统一场论的创立者，那是距您百年以后的事了。"

他没说的还有：他在每个时代拜见伟人都选在其不久于人世的时候，这样可把对未来的影响减到最小。

"还有你带来的第二条信息呢？"

年轻人已拉开房门，他转过身来微笑着，似乎带着歉意。

"教授，上帝确实掷骰子。"

老人从窗口看着年轻人来到楼下，已是深夜，街上没什么人。年轻人开始脱下衣服，他也不想带走这个时代的东西。他的紧身内衣在夜色中发着荧光，那显然是他的时代的衣服。他没有像老人想象的那样化作一道白光离去，而是沿一条斜线急速向上升去。几秒钟后，他就消失在群星灿烂的夜空之中。他上升的速度很恒定，没有加速过程。很明显，不是他在上升，而是地球在转动，他是绝对静止的，至少在这个时空中是绝对静止的。老人猜测，他可能使自己处于一个绝对时空坐标的原点，他站在时间长河的河岸上，看着时间急流滚滚而过，愿意的话，他可以走到上下游的任何一处。

爱因斯坦默默站了一会儿，慢慢地转身，又拿起了他那把旧小提琴。

混沌蝴蝶

混沌学的现代研究使人们渐渐明白，十分简单的数学方程完全可以模拟系统如瀑布一样剧烈的行为。输入端微小的差别能够迅速放大到输出端，变成压倒一切的差别。这种现象被称为"对初始条件的敏感性"。例如，在天气系统中，这种现象以趣称为"蝴蝶效应"而闻名。意思是说，今天一只蝴蝶在北京拍动一下空气，就足以使纽约产生一场暴雨。

……在民谣中早有这层意思：

少了一颗钉子，丢了一块蹄铁；

少了一块蹄铁，丢了一匹战马；

少了一匹战马，丢了一个骑手；

少了一个骑手，丢了一场胜利；

少了一场胜利，丢了一个国家。

——詹姆斯·格莱克《混沌学》

3月24日贝尔格莱德

四岁的卡佳是在儿童医院五楼的病房中听到最初的几声爆炸

的，她看看窗外，夜空依旧。比爆炸声更响、更可怕的是楼内人们纷乱的脚步声，仿佛使整座楼颤抖。这时妈妈艾琳娜抱起卡佳跑出去，混在楼道中的人群里向地下室方向跑去，而同她们一起跑出病房的父亲亚历山大和他的那位叫烈伊奇的俄国朋友同他们分开了，逆着人流向楼上跑去。艾琳娜没有注意他们，她这一年来把全部身心都放在卡佳身上。为了把女儿从尿毒症中拯救出来，她把自己的一个肾移植到卡佳身上，今天是卡佳出院的日子，女儿获得新生的喜悦使她对战争的爆发不太在意了。

但对亚历山大来说就大不一样了，爆炸响过之后，战争将占据他的全部生活。这时他和烈伊奇站在露天的楼顶上，环视着远方刚刚出现的几处火光，仰望着高射炮的曳光弹在夜中写出的一串串明亮的省略号。

"有一个笑话，"亚历山大说，"说的是一家人，有一个漂亮任性的女儿。有一天这家旁边建了一个兵营，驻了很多放荡不羁的大兵，那些大兵常挑逗那姑娘，这令他的父亲忧心忡忡。有一天，有人告诉他他女儿怀孕了！他听后长松一口气，欣慰地说：很好，总算发生了。"

"这不是一个俄国式的笑话。"烈伊奇说。

"开始我也不太理解，但现在理解了，你害怕已久的事发生，有时是一种解脱。"

"你不是神，亚历山大。"

"这点总参谋部和国防部的那帮浑蛋已提醒过我了。"

"这么说你找过政府了？他们不相信你能找到大气敏感点？"

"你能相信吗？"

"以前也不信，但看到你的数学模型的运转后有些信了。"

"那里没人会仔细看那个数学模型，但他们主要是不相信我这个人。"

"你好像不是反对党。"

"我什么都不是，我对政治没兴趣，也许是因为我在前几年的内战时期说了些不该说的话吧。"

这时爆炸声停止了，但远方的火光更亮了，火光映照在市内最高的两座建筑上，它们处在萨瓦河的两边，一座是在新区的塞尔维亚社会党总部，它白色的楼体在火光中凸现出来；另一座是"贝尔格莱德人"大厦，它黑色的楼体在火光中时隐时现，看不清形状，仿佛是前者的一个奇怪的镜像。

"从理论上说你的模型也许能行，但你想过没有，要计算出一个可作用于这个国家天气的敏感点，并计算出作用方式，用南斯拉夫所拥有的最快的计算机，大概一个月也完成不了一次计算。"

"这正是我找你的原因，我要用你在杜布纳的那一台计算机。"

"你凭什么肯定我会答应？"

"我没肯定。不过你爷爷是铁托的军事顾问，在苏捷斯卡战役中负过伤。"

"好吧。但我如何得到全球大气的初始数据呢？"

"这是公开的，从国际气象网络上就能下载，这是全球所有气象卫星，以及参加国际气象观测网的地面及海面观测点的实时数据汇总，量很大，用电话线不行，你至少要有一条传输率大于1兆的专线。"

"这我有。"

亚历山大把一个小号码箱递给烈伊奇："神需要的一切都在这里面，最重要的是那块光盘，上面刻录了我的大气模型软件，有六百多兆字节，一块盘刚能存下，是没编译过的C语言原码，在你们那台大机器上应该能运行的。还有一部卫星电话，和同这部电话

265

相连的一个经过改装的GPS全球卫星定位系统，通过这个，你就能看到我在全球任何一处的精确位置。"

烈伊奇接过箱子说："我连夜走，到罗马尼亚去赶飞往莫斯科的飞机，顺利的话，明天的这个时候我就能用卫星电话告诉你那个神奇的敏感点，但我很怀疑它的效应真能按预定被放大，呼风唤雨毕竟是神的事。"

烈伊奇走后，亚历山大同妻子和女儿离开医院回家。车到萨瓦河与多瑙河的交汇处时，亚历山大把车停下，他们三人下车，默默地看着夜中的河水。

亚历山大沉默了好一会儿才开口说："我说过，战争一爆发我就要离开家的。"

"你是害怕炸弹吗爸爸？带我走吧，我也怕，它的声儿真大！"卡佳说。

"不，亲爱的，我是去想法不让炸弹落到我们的土地上，爸爸去的地方可能很远，不能带卡佳，事实上爸爸现在也不知道要去哪儿。"

"那你有什么办法不让炸弹落下来呢？你能召集强大的军队来保卫我们吗？"

"用不着，卡佳，爸爸只是在某个特定的时间，在地球上某个特定的地方干某件特定的小事，比如说泼一盆热水或抽一支雪茄，就能让整个南斯拉夫笼罩在阴云和大雾中，让投炸弹的人和炸弹都看不到目标！"

"干吗跟孩子说这些？"艾琳娜说。

"不要紧的，她就是说出去也没人相信，包括你。"

"在一年前，你曾到澳大利亚的海岸开动一架大鼓风机，并认为这能使干旱的埃塞俄比亚下大雨……"

"那次我是没成功，但并非是因为我的理论和数学模型有误，而是因为我没有足够快的计算机，等敏感点计算出来时，全球大气的演变早已使它不敏感了！"

"亚历山大，你一直生活在自己的梦里，我不拦你，我就是被你的这些梦想打动才嫁给你的……"回首往事，艾琳娜黯然神伤，她出生在一个波黑穆斯林家庭，五年前，当她逃出被围困的萨拉热窝同这个塞族的大学同学结合时，她那顽固的父亲和哥哥差点用冲锋枪杀了她。

把艾琳娜和卡佳送回家后，亚历山大驱车前往罗马尼亚，路很不好走，战争使路上多了许多关卡和塞车，他在第二天中午才通过边境。以后的路好走了许多，他在天没黑时就到达了布加勒斯特机场。

3月25日，杜布纳

莫斯科正北方向一百多公里，有一个小镇，在那里看不到莫斯科的颓废和衰落，整洁的小镇坐落于美丽的绿荫和草地之中，这里时光停止了流动，可以看到列宁的塑像，在小镇的出口，那条穿过伏尔加河底的隧道口上方还有苏联时代的一行大字——劳动光荣。小镇六万人口，几乎全是科学家。这座小镇叫杜布纳，是苏联的高科技和核武器研究中心。

小镇中有一座新建楼房，外表精致前卫，同周围的那些苏联时代的建筑形成鲜明对比。在小楼二层是一个全封闭的机房，机房内居然有一台美国造的克雷巨型计算机。它虽然型号较老，当时也属于现已消失的巴统协议严格禁止向东方出口的设备。四年前，美、英、德、法等国提供资金，同俄罗斯联合建立了一个高科技研究中心，想用优厚的待遇和良好的研究环境吸引俄罗斯国内的科学家，以阻止那些每月只能挣一百多美元的俄国核科学家流向非西方国家，同时西方还同俄罗斯共享中心的研究成果。这座楼房就是研究中心在杜布纳的一个分部。由于俄罗斯的大型计算机结构落后，操作困难，美国人在这里安装了这台克雷巨型机。巨型机由美国工程师控制着，在上面运行的软件都经过他们的审查。如果这台计算机有感觉的话，它一定会感到孤独，因为它在这儿安家的三年时间里，绝大部分时间只是在空转和定时自检，只有在杜布纳的莫斯科大学电子学院的几个研究生通过一楼的终端传给它几个计算程序，那些东西，它用熟睡时残留的神经就能解决。

　　在这天深夜，克雷计算机从一个终端收到了一个C语言原码软件，接着收到了要求编译的指令。这个软件很庞大，事实是它见过的最大的软件，但这并没有使它兴奋。它见过很多几百万行甚至几千万行的大程序，运行后才知其中大部分是机械的循环和像素转换，最后只是生成一份乏味的三维模型动画。它启动了编译器，漠然地把一行行C代码翻译成由0和1组成的它自己的语言，把那长得难以想象的01链放到外存中。它刚刚完成编译，立刻收到了执行的命令，它立刻把那刚吐出的01堆成的高山吸回内存，并从那堆庞大的乱麻中抽出了一根细细的线头，程序开始执行了。立刻，克雷机倒吸了一口冷气，呼啦一下，那个程序瞬间生成了一百多万个高阶矩阵、三百多万个常微分方程和八百多万个偏微分方程！这些数学怪物张着贪婪的大嘴等待着原始数据。很快，从另一个10兆速率的入口，一股数据的洪流汹涌而入，克雷机能隐约分辨出组成洪流的分子，它们是一组组的压力、温度和湿度参数。这原始数据的洪流如炽热的岩浆，注入了矩阵和方程的海洋，立刻一切都沸腾起来！克雷机一千多个CPU进入了满负荷，内存里广阔的电子世界中，逻辑的台风在呼啸，数据大洋上浊浪滔……这种状态持续了四十多分钟，这在克雷机看来有几个世纪那样长，它终于松了一口气，它的能力用到极限，刚刚能控制这个疯狂的世界。台风弱下来，大洋也渐渐平静，又过了一会儿，台风消失了，大洋凝固，且急剧缩小，最后，它的精华凝结成一粒微小的数据种子，在内存无边的虚空中发出缕缕金光，这粒种子化作几行数据显示在一楼的一台终端的屏幕上。屏幕前，烈伊奇拿起了卫星电话。

"第一个敏感点已出现，现正在由西经13度和15度，北纬22度和25度围成的区域内徘徊，作用方式：使该敏感点急剧降温。那里是，我看看，哦，去非洲吧，亚历山大！"

3月27日，非洲，毛里塔尼亚

直升机低空掠过炎热的沙漠，热浪让亚历山大窒息。但这个黑人飞行员却满不在乎，一路说个不停。他对这个奇怪的白人很感兴趣，从努瓦克肖特机场一下班机这人就租了他的轻型直升机，然后从机场旁的一家饭店买了一个冰柜，又买了一大块冰放到冰柜中，把冰柜放进直升机，还让他带了一把大铁锤。这人说不出目的地，只是让直升机按他指的方向向内地沙漠飞去。他一路上一直把一部形状奇怪的大电话放在耳边，那电话还连着一个像游戏机一样的东西，那东西飞行员在为一支铜矿勘探队工作时见过，知道它是卫星全球定位仪。

"嗨，朋友，你好像是从开罗来的？！"飞行员在发动机的轰鸣声中用生硬的法语大声说。

"我从巴尔干来，在开罗换乘飞机。"亚历山大心不在焉地回答。

"你说什么？是巴尔干吗？！那儿在打仗呢！"

"好像是吧。"

耳机中，烈伊奇在六千公里外告诉亚历山大，他的位置指示清晰，敏感点现在很稳定，飘移很慢，距他只有五公里了。

"美国人在那里扔了很多炸弹，还有战斧导弹，刺——轰！喂，朋友，你知道一枚战斧多少钱吗？"

"一百五十万美元吧，我想。"

亚历山大，注意，只有三千五百米了。

"哇，白人真阔气，干什么都阔气。那么多钱在这里可以建一个种植园，或一个水库，能养活很多人呢！"

亚历山大，三千米！

"美国为什么打仗？你不知道？！哦，听说米洛舍维奇在那个叫科索沃的地方杀人，杀了四十多人……"

两千米，亚历山大，它又漂移了，向左！

"左转一些！"

"……什么？左转？好，好了吗？"

好了吗烈伊奇，呵，过了些。

"过了些，再向回转一下！"

"你应该说清方位角……好了吗？！"

好了吗烈伊奇？好了亚历山大，正对，还有一千五百米！

"好了，把定，谢谢朋友！"

"不用谢。你给的价钱公道！哦，刚才说杀了四十多人，可，你记得吗，前两年非洲也在杀人……"

一千米！

"……在卢望达……"

五百米！

"……杀了五十万人……"

一百米！

"……谁管了？……"

亚历山大，你在敏感点上了！

"降落！"

"……你们大概已经忘了那事儿……什么，降落？在这儿？好的！但愿沙子别把滑橇陷住……好了，你到了，等会儿再出去，你会迷了眼的！"

亚历山大同黑人飞行员一起把冰柜抬到沙漠上，然后又把已开始融化的大冰块取出来放到沙地上，四周，沙漠在热气中微微颤动。

"嘿，这玩意儿烫手呢！"飞行员笑着说，亚历山大在冰块前举起了铁锤。

为了苦难中的祖国，我扑动蝴蝶的翅膀……

他半闭双眼，用塞尔维亚语默诵。然后，他挥动铁锤猛砸冰块，冰块很快碎成一片晶莹的碎块，在沙地上迅速融化，如同飞逝的梦幻。一股沁人心肺的凉气升腾扩散开来，很快被这炎热的空气吞没了。

"你到底在干什么，朋友？"飞行员看着这情景一脸茫然。

"一种仪式，一种图腾仪式，像你们在火上的舞蹈。"亚历山大擦着汗笑着说。

"那这仪式，还有你那神秘的咒语，是向你的神祈求什么？"

"阴雨和大雾，盖住我遥远祖国的阴雨和大雾。"

3月29日，贝尔格莱德

这是卡佳睡得最好的一夜。她新移植的肾脏有排异反应，发起烧来。妈妈让一个当护士的邻居给她注射了从医院带回来的抗排异针剂，她才好了些。更主要的是，昨天晚上爆炸声少多了，只有零星的两三声，公寓楼里的人们也没有半夜钻进地下室呆到天亮。第二天，卡佳才知道原因。

这天早晨卡佳起晚了，因为已是八点多了，外面天还很黑。卡佳来到阳台上，看到天阴了，天空灰蒙蒙的，树丛间有缕缕雾气在聚集。

"上帝啊……"艾琳娜看到这景象后，低低叫了一声。

"妈妈，是不是爸爸干的？"

"不太可能。不过天要是能连阴半个月的话，就有可能是他干的。"

"爸爸现在在哪儿？"

"不知道。他是一只蝴蝶，在世界的什么地方扑动翅膀。"

"哪有他那么难看的蝴蝶？再说，我不喜欢阴天。"

3月29日，北约空军1362号作战指令

发自：北约盟军空军司令部作战指挥中心

全文转发：南欧盟军司令部、美军南欧特遣部队司令部、第六舰队司令部

EAM来源和NM来源的M441情报有误（见战场条件数据库ASD119，气象部分），已更正于M483情报。

由此引起1351、1353、1357号作战指令变动如下。

以下部分转发前方攻击基地：意大利基地（科米索基地、阿维亚诺基地、利科纳基地、马达莱那岛基地、锡戈内拉基地、布林迪西基地），希腊基地（苏达基地、伊拉克翁基地、雅典基地、敦马科里基地）

并转发：地中海航空母舰战斗群

取消1351指令和1357指令中所有B3类弹药攻击，目标群：GH56、IIT773、NT4412、BBH091145、LO88、1123RRT、691HJ（索引见目标数据库TAG471）

保留1353指令B3类弹药攻击，目标群：PA851、SSF67（索引同上）

1351、1353、1357指令中A2类攻击指令不变。

以下转发阿维亚诺基地：

增加低空观测航次，对保留的B3类弹药攻击进行AF3级效果评估。

绝密，原件无副本。

3月29日，杜布纳

亚历山大，亚历山大！听着，第二个敏感点已形成，在东经134度和133度，北纬29度和30度围成的区域内飘移，现在移动速度很快，但正在稳定下来。作用方式：剧烈扰动该点的海水。知道吗，它在海上。

3月31日，太平洋琉球群岛海面

海面很平静，像蓝色的缎子。这艘小渔船全速行驶着，航迹拖得很长。

在船的后甲板上，两个皮肤很黑的冲绳渔民正在用防水纸包起一捆TNT炸药，并用长长的导线把插在炸药上的电雷管同起爆器连起来。亚历山大在旁边看着他们。他们边干活边聊天，由于亚历山大在旁边，他们说的是口音不正但很流利的英语，他们谈的仍是战争，现在全世界都在谈。

"我觉得这对我们有利，"他们中的一个说，"这开了一个先例，将来朝鲜或中国台湾有什么事，我们的七七舰队就和美国人的航空母舰一起浩浩荡荡开过去了，那多威风！"

"去他妈的美国人，我看到他们就讨厌！他们快从冲绳滚蛋吧，他们飞机的声音太难听了！"

"你是笨蛋，从小方面考虑，没有基地我们的鱼卖给谁，从大方面说，你是日本人，应该为日本的利益着想。"

"这要看话怎么说了，岩田君，我和你不一样，你们家十年前才从九州过来，而我呢，祖祖辈辈都在冲绳，冲绳曾经是一个独立的王国，你们同美国人一样，也是外来者。"

"广濑君，听听你说的是什么话，那个大田知事不是个东西，他把好多你们这样的人都带坏了……哦，先生，好了。"

亚历山大把包好的炸药搬到船尾，把卫星电话放在耳边等待着。

"先生，你如果真想炸到鱼，听我的话，换个方向吧！"

"我不想炸鱼，只想炸海水。"

"您花了钱，当然愿意怎么干都行，现在到冲绳来的游客中，您这样的怪人越来越多了。"

亚历山大，亚历山大！你已经在敏感点上了！扰动海水！！

亚历山大把炸药抛入海中。

"当心别让导线缠住螺旋桨！"一个冲绳人大喊，在甲板上盘成一盘的导线迅速放入海中。亚历山大把手指按在起爆按钮上。

为了苦难中的祖国，我扑动蝴蝶的翅膀……

一声沉闷的巨响从海下传出，一根高大的水柱从船后三十多米处腾起，在阳光下白花花的水花很耀眼。水柱落下，海面上涌起大大的水包，但很快一切归于平静。

"我说过您什么也炸不到的。"一个冲绳人看着那块海面说。

4月1日，贝尔格莱德

"妈妈，连着三天阴天了，这次肯定是爸爸干的！"卡佳站在窗前说。

天上的云层已由前两天的灰白变成了灰黑色，低低地压在城市上空，萨瓦河两边的一白一黑两幢最高建筑的顶部都隐没于云层中，小雨在下着。

艾琳娜仍然摇摇头："我更相信是上帝干的。"

4月1日，南斯拉夫上空，F117攻击编队

目标指示机："黑美人黑美人，你已到达目标上空。"

F117："独眼独眼，目标可视度为零，我高度4500，在云层上方。"

目标指示机："我高度1800，在云层下面，刚刚试过激光制导照射，照射点可识别度低于攻击标准，雾太大。"

F117："独眼，测试电视制导。"

目标指示机："正在测试……黑美人，可识别率刚刚达到攻击标准，你必须穿过云攻击，现在目标上空云底高2000。"

F117："我已做好攻击准备，独眼，请记录攻击效果。"

目标指示机："黑美人黑美人，不能进入低空！云层下炮火很猛，且发现塔马拉迹象！"

F117："独眼，我仍打算低空攻击，我们不能再次空手而归了！"

目标指示机："黑美人，拉起来！记住指令中的作战原则，格兰特少校，你想上军事法庭吗？！"

格兰特把驾驶杆拉回怀中，再向右偏，F117棱角分明的黑色机体懒洋洋地抬起来，又笨拙地转了向，在一望无际的云层上向意大利方向飞去。格兰特在飞行头盔中叹了口气。

唉，在阿维亚诺基地起飞前，我是在下面这两颗马克12型激光滑翔炸弹上签了名的。

4月1日，北约空军1694号作战指令

发自：北约盟军空军司令部作战指挥中心

全文转发：南欧盟军司令部、美军南欧特遣部队司令部、第六舰队司令部

EAM来源和NM来源的M769、M770情报再次有误（见战场条件数据库ASD123，气象部分），该来源情报可信度由T1级降至T3级。

由此引起1681至1690号作战指令变动如下，变动根据：ND224战场目标攻击效果空中评估报告，S24来源地面情报。

以下部分转发前方攻击基地：意大利基地（科米索基地、阿维亚诺基地、利科纳基地、马达莱那岛基地、锡戈内拉基地、布林迪西基地），希腊基地（苏达基地、伊拉克翁基地、雅典基地、敦马

科里基地）

并转发：地中海航空母舰战斗群

继续取消1681及后续作战指令中所有B3类弹药攻击，目标群：TA67至TA71、110LK、TU81、GH1632、SPT4418、MH703、BR45至BR67（索引见目标数据库TAG471）

绝密，原件无副本。

4月2日，杜布纳

亚历山大，第三敏感点！区域：东经92度至93度，南纬76度至77度，很稳定，作用方式：急剧升高该点温度。

你得去南极了朋友。你首先赶到阿根廷的纳塔莱斯港，但别租船，来不及的！我在那里有个朋友，在上次南极臭氧空洞调查中他曾为考察队工作，他很有办法。他有私人飞机，可从纳塔莱斯港直接飞到敏感点所在的南极玛丽伯德地，在那里他可能还有落脚点。这次你追上敏感点可能要花一些时间，到时第二敏感点的作用可能已过去，我们只能让你的国家放晴两三天了。不过请放心，这个新敏感点很稳定，不会飘得太远，能维持很长时间，我想可能同南极的低温有关。更重要的是，它可多次作用！这样，你只要呆在那里（当然不会太舒适），至少能让阴云和大雾在半个月内盖住巴尔干！

干得很漂亮，亚历山大，令人难以相信地漂亮！

4月4日，贝尔格莱德

"天晴了妈妈！"卡佳在阳台上看着蓝天高兴地说。

艾琳娜轻轻叹了口气："亚历山大，你真的不是救世主。"

一声巨响传来，玻璃嗡嗡响，又一声巨响，天花板上落下了尘土。

"卡佳，我们该去地下室了！"

"不嘛，我喜欢晴天！"

4月6日，南极大陆玛丽伯德地

"好一个纯净的世界，真想永远呆在这儿。"亚历山大感叹道。

从飞机上两千多米的空中望下去，无际的冰原在低至地平线上的太阳下呈一种醉人的微蓝色。

驾驶飞机的是一个叫阿方索的健壮的阿根廷人，他看了亚历山大一眼说："这种纯净马上就要消失。南极的旅游业发展很快，开始只是在设得兰群岛一带，现在要深入到内陆了。游客们乘船或飞机一群群地涌来。现在我的旅游公司很兴旺，我不会再像父辈那样去捕鱼或经营牧场了。"

"不只是旅游，你们的政府不是打算向这个大陆移民吗？"

"为什么不行？我们毕竟是离南极最近的国家！我看，世界迟早要为这个大陆打得头破血流，就像现在的巴尔干那样。"

这时，卫星电话中传来了烈伊奇的声音："亚历山大，有了点麻烦，美国人把克雷机机房关闭了！"

"你是说他们觉察到我们在干的事？"

"完全没有，我只是对他们讲，我运行的是一个全球大气模拟软件，我并没说假话。现在政府同西方的关系紧张，这个研究中心也不可能不受影响。你在那里呆下来等着，我会很快把事情理顺的。"

飞机降落在雪原上，亚历山大看到前面有一间小屋，小屋用保温板材搭成，为防积雪，它是被四根柱子架空在地面上的。

"这是一支英国考察队留下的，我把它修整了一下，里面的食品和燃油够我们呆一个月的。"阿方索指着小屋说。

4月7日，贝尔格莱德

卡佳的排异反应又出现了，她发高烧，说胡话。而艾琳娜在卡佳出院时带回的针剂已用完了，她只得去医院拿。医院在城市的另一面，路很远。

今天仍是晴天。

"妈妈，给我讲个故事再走吧。"卡佳从床上支起身来拉住妈妈。

"亲爱的，妈妈所知道的童话都给你讲完了，现在妈妈给你讲最后一个童话，卡佳已经长大了，以后妈妈不会再给卡佳讲童话了。"

"我听着呢妈妈，很久很久以前……"卡佳虚弱地躺下了。

"不，孩子，这个童话并不太久。在不太远的过去，也就是卡佳出生前的三四年吧，我们生活在一个比现在大得多的国家里，我们的国家几乎绵延了亚得里亚海的整个东岸。在这个国家里，塞尔维亚人、克罗地亚人、斯洛文尼亚人、马其顿人、黑山人和波黑穆斯林，都生活在一个大家庭里，和睦相处，情同手足……"

"也包括科索沃的阿尔巴尼亚人吗？"

"当然也包括他们。有一个叫铁托的强有力的人领导着我们的国家，我们强大自豪，有着丰富多彩的文化，受到了全世界的尊敬……"

艾琳娜湿润的双眼呆呆地看着窗外那一角蓝天。

"后来呢？"卡佳问。

艾琳娜站起身来："孩子，我回来前你就在家躺着，轰炸来时听隔壁列特尼奇叔叔的话，记住，到地下室去时多穿衣服，那里又潮又冷，你的病会加重的。"说完她拿起包开门走了。

"那个国家后来呢？"卡佳冲妈妈的背影问。

家里的车已没有油了，艾琳娜只好乘出租汽车。等车的时间比平时长了好几倍，但总算是等来了。路上还算顺利，街上的人和车都很少，可以看到远处冒起的几根烟柱。到儿童医院后，她看到医院因轰炸停电了，护士们围着早产婴儿的密封保育箱用手工向里面输送氧。药品短缺，但卡佳要用的药还是拿到了。艾琳娜拿到药后急匆匆地往回赶，这次等车用了更长的时间，只等来了一辆公共汽车，车上的人不多。

当艾琳娜从车窗中看到多瑙河时，她长出了一口气，这意味着回家的路已走了一半。天空万里无云，整座城市如同摆放在大地上的靶子。

"你不是救世主，亚历山大。"艾琳娜又在心中默默地说。

车走上了河上的大桥，桥上空荡荡的，车很快驶到了大桥中央。一阵凉爽的风从河面吹进车窗，艾琳娜并没有闻到硝烟味。除了那几根隐隐约约的烟柱外，城市的一切在明媚的阳光下显示得那么宁静，甚至比以前都宁静。

就在这时，艾琳娜看到了它。

她是在远处不高的空中看到它的，开始只是一个在蓝天背景下隐约闪现的黑点，后来能看到它细长的形状。它飞得不快，艾琳娜真的没想到它竟飞得那么慢，似乎在寻找着什么。它飞到了河上，划出一条优美的曲线降低了高度，贴着河面飞行，艾琳娜现在要向

280

下才能看到它。它已经很近，她看得更清了，它看上去那么光滑无害，根本不像报纸上描述的像一条恶鲨，倒像是从多瑙河中跃出的一条天真无邪的海豚……

战斧导弹击中了这座多瑙河上的大桥，并把它完全摧毁了。几天后人们清理那辆翻落在河中的公共汽车时，发现了车中有几具已烧焦的尸体，其中有一位女性，她怀中紧紧抱着一个手提包，包中放着两盒针剂，她把手提包保护得很好，那些针剂有一半没碎，盒上的药名也能看清，担任打捞工作的消防队员们觉得，那是一种很不常见的药。

4月7日，南极大陆玛丽伯德地

"我教你跳探戈吧！"阿方索说，于是他和亚历山大在雪地上跳起来。在这里，亚历山大仿佛到了另一个星球，在这似乎是永恒的雪原黄昏中，他忘记了时间，甚至忘记了战争。

"你跳得已很不错了，不过不是正宗的阿根廷探戈。"

"我的头部动作总是做不好。"

"那是因为你不理解这些动作的含义。在阿根廷牛仔们最初跳探戈时头可能是不动的，但后来，那些围着看跳舞的牛仔嫉妒圈中的那些抱着漂亮姑娘跳舞的牛仔，就用石头打他们，所以以后在跳探戈时，你就不得不机警地转着头左顾右盼。"

笑过之后，亚历山大叹了口气："是啊，这就是外面的世界。"

4月10日，杜布纳

亚历山大，事情更糟了，西方中止了在研究中心的所有合作项目，美国人要拆下克雷计算机并把它运走……我在想办法再找一台巨型机，杜布纳有一个核爆炸模拟中心，是一个军方机构，他们那里有巨型机。俄罗斯造的机器可能慢一些，但还是能胜任这些计算的。但这就需要把这事向上面反映，可能要反映到很高的层次。你再坚持两天，虽然现在不能跟踪了，但我相信敏感点还在南极！

4月13日，贝尔格莱德

在昏暗的地下室中，在地面传来的低沉的爆炸声中，卡佳已奄奄一息。

邻居们想尽了办法，列特尼奇大叔在两天前就让自己的儿子到医院取药，但城里所有的医院都已没有抗排异药物了，这药只能从西欧进口，这在现在根本没有可能。

卡佳的妈妈一直没有消息。

卡佳在昏迷中不停地喊妈妈，但在她残存的意识中出现的却是爸爸，爸爸变成一只大蝴蝶，翅膀有足球场那么大，他在高空不停地扑动巨翅，阴云和浓雾散了，阳光照耀着城市和多瑙河……

"我喜欢晴天……"卡佳喃喃地说。

4月17日，杜布纳

亚历山大，我们失败了，我没得到巨型机。是的，我已向最高层反映了这事，通过科学院的渠道，但……不不，他们没说不相信，也没说相信，信不信已不重要，我被解雇了，他们赶走一个院士，就像赶走一条狗一样，你问为什么？就因为我参与了这事……是的，他们是允许志愿军前往南斯拉夫，但我干的事不一样……我也不知道，他们是政治家，我们永远无法理解他们的思维方式，就像他们永远无法理解我们一样……别天真了，相信我，真的没有可能了，能在短时间完成如此复杂计算的计算机在全球也没几台……回家？不，别回去，卡佳……怎么对你说呢朋友，卡佳三天前死了，死于排异反应。艾琳娜八天前去医院给孩子拿药，没回来，到现在也没有消息……不知道，我好不容易打通了你家的电话，只从你邻居那里听到这些。亚历山大，朋友，到莫斯科来吧！到我家里来，我们至少还有你的软件，它可以改变世界的！喂，喂，亚历山大！

……

4月14日，南极大陆玛丽伯德地

"阿方索，你先回阿根廷吧，我想一个人呆在这里。"在雪原上的小屋前，亚历山大脸上挂着惨然的微笑说，"谢谢你做的一切，真的谢谢。"

"你不像烈伊奇所说的那样，是希腊人，"阿方索盯着亚历山大说，"你是南斯拉夫人，我不知道你到这里来干什么，但肯定同战争有关。"

"就算是吧，都无关紧要了。"

"在你听收音机中的新闻时我就看出来了，那种表情在十多年前的马尔维纳斯岛上我见得多了，那时我是一名英勇作战的士兵，是的，我很英勇，整个阿根廷都很英勇，我们不缺勇敢和热情，只缺几枚飞鱼……我还记得投降的那天，岛上的天那个阴啊潮啊冷啊，还好，英国人允许我们带枪走……好了朋友，我过几天再回来，别远离屋子，最近可能有暴风。"

283

目送阿方索的飞机消失在南极白色的天空中，亚历山大转身走进小屋，从屋里提出了一个小桶。

他再也没有走进小屋。

亚历山大提着小桶，在南极大陆无际的雪原上漫无目的地走着，不知过了多久，他站住了。

……作用方式，急剧升高该点的温度。

他把桶打开，用已冻僵的手掏出打火机。

为了苦难中的祖国，我扑动蝴蝶的翅膀……

他点燃了桶中的汽油，然后坐在雪地上，看着升腾的火苗，这是普通的火苗，不是敏感点的火苗，不会给他的祖国带去阴云和浓雾了……

少了一颗钉子，丢了一块蹄铁；

少了一块蹄铁，丢了一匹战马；

少了一匹战马，丢了一个骑手；

少了一个骑手，丢了一场胜利；

少了一场胜利，丢了一个国家。

7月10日，意大利，北约南欧盟军司令部

在一切都结束之后，周末舞会又恢复了，终于可以脱下穿了三个多月的迷彩服，换上笔挺的军礼服了。在这个文艺复兴时代建成的大厅中，在豪华的大理石立柱间，在巨大的水晶枝形吊灯的光芒下，将官的金星和校官的银星交相辉映。意大利上流社会的女士们不仅外表美艳动人，而且谈吐机智博学，如一朵朵鲜花点缀其间，加上流光溢彩的葡萄美酒，使这个夜晚如此醉人。现在，所有人都庆幸自己参加了这场光荣而浪漫的远征。

当威斯利·克拉克将军在他的一群参谋校官陪同下出现时，大厅里响起了热烈的掌声。这掌声并不仅仅是对他在这场战争中功勋的颂扬。克拉克将军身材修长，一派儒雅风度，同上次战争中的斯瓦兹克普夫形成鲜明对照，深得女士们的青睐。

两曲华尔兹后，开始跳方块舞，这是在五角大楼中流行的一种舞，女士们大多不会，于是年轻军官们便热情地教她们。克拉克将军想一个人出去散散步，就走出了大厅的侧门，来到一处湖边的葡萄园中。有一个人从大厅中跟了出来，同将军小心翼翼地保持着一段距离。将军沿着幽静的园中小路来到湖边，仿佛陶醉于这傍晚的湖光山色之中。

但他突然说："你好，怀特中校。"

怀特没想到将军的第六感这么敏锐，赶紧快步上前立正敬礼："您还认识我，将军？"

克拉克将军仍没有回头："对你这三个月的工作我印象很深，中校，谢谢你，以及作战室所有的人。"

"将军，请原谅我的打扰，有件事想同您谈，这基本上是一个……私人事件，如果现在不谈，以后可能没有机会了。"

"请讲吧。"

"在攻击开始的几天里，目标区气象情报有些……不稳定。"

"不是不稳定，中校，是完全错误。连着三四天的阴雨和大雾，给我们带来很大的被动。如果预报正确，我们会推迟首次攻击的。"

现在日落已有一段时间了，西方的天空还有一点暮光，远方的群山呈黑色的剪影，湖面如镜子般平静，湖中的什么地方，传来了优美的意大利船歌……在这样的时刻，他们的谈话实在太不协调了，但中校没办法，这是他唯一的机会，只好硬着头皮讲下去。

"可有些人抓住这事不放，参议院军备委员会质问过去三年空

285

军气象情报系统那二十多亿美元预算是怎么花的，他们还组成了一个调查组，还要开听证会，好像想把这事闹大。"

"我想闹不大的，但总要有人对此负责，中校。"

怀特汗如雨下："这不公平，将军，谁都知道，气象预报是一件随机性很大的事，大气系统是一个超复杂的混沌系统，精确地预测它的行为几乎是不可能的……"

"中校，如果我没记错的话，你是负责目标甄别工作的，同气象并无关系。"

"是的将军，但……负责巴尔干目标区气象情报的是驻欧空军司令部气象中心的戴维·凯瑟琳中校……嗯……您见过她的，她常到作战中心来。"

"哦……我想起来了，那个麻省博士，"克拉克将军高兴地转过身来，"高高的个子，棕色皮肤，细长的腿，典型的地中海型美人儿。"

"对对对，将军，我……"

"中校，记得你刚才说过这是一个私人事件。"

"……"

克拉克将军一脸严肃："中校，我不但记得你的名字，还知道你已结了婚，还知道，嗯，你的妻子不是凯瑟琳中校。"

"是的，将军，可……这儿也不是美国啊。"

克拉克将军想放声大笑，但忍住了，他实在不愿意破坏这幽静的美景。

光荣与梦想

被推迟的奥运会

晨光已照亮了半个天空，西亚共和国的大地仍然笼罩在黑暗中，仿佛刚刚逝去的夜凝成了一层黑色的沉积物覆盖其上。

格兰特先生开着一辆装满垃圾的小卡车，驶出了联合国人道主义救援基地的大门。基地雇用的西亚工人都走光了，这几天他们只好自己倒垃圾，不过这也是最后一次了，明天，他们这些联合国留在西亚的最后一批人员将撤离，后天或更晚一些时候，战争将再次降临这个国家。

格兰特把车停到不远处的垃圾场旁边，下车后从车上抓起一个垃圾袋扔了出去，当他抓起第二个时，举在空中停了几秒钟，在这一片死寂的世界中，他看到了唯一活动的东西，那是地平线上的一个小黑点儿，它微微跃动着，仿佛时时在否认着自己是这黑色大地的一部分，在晨光白亮的背景上像一个太阳黑子。

一阵声响把格兰特的注意力拉回近处，他看到几个黑乎乎的影子移向他刚扔下的垃圾袋，像是地上的几块石头移动起来。那是几名每天必来的拾荒者，男女老少都有。这个被封锁了十七年的国家

287

已在饥饿中奄奄一息。

格兰特抬起头，已能够分辨出那个远方的黑点是一个跑动的人体，在又亮了一些的晨光背景下，他这时觉得那个黑点像一只在火焰前舞动的小虫。

这时拾荒者中出现了一阵骚动，有人拾到了半截香肠，他飞快地把香肠塞进嘴里，忘情地大嚼着，其他人呆呆地看着他，这让他们静止了几秒钟，但也只有几秒钟，他们紧接着又在撕开的垃圾袋中仔细翻找起来。在他们已被饥饿所麻木的意识中，垃圾中的食物比即将升起的太阳更加光明。

格兰特再次抬起头，那个奔跑者更近了，从身材上可以看出是个女性，她体形瘦削，在格兰特的第三个印象中，她像一株在晨光中摇曳的小树苗。当她近到喘息声都能听到时，仍听不到脚步声。她跑到垃圾堆旁，腿一软跌坐在地。这是一个十几岁的女孩子，皮肤黝黑，穿着破旧的运动背心和短裤。她的眼睛吸引了格兰特，那双眼睛在她那瘦小的脸上大得出奇，使她看上去像某种夜行的动物，与其他拾荒者麻木的眼神不同，这双眼睛中有某种东西在晨光中燃烧，那是渴望、痛苦和恐惧的混合，她的存在都集中在这双眼睛上，与之相比那小小的脸盘和瘦成一根的身躯仿佛只是附属在果实上枯萎的枝叶。她脸色苍白地喘息着，听起来像远方的风声，她的嘴上泛起一层白色的干皮。一名拾荒者冲她嘀咕了句什么，格兰特努力抓住这句西亚语的发音，大概听懂了：

"辛妮，你又来晚了，别再指望别人给你留吃的！"

叫辛妮的女孩子把平视的目光下移到撕开的垃圾袋上，很吃力，仿佛那无限远方有什么东西强烈地吸引着她。但饥饿感很快显现出来，她开始与其他人一样从垃圾里找吃的。现在，剩余的食物几乎已被拾完了，她只找到一个开了口的鱼罐头盒，抓出里面的几恨鱼骨嚼了起来，然后吃力地吞下去，她想再次起身去寻找，却昏倒在垃圾堆旁。格兰特走过去把她抱起来，她的浸满汗水的身体轻软得令人难以置信，仿佛是一条放在他手臂和膝盖上的布袋。

"是饿的，她多次这样了。"有人用很地道的英语对格兰特说，后者把辛妮轻轻地放在地上，站起身从驾驶室中拿出了一瓶牛奶蹲下来喂她，辛妮昏迷中很快感到了牛奶的味道，大口喝了起来。

"你家在哪里？"看到辛妮稍微清醒了些，格兰特用生硬的西亚语大声问。

"她是个哑巴。"

"她住得离这儿很远吗？"格兰特抬头问那个说英语的拾荒者，他戴着眼镜，留着杂乱的大胡子。

"不，就住在附近的难民营，但她每天早晨都要从这里跑到河边，再跑回来。"

"河边？那来回……有十多公里呢！她神志不正常？"

"不，她在训练。"看到格兰特更加迷惑，拾荒者接着说，"她是西亚共和国的马拉松冠军。"

"哦……可这个国家，好像有很多年没有全国体育比赛了吧？"

"反正人们都是这么说的。"

辛妮已经缓了过来，自己拿着奶瓶在喝剩下的奶。蹲在她旁边的格兰特叹息着摇摇头说："是啊，哪里都有生活在梦想中的人。"

"我就曾是一个。"拾荒者说。

"你英语讲得很好。"

"我曾是西亚大学的英美文学教授，是十七年的制裁和封锁让我们丢失了所有的梦想，最后变成了这个样子。"他指指那些仍在垃圾中翻找的其他拾荒者说，辛妮的昏倒似乎没有引起他们的注意，"我现在唯一的梦想，就是你们把喝剩的酒也扔一些出来。"

格兰特悲伤地看着辛妮说："她这样会要了自己的命的。"

"有什么区别？"英美文学教授耸耸肩不以为然地说，"两三天后战争再次爆发时，你们都走了，国际救援断了，所有的路也都不通了，我们要么被炸死，要么被饿死。"

"但愿战争快些结束吧，我想会的，西亚的人民已经厌战了，这个国家已经是一盘散沙。"

"那倒是，我们只想有饭吃活下去，你看他，"教授指指一个在垃圾堆中专心翻找的头发蓬乱的年轻人，"他就是个逃兵。"

这时，仍然靠在格兰特臂弯中的辛妮抬起一只枯瘦的手臂指着不远处联合国救援基地的那几幢白色的临时建筑，用两手比划着。"她好像想进去。"教授说。

"她能听到吗？"格兰特问，看到教授点点头，他转向辛妮，一只手比划着，用生疏的西亚语对她说："你不能，不能进去，我再给你，一些吃的，明天，不要来了，明天我们走了。"

辛妮用手指在沙地上写了几个西亚文字，教授看了看说："她想进去在你们的电视上看奥运会开幕式。"他悲哀地摇摇头，"这孩子，已不可救药了。"

"奥运会开幕推迟了一天。"格兰特说。

"因为战争？"

"怎么？你们什么都不知道？！"格兰特吃惊地看看周围的人说。

"奥运会与我们有什么关系？"教授又耸耸肩。

这时，一阵嘶哑的引擎声打断了他们的对话，一辆只有在西亚才能看到的旧式大客车从公路上开了过来，停在垃圾场边上，车上跳下一个人，看上去五十多岁，头发花白，他冲这一群人大喊："辛妮在这儿吗？威弟娅·辛妮！"

辛妮想站起来，但腿一软又跌坐在地，那人走过来看到了她："孩子，你怎么成了这个样子？还认识我吗？"

辛妮点点头。

"你们是哪儿的？"教授看看那人问。

"我是克雷尔，国家体育运动局局长。"那人回答说，然后把辛妮从地上扶起来。

"这个国家还有体育运动局？"格兰特惊奇地问。

克雷尔手扶辛妮，看着初升的太阳一字一顿地说："西亚共和国什么都有，先生，至少将会什么都有的！"说完，扶着辛妮向大客车走去。

上车后，看着软瘫在破旧座椅上的辛妮，克雷尔回忆起一年前他与这个女孩子相识的情景。

那个傍晚，克雷尔下班后走出体育运动局那幢陈旧的三层办公楼，疲惫地拉开他那辆老伏尔加的车门，有人从后面抓住了他的胳膊，一回头他看到了辛妮。她冲他比划着，要上他的车，他很惊奇，但她那诚挚的目光让人信任，于是他就让她上了车，并按她指的方向开。

"你，哦，你是西亚人吗？"克雷尔问，他的问题是有道理的，长期进行某些体育项目训练的人，会给自己留下明显的特征，这特征不仅仅是在身形上，还有精神状态上的，虽然辛妮穿着西亚女性常穿的宽大的长衫，克雷尔专家的眼睛还是立刻看出了她身上的这种特征，但克雷尔不相信，在这个已十几年处于贫穷饥饿状态的国家里，还有人从事那种运动。

辛妮点点头。

车在辛妮的指引下开到了首都体育场，下车后，辛妮在地上写了一行字："请您看我跑一次马拉松！"在体育场跑道的起点，辛妮脱下了长衫，露出她后来一直穿着的旧运动衫和短裤，当克雷尔示意计时开始后，她步伐轻捷地跑了起来。这时克雷尔已经确信，这孩子是一块难得的长跑好材料，这反而使他的心头涌上一阵悲哀。

这座能够容纳八万人的西亚共和国最大的体育场现在完全荒废了，杂草和尘土盖住了跑道，西边有一个大豁口，是在不知哪年的空袭中被重磅炸弹炸开的。残阳正从豁口中落下，给体育场巨大阴影上方的看台投下一道如血的余晖。

战前，西亚共和国的体育曾有过辉煌的时代，但十七年前的那场战争以及随后延续至今的封锁和制裁，使得体育在这个国家成了一种巨大的奢侈。国家对体育的投入已压缩到最小，仅仅是为了能零星派出几名运动员参加国际比赛，以满足对外宣传的需要。但近年来，随着这个国家生存环境的日益严酷，这一点投入也消失了，运动员们都不知漂落何处，国家体育运动局仅剩四名工作人员，随时都可能被撤销。

夕阳在西方落下，一轮昏黄的满月又从东方升起。辛妮在一圈又一圈地奔跑着，时而没入阴影，时而跑进如水的月光中，在这如古罗马斗兽场遗址般荒凉的巨大废墟中，回荡着她那轻轻的脚步声。克雷尔觉得，她是来自过去美好时代的一个幻影，时光在这月光下的废墟中倒流，一丝早已消逝的感觉又回到克雷尔的心中，他不由泪流满面。

当月光照亮了大半个体育场时，辛妮跑完了第一百零五圈，到达了终点。她没有去做缓解运动，只是远远地站在那里静静地看着克雷尔，月光下，她很像跑道上一尊细长的雕像。

"两小时十六分三十秒，考虑场内和场外道路的差别，再加三分钟，仍是迄今为止的全国最好成绩。"

辛妮笑了一下。马拉松运动员的特点之一就是表情呆滞，这是他们在训练和比赛中长时间忍受单调的体力消耗的缘故，但克雷尔发现辛妮月光中的笑很动人，但这笑容却像一把刀子把他的心割出血来。他呆立着，使自己也变成了另一尊雕像，直到辛妮的喘息声像退潮的海水般平息后，他才回过神来，把手表戴回腕上，低声说：

"孩子，你生错了时候。"

辛妮平静地点点头。

克雷尔弯腰拾起地上的长衫，走过去递给辛妮："我送你回家吧，天黑了，你父母不放心的。"

辛妮比划着，克雷尔看懂了，她说自己没有父母，也没有家。她接过衣服，转身走去，很快消失在体育场巨大的阴影中。

大客车向市郊方向驶去，辛妮在座椅上绵软无力地随着颠簸摇晃，疲乏和虚弱令她晕晕欲睡，但后座上一个人的一句话使她猛醒过来：

"萨里，你是怎么把自己搞到监狱里去的？"

辛妮直起身向后看，看到了那个被叫作萨里的人。她立刻认出了他，但无论如何也不会相信眼前这个可怜的家伙曾是西亚共和国最耀眼的体育明星。亚力克·萨里是西亚在封锁期间在国际大赛中获得奖牌的三个运动员之一，他曾在四年前的世界射击锦标赛上获得男子飞碟双多向射击的金牌，当时成为全国的英雄，辛妮仍清楚地记得他乘敞篷汽车通过中心大街时那光辉的形象。眼前的萨里骨瘦如柴，苍白的脸上有好几道伤疤，他裹着一件肮脏的囚服，在这并不寒冷的早晨瑟瑟发抖。

克雷尔说："他去做一个走私集团头目的保镖，人家看上了他的枪法。"

"我不想饿死。"萨里说。

"可是你差点儿被饿死，在自由公民都吃不饱的今天，监狱里会是什么样子？那里每天都有人饿死或病死，我看你也差不多了。"

"局长先生，您把我保释出来确实救了我一命，可这是为什么？我们这是去哪儿？"

"去机场，至于去干什么我也不知道，我们只是奉命召集各个运动项目原国家队的队员。"

车停了，又上来好几个人，与大部分西亚人一样，他们都面黄肌瘦，衣服破旧，有人在不停地咳嗽，饥饿和贫穷醒目地写在他们的脸上，与一般人不同的是他们都个子很高，这高大的身材更增加了他们的憔悴感，他们在车里弯着腰，像一排离水很久而枯萎的大虾。辛妮很快认出这都是原国家男篮的球员。

"嗨，各位，这些年过得怎么样？"克雷尔向他们打招呼。

"在我们有力气给您讲述之前，局长先生，先让大家吃一顿早餐吧！""是啊，作为高级官员您体会不到挨饿的滋味，到现在您还在吃体育，可我们吃什么呢？我们一天的配给，只够吃一顿的。""就这一顿也快没有了，人道主义救援已经停止了！""没关系，再等等吧，战争一爆发，黑市上就又有人肉卖了！"

就在男篮队员们七嘴八舌诉苦的时候，辛妮挨个打量他们，发现她最想见的那个人没有来，克雷尔代她提出了这个问题："穆拉德呢？"对，加里·穆拉德，西亚共和国的乔丹。

"他死了，死了有半年了。"

克雷尔好像并不感到意外："哦……那伊西娅呢？"辛妮努力回忆这个名字，想起她是原国家女篮队员，穆拉德的妻子。

"他们死在一起。"

"天啊，这是怎么了？"

"您应该问问这世道是怎么了……他们和我们一样，除了打球什么都不会，这些年只有挨饿，可他们不该要孩子，那孩子刚出生局势就恶化了，配给又减少了一半，孩子只活了三个月，死于营养不良，或者说是饿死的。孩子死的那天晚上，他们闹到半夜，吵一会儿哭一会儿，后来安静下来，竟做起饭来，然后两人就默默地吃饭，终于吃了这些年来的第一顿饱饭，您知道他们的饭量，把后半月的配给都吃光了。天亮后，邻居发现他们不知吃了什么毒药一起死在床上。"

一车人陷入沉默，直到车再次停下又上来一个人时，才有人说："哇，终于见到一个不挨饿的了。"上来的是一位娇艳的女郎，染成红色的头发像一团火，描着很深的眼影和口红，衣着俗艳而暴露，同这一车的贫困形成鲜明对比。

"大概不止吃饱吧，她过得好着呢！"又有人说。

"也不一定，现在首都已成了一座饥饿之城，红灯区的生意能好到哪里去？"

"噢，不，穷鬼，"女郎冲说话的人浪笑了一下说，"我主要为联合国维和部队服务。"

车里响起了几声笑，但很快被一阵剧烈的咳嗽声淹没了。"莱丽，你应该多少知道些廉耻！"克雷尔厉声说。

"噢，克雷尔大叔，不管有没有廉耻，谁饿死后身上都会长出蛆来。"女郎不以为然地挥挥手，在辛妮身边坐了下来。

辛妮瞪圆双眼盯着她，天啊，这就是温德尔·莱丽？！这就是那个曾获得世界体操锦标赛铜牌的纯美少女，那朵光彩照人的西亚体育之花？！

剩下的路程是在沉默中走完的，二十分钟后，汽车开进了首都机场的停机坪，已经有两辆大客车先到了，它们拉来的也都是前国家队的运动员，加上这辆车，共有七十多人，这其中包括一支男子篮球队、一支男子足球队和十一个其他竞赛项目的运动员。

跑道的起点停着一架巨大的波音客机，在西亚领空被划为禁飞区的十多年里，它显然是这个机场降落过的最大和最豪华的飞机。克雷尔领着西亚共和国的运动员们来到飞机前面，从舱门中走出几位西装革履的外国人，当他们走到舷梯中部时，其中一位挥手对下面的人群大声说了一句什么，运动员们吃惊地认出，这人是国际奥林匹克委员会主席，但最让他们震惊的还是克雷尔翻译过来的那句话：

"各位，我代表国际社会到西亚共和国来，来接你们参加第二十九届奥运会！"

北 京

原来北京是这样的！

当车队进入市区后，辛妮感叹道。这个遥远的城市本来与她——一个身处西亚共和国的贫穷饥饿的女孩子没有任何关系的，但奥运会在几年前就使北京成为她心中的圣地。辛妮对北京了解很少，仅限于小时候看过的一部色彩灰暗的武侠片，在她的想象中，北京是一座古老而宁静的城市，她无法把这座城市与宏大壮丽的奥运会联系起来。她无数次梦到过奥运会和北京，但两者从未在同一个梦中出现过，在一些梦里，她像飞鸟般掠过宏伟的奥运赛场上的人海，在另一些梦里她则穿行于想象中的北京那些迷宫般的小胡同中和旧城墙下，寻找着奥运赛场，但从来没有找到过。

辛妮瞪大双眼看着车窗外，寻找她想象中的胡同和城墙，但映入她眼帘的是一片崭新的现代化高层建筑群，这林立的高楼在阳光下发出耀眼的白光，像刚开封的新玩具，像一夜之间冲天长出的白嫩的巨大植物。这时，在辛妮的脑海中，奥运会和北京才完美地结合起来。

这到达新世界的兴奋感像云缝中的太阳露了一下头，在辛妮的心中投下一线光亮，但阴郁的乌云很快又遮盖了一切。

与世界各大媒体想当然的报道不同，当西亚共和国的运动员们得知自己将参加奥运会时，并没有什么兴奋和喜悦。像其他西亚人一样，十多年的苦难使他们对命运不抱任何幻想，使他们对一切意外都抱有一种麻木的冷静，不管这意外是好是坏，他们所做的第一件事就是收紧外壳保护自己。在得知这个消息后，甚至没有人提出问题，就连那些理所当然的问题，如没参加过任何预选赛如何进入奥运会，都没有人提出。他们只是默默地走上飞机，麻木而又敏感地静观着事情的发展。

辛妮走进空荡荡的宽敞机舱后，找了一个靠窗的座位坐下，并一直注意着这里发生的事。她看到国际奥委会主席把克雷尔和西亚代表团的几位官员召集到一等舱中去，一个多小时过去了，还没有任何动静。运动员们也在沉默中静静地等待，终于看到克雷尔走了出来。他没有说什么，只是拿着一张纸核对名单。几十双眼睛都盯着他的脸看，那是一张平静的脸。这平静是第一个征兆，它告诉辛妮：事情不对。很快她那敏感的眼睛又发现了第二个征兆：克雷尔拿着名单返回一等舱时，用空着的一只手去开紧闭着的舱门，尽管那只手摸索了半天也没找到把手，他的双眼仍平视着前方而没有向下看，仿佛一时失明了似的。这时，辛妮证实了自己的预感。

事情不对。

在机舱里大家吃了一顿饱饭，每人都吃了两到三份航空餐，这些西亚人的饭量让那几名中国空姐很吃惊。然后飞机起飞了，辛妮透过舷窗，看着云海很快覆盖西亚的大地，这云海在整个航程中都很少散开，仿佛在下面隐藏着一个巨大的疑团。

飞机在北京机场降落后，等了足有两个小时，换上统一服装的西亚体育代表团才走出机舱。当他们进入到达大厅后，立刻被一阵闪光灯的风暴照得睁不开眼。大厅中黑压压挤满了记者，他们在代表团周围拼命拥挤着，像一群看到猎物的饿狼，但总是小心地与他们保持两米左右的距离，使代表团行走在一小圈移动的空地中央，仿佛他们周围有一种无形力场把记者们排斥开来。更让辛妮和其他西亚人心里发毛的是，没有人提问，大厅中只有闪光灯的咔嚓声和拥挤的人们鞋底摩擦地板的沙沙声。走出大厅时，辛妮听到空中的轰鸣，抬头看到三架小型直升机悬在半空，不知是警戒还是拍照。运送代表团的大客车只有两辆，但却有十几辆警车护送，还有一支武装警察的摩托车队。当车驶上机场到市区的公路时，辛妮和其他西亚运动员发现了一件更让他们震惊的事：路被清空封闭了，看不到一辆车！

事情真的不对。

到达奥运村时天已经黑了下来，当西亚运动员们走下汽车时，他们心中的疑惑变成了恐惧：奥运村里一片死寂，几十幢整齐的运动员公寓楼大多黑着灯，当他们走向唯一一座亮灯的公寓楼时，辛妮注意到远处一个小广场中央的一排高高的旗杆，那些旗杆上没有国旗，像一长排冬日的枯树。在外面，城市的灯光映亮了半个夜空，喧响声隐隐传来，更加衬托了奥运村诡异的寂静，辛妮打了个寒战。

在运动员公寓的接待厅中，身为代表团团长的克雷尔对运动员们讲了一段简短的话："请大家到各自的房间，晚饭在一小时后会送到房间里，今天晚上任何人不得外出，一定要好好休息，明天上午九点钟，我们将代表西亚共和国参加第二十九届奥林匹克运动会的开幕式。"

辛妮和克雷尔、萨里同乘一个电梯，她听到萨里低声问团长："您真的不打算告诉我们真相？难道……和平视窗设想真要实现了？"

"明天你就会明白一切，我们应该让大家至少有一个晚上能睡好。"

和平视窗

辛妮仰望着雄伟的奥林匹克体育场，短暂的幸福和陶醉暂时掩盖了紧张和恐惧。不管未来几天发生什么，她已来到了所有运动员梦中的圣地，此生足矣。

但对即将到来的事情的恐惧并没有因此而减少，这两天所经历的一切，越来越像是一个阴沉而怪异的梦。早晨，西亚共和国代表团的车队从奥运村出发前往奥林匹克体育场，连接两地的宽阔公路旁聚集着人山人海，但辛妮看到，人群中没有鲜花彩旗和气球，也没有欢笑和欢呼，这成千上万人集体沉默着，用同一种严峻的表情目送着车队，昨天那种让辛妮寒战的感觉又出现了，她觉得这像葬礼。

奥林匹克体育场外面十分空旷，有两道森严的警戒线，当车队驶过时，组成警戒线的武警士兵们整齐地敬礼。车队在体育场的东大门停下，运动员们下车后，克雷尔团长召集他们站成了一个方阵。辛妮站在方阵的第一排，她仔细地搜索着体育场内传出的声音，但什么也没有听到，这巨大的建筑内部一片寂静。克雷尔从车上拿出了一面宽大的西亚共和国国旗，先后招呼萨里和另外两名较有建树的运动员出列，递给他们每人国旗的一角，当他在队列中寻找第四个人时，站在前排的莱丽自己走出来，从克雷尔的手中拿过国旗的最后一角，但克雷尔摇摇头，把国旗从莱丽手中拉了出来，递给了他随便选中的一个女运动员。这巨大的羞辱使莱丽涨红了脸，她恼怒地盯了团长几秒钟，最后还是转身回到了队列中。四名运动员把国旗展开来，北京的微风在旗面上拂出道道波纹，国旗旁边的克雷尔对着运动员方阵庄严地说：

"西亚的孩子们，振作起来！现在，我们代表苦难的祖国，进入第二十九届奥林匹克运动会的主会场！"

在国旗的引导下，西亚共和国的运动员方阵开始行进，很快进入了体育场东大门高大的门廊中。门廊很长，像一条隧道，辛妮走在方阵的前排，与其他运动员一起盯着前方越来越近的入口，她的心在狂跳，在她的意识中，入口那边是另一个时空，另一个不可知的命运和人生在那边等着她。

尽管有了精神准备，当辛妮通过入口看到体育场的全景时，还是浑身僵住了，只是在后面方阵的推送下机械地迈步前行，这时避免精神崩溃的唯一办法就是保持这两天一直笼罩着她的感觉：这是一场噩梦。而她现在看到的已经很有力地证明了这一点。

他们面对着一个完全空旷的体育场。

九点钟的太阳照亮了这巨大体育场的一半，西亚人仿佛行进在一个与世隔绝的盆地中，这荒凉的世界里只有他们的脚步声在回荡。震惊的眩晕过去后，辛妮看到宽阔的运动场的另一面有东西在动，很快看出那是另一个运动员方阵，正与他们相向行进，那个方阵也由一面四个运动员抬着的大旗帜指引着，阳光下辛妮辨认出那是一面星条旗。与以往进入奥运会场时乱哄哄的样子不同，美国运动员的方阵十分整齐，成一个整体方块以一种威严的节奏起伏着，像进攻中的古罗马军团。

在运动场中央，两个方阵行进到相距几十米时开始转向，最后面向简单的主席台停了下来，一切陷入寂静，仿佛时间停止了流动。

有一个人从运动场的一侧向主席台走来，他那单调的脚步声在空旷的看台上回荡，像恐怖读秒声。来人不是国际奥委会主席，而是联合国秘书长。那个瘦削的老人缓缓地走上主席台，注视着远处的两国运动员方阵，沉默了半分钟之久才开始讲话，经过巨大的音响系统，他的声音仿佛来自整个苍穹。

"第二十九届奥林匹克运动会将只有美利坚合众国和西亚共和国两个国家参加，它将代替这两国间即将爆发的战争。

"如果美国获胜，西亚共和国必须履行最后通牒中的条款，这个国家将被彻底解除武装，并将被分解为三个独立的国家，原西亚政府中的战犯将受到国际法庭的审判。

"如果西亚共和国获胜，战争将中止，目前处于对西亚攻击状态的美国及其盟国军队将全部撤离，联合国将取消对西亚共和国的经济制裁，并欢迎其回到国际社会中来。"

秘书长把目光投向西亚运动员方阵："你们能够预测，在这届奥运会中，西亚共和国必败，但也请你们注意另一个事实：如果战争爆发，西亚共和国同样注定要战败，而那时，交战双方，特别是你们的国家，将付出血的代价。

"也许你们会认为，这届奥运会只是为西亚共和国的投降寻找一个借口，不是这样的。举一个极端的例子：如果西亚体育代表团仅以一块金牌之差负于美国的话，虽然西亚仍被认为是战败，但结果已大不相同：这个国家不会被肢解，现政府也可以继续存在，同时保留常备军队，西亚所要做的，只是销毁自己的生化武器和支付仅为最后通牒中数量三分之一的战争赔款。当然，这种情况也不太可能出现，但西亚运动员在每个单项上获得的每一块金牌，都能为失败的西亚争得一定的权利。美西两国在联合国的框架下经过极其艰难的谈判所达成的协议中，对这一切制定了详细的条款。而对于西亚来说，获得金牌的希望也不是完全没有，比如亚力克·萨里和温德尔·莱丽，就分别在射击和体操上占有一定的优势。"

秘书长把目光从西亚运动员方阵上移开，仰望着北京夏日的晴空："这就是联合国和平视窗计划的第一次实施，是人类在新千年中为消灭战争进行的伟大试验！

"和平视窗计划的名称来自于尊敬的比尔·盖茨先生，在新世纪到来之时，为了使微软的智慧和财富有一个更加伟大的用处，盖茨先生主持了一个宏大的软件项目，开发一个巨型模拟软件，使其能够在巨型计算机上用数字方式真实地再现各种规模的战争，最后达到在国家间用数字战争代替真实战争的目的，这个软件被命名为和平视窗。众所周知，这个设想失败了。首先，目前的软件技术还远没有达到能够全面模拟极其复杂的现代战争的程度，但设想失败更重要的原因还在于，在目前的国际政治条件下，软件初始数据的输入，以及交战国对模拟结果的认可都是不可逾越的障碍。尽管计划在投入巨资后失败了，但盖茨先生所种下的思想种子却生根发芽，并迅速成长起来。他使我们对战争有了一个全新的思维方向，即如果人类不能在短时间内消灭战争，至少可以让它以另一种较为无害的、尊重生命的方式进行。于是，在国际社会的一致赞同下，联合国再次启动了和平视窗计划。这是人类社会在社会学和国际政治上的阿波罗登月。五年来，各国有无数的政治家、社会学者、法律学者、伦理学者、自然科学家、军事家和其他各界人士为这个伟大的计划贡献了自己的智慧。

"和平视窗计划的关键是找出一个战争替代物，它必须满足两个条件：一、较为忠实地反映各交战国的综合国力；二、能够在一个被各交战国和国际社会认可的规则下进行战争模拟。计划的研究者们很快想到了奥林匹克运动会。单项体育，如足球，其水平与国家的政治、经济和军事实力关系不大。但奥运会的众多体育项目作为一个整体，其总的水平却能相当准确地反映一个国家的综合国力。同时，体育作为人类最古老的一项活动，已经建立了被全人类认可的完善的竞赛规则，而奥林匹克运动会到目前为止是世界上规模最大和影响最大的人类聚会。这就使得奥运会成为模拟战争最理想的工具。

"古希腊的奥运先哲们和上世纪的顾拜旦做梦都不会想到，他们所创立的奥林匹克运动会有一天会对人类具有如此重大的意义，而你们，这些从事本来十分单纯的体育运动的人，更不可能想到自己有一天突然肩负如此重大的使命。但历史已经把你们推到这里，请不要回避。千年之后再回首，现在将是人类历史上最伟大的时刻，而你们，和平视窗的先驱者，将载入人类文明的史册。"

这时，又有两个人沿着跑道向主席台走来，其中一人是国际奥委会主席，另一人竟是身穿迷彩服的军人，他举着燃烧的火炬，肩上有四颗将星。走上主席台后，他用低沉的声音说："我是乔治·韦斯特，美国陆军上将，美军西亚战场司令官。再过五分钟，最后通牒就将到期，如果没有和平视窗，我将下令开始对西亚共和国的第一波空中打击，但现在，我将点燃奥运圣火。"然后，他向刚刚升起的五环旗敬礼，转身走上了通向大火炬的长长的阶梯。他以军人的步伐稳健地攀登着，上身和手中的火炬一直保持着笔直，最后，他在运动员们的眼中变成了巨大的奥运火炬下的一个小黑点，韦斯特将军向全世界举起了手中的火炬，庄严地静止几秒钟后，点燃了奥运圣火。

运动员们听到轰的一声沉闷的巨响，奥林匹克的火焰在蓝天上燃烧起来，没有欢呼，没有鸽群，死一般的寂静中，只有那团古老的巨火在呼呼作响，仿佛是掠过苍穹的浩荡天风。

两个国家的奥运会

开幕式后各项比赛全面展开，在首批赛事中，最引人注目的是男子篮球，由西亚共和国临时组建的国家队对美国梦之队。与开幕式不同，看台上挤满了观众，大部分是记者，其中体育记者只占很小的比例，主要是从西亚前线蜂拥而来的战地记者。与以往的任何球赛都不同，没有人喧哗，甚至很少有人说话，球赛在寂静中进行，只能听到篮球击地的咚咚声和球鞋底摩擦地板的吱吱声。当上半场快结束时，已经没有人再看比分显示板了。梦之队的那些篮球精灵像几只黑色的大鸟在球场上轻盈地翱翔，仿佛是在一首听不见的轻扬乐曲中跳着梦之舞，而西亚队只是混进这场唯美舞蹈中的一些杂质，试图对舞蹈产生一些干扰，但梦之舞似乎没有感觉到杂质的存在，如水银之河一般顺畅地流下去……中场休息时，西亚队年迈的教练挥着瘦骨嶙峋的拳头，嘶哑地咳嗽着，对精神和体力都要耗尽的球员们说："不要垮掉，孩子们，不要让他们可怜我们！"但他们还是被可怜了，下半场进行到一半时，有很多观众都不忍心再看下去，起身离开了。当终场的锣声响起后，梦之队黑色的篮球舞蹈家们离开球场，西亚队的球员们仍呆立在原地不动，像潮水退后沉淀下来的沙子。过了好长时间，中锋才清醒过来，蹲在地上痛哭起来，另一个球员则跑到篮架下，虚弱地大口吐着酸水……

在以后的比赛中，西亚共和国在所有项目上都全面败北，这本在预料之中，但败得那么惨不忍睹是谁都没有想到的。其实，即使在战后的被封锁阶段，西亚体育还是有一定实力的，近年来随着局势的恶化，政府无暇顾及体育，原来勉强维持的商业体育俱乐部也全部消失，这些参加奥运会的运动员已有三四年时间没有进行任何训练。同时，他们除体育外没有其他一技之长，大多在西亚的苦难岁月中沦为最穷的人，几年的饥饿和疾病使这些人已不具备作为运动员的起码体格。

奥运会的赛程在沉闷中已走完大半，这时的民意调查表明，即使是美国观众，也希望看到西亚运动员出现奇迹，人们把创造奇迹的希望寄托在两个西亚人身上，他们是莱丽和萨里。全世界都在等待着他们的出场。

然而，在随后到来的体操比赛中，莱丽还是让全世界失望了。她的技巧还算娴熟，但体力和力量已经不行，多次失误，在她最具优势的平衡木上也掉下来两次，根本无法与美国队那些如彩色弹簧般灵捷的体操天使匹敌。体操的最后一场比赛开始之前，在进入赛场的路上，辛妮听到了莱丽和教练的对话：

"你真的打算做卡曼琳腾跃？"教练问，"以前你从来没有完全做成过它，高低杠并不是你的强项。"

"这次会成。"莱丽冷冷地说。

"别傻了！你就是高低杠自选动作拿满分又怎样？"

"最后得分与美国女孩儿的差距会小些。"

"那又怎样？听我的，做我制定的那套动作，稳当地做完就

305

行了，现在玩儿命没有意思的。"

莱丽冷笑了一下："您真的关心我这条命吗，说真的，我都不关心了。"

比赛开始，当莱丽跃上高低杠后，辛妮立刻看出她已变成另一个人了。她身上的某种无形的桎梏已经消失，比赛对于她已不是一种使命，而是一种宣泄痛苦的方式，她在高低杠间翻飞，动作渐渐疯狂起来。观众席上出现了少有的赞叹声，但场内的体操专家们都一脸惊恐地站了起来，美国队那几位美丽的体操天使大惊失色地拥在一起，他们都知道，这个西亚姑娘在玩儿命。当做到高难度的卡曼琳腾跃时，莱丽完全沉浸在她的疯狂中，她成功地完成了空中直体一千零八十度空翻，但在抓住低杠腾回高杠时失手了，头向下身体成四十五度角摔在低杠下的地板上，坐在看台头一排的辛妮听到了脊椎骨断裂清脆的咔嚓声……

克雷尔抱着一面西亚国旗追上了担架，把旗的一角塞到莱丽的手中，这正是开幕式上引导西亚共和国运动员方阵的那面旗帜，莱丽死死地抓着那个旗角，她并不知道自己抓着什么，她的双眼失神地望着天空，苍白的脸庞因剧痛而不断抽搐，血从嘴角流出来，滴到地上，又溅到拖地的国旗上。

"有一点我们可能没想到，"国际奥委会主席对记者们说，"当运动员成为战士后，体育也会流血。"

其实，人们对莱丽寄予如此大的希望，在很大程度上是媒体炒作的结果。莱丽的优秀只是相对的，即使她超常发挥，实力也比美国队相差很远。但萨里就不同了，他是真正的世界冠军，而与其他项目相比，停止几年训练对一个射击运动员的影响相对要小一些。虽然美国是世界射击运动强国，但萨里在男子飞碟射击项目上也实力雄厚，曾在1996年亚特兰大奥运会上破飞碟双向射击世界纪录。但自从在2000年悉尼奥运会上取得该项目的铜牌后，水平就停滞不前。这次参赛的选手詹姆斯·格拉夫就在四年前的世界射击锦标赛上负于萨里，只拿到铜牌。所以，西亚共和国有很大希望能拿到这一块金牌，这将给本届奥运会的最后一个下午带来一个高潮。

前往射击比赛场的最后一段路，萨里是被西亚人高抬着走过的，西亚代表团的运动员们在周围向他欢呼，这时他已经成了他们的神明，周围簇拥的摄像记者使全世界都看到了这情景，如果这时真有不知情的人，肯定会认为西亚已取得了整个奥运会的胜利。在亚洲大陆遥远的另一端，西亚共和国的三千万国民聚集在电视机和收音机前，等待着他们唯一的英雄带给他们最后的安慰。但萨里一直很平静，面无表情。

在射击比赛场的入口处，克雷尔郑重地对刚刚被放下来的萨里说："你当然知道这场比赛的意义，如果我们至少拿到一块金牌，并由此为战后的国家争得一点权利，那么这场虚拟战争对西亚人就具有完全不同的含义。"

萨里点点头，冷冷地说："所以，我向国家提出参赛的条件是理所当然的：我要五百万美元。"

萨里的话像一盆冰水，把围绕着他的热情一下子浇灭了，所有人都吃惊地看着他。

"萨里，你疯了吗？"克雷尔低声问。

"我很正常，与我给国家带来的利益相比，我要得并不多。这笔钱只是为了我今后能到一个喜欢的地方安静地度过后半生。"

"等你拿到金牌后，国家会考虑给予奖励的。"

"克雷尔先生，您真的认为这个即将消失的国家还有什么信誉可言吗？不，我现在就要，否则拒绝比赛。你要清楚，拿到金牌后我是世界明星，退出比赛则同样会成为拒绝为独裁政府效力的英雄，后者在西方更值钱。"

萨里与克雷尔长时间地对视着，后者终于屈服地收回目光，"好吧，请等一下。"然后他挤出人群，远远地拿出手机打起电话来。

"萨里，你这是叛国！"西亚代表团中有人高喊。

"我的父亲是为国家而死的，他在十七年前的那场战争中阵亡，那时我才八岁，我和母亲只从政府那里拿到一千二百西亚元的抚恤金，之后物价飞涨，那点儿钱还不够我们吃两个星期的饱饭。"萨里从肩上取下其他西亚运动员为他披上的国旗，抓在手中大声质问，"国家？国家是什么？如果是一块面包它有多大？如果是一件衣服它有多暖和？如果是一间房子能为我们挡住风雨吗？！西亚的有钱人早就跑到国外躲避战火了，只剩下我们这些穷鬼还在政府编织的爱国主义神话里等死！"

这时，克雷尔已经打完了电话，他挤进人群来到萨里面前："我已经请示过了，萨里，你是在尽一个西亚公民应尽的义务，政府不能付你这笔钱。"

"很好。"萨里点点头，把国旗塞到克雷尔怀里。

"电话一直打到总统那里，他说，如果一个国家只有雇佣军才为它战斗，那它也没有继续存在的必要了。"

萨里没再说什么，转身走去，兴奋的记者们跟着他蜂拥而去。

以手捧国旗的克雷尔为中心，西亚代表团长时间默立着，仿佛在为什么默哀。不知过了多长时间，射击场内响起了枪声，詹姆斯·格拉夫正在得到奥运历史上最容易得到的金牌。这枪声使西亚人渐渐回到现实，他们不约而同地把目光集中到一个人身上，刚才跟随萨里的大群记者也跑了回来，把几百个镜头一起对准了这个人。

威弟娅·辛妮，将参加一小时后开始的本届奥运会的最后一个项目：女子马拉松。

记者们知道辛妮是哑巴，谁都不提问，只是互相低声说着什么，像在观看一个没见过的小动物。在人群和镜头的包围中，这个黑瘦的西亚女孩儿恐惧地睁大双眼，瘦小的身体瑟瑟发抖，像一只被一群猎犬逼到墙角的小鹿。幸好克雷尔拉起她挤出重围，登上了开往主体育场的汽车。

他们很快到达了奥林匹克体育场，这里将在傍晚举行第二十九届奥运会的闭幕式，也是马拉松的起点和终点。下车后，他们立刻被更多的记者包围了，辛妮显得更加恐惧和不安，紧紧靠在克雷尔身上，克雷尔好不容易摆脱了纠缠，带着辛妮走进一间空着的运动员休息室，把几乎令她精神崩溃的喧闹关在外面。

克雷尔拿了一纸杯水走到惊魂未定的辛妮面前，在她眼前张开紧攥着的另一只手，辛妮看到掌心上放着一片白色的药片，她盯着药片看了几秒钟，又惊恐地看看克雷尔，摇摇头。

"吃了。"克雷尔以不可抗拒的口气说，又放缓声音，"相信我，没有关系的。"

辛妮犹豫地拿起药片放进嘴里，尝到了酸酸的味道，她接过克雷尔递过来的水，把药片送了下去。几秒钟后，休息室的门轻轻开了，克雷尔猛地回头，看到一个身材魁梧的身影，他盯着那人看了半天，才吃惊地认出了他。

来人是韦斯特将军，在开幕式上点燃圣火的人，已对西亚共和国做好攻击准备的五十万大军的统帅。这时他穿着一身黑色的西装，双手捧着一个纸盒子。

"请您出去。"克雷尔怒视着他说。

"我想同辛妮谈谈。"

"她不会说话，也听不懂英语。"

"您可以为我翻译，谢谢。"将军对克雷尔微微躬身，他那凝重的声音里有一种难以抗拒的力量。

"我说过请您出去！"克雷尔说着把辛妮挡在身后。

将军没有回答，用一只有力的手臂轻轻地把克雷尔拨开，蹲在辛妮前面脱下了她的一只运动鞋。

"您要干什么？！"克雷尔喊道。

将军站起身，把那只运动鞋举到克雷尔面前："这是刚在北京的运动商店里买的吧？穿这样非定做的新鞋跑马拉松，不到二十公里脚就会打泡。"说完他又蹲下身，把辛妮的另一只鞋子脱下来，一挥手把两只鞋都扔出去，然后他拿起放在旁边的纸盒打开来，露出一双雪白的运动鞋，他把那双鞋捧到辛妮面前："孩子，这是我个人送给你的礼物，是耐克公司的一个特别车间为你定做的，那个车间能做出世界上最好的马拉松鞋。"

克雷尔这时想起来了，三天前的晚上，有两个自称是耐克公司技师的人来到奥运村辛妮的房间，用三维扫描仪为她扫描脚模。他看得出这确实是一双顶级的马拉松鞋，定做这样一双鞋的价格至少要上万美元。

将军开始给辛妮穿鞋："马拉松是一项很美的运动，我也很喜欢，还是中尉的时候我曾在陆军运动会上拿过冠军，噢，不是马拉松，是铁人三顶。"鞋穿好后，他微笑着示意辛妮起来试试，辛妮站起来走了几步，那鞋轻软而富有弹性，与脚贴合极好，仿佛是她双脚的一部分。

将军转身走去，克雷尔跟着他到了门口，说："谢谢您。"

将军站住，但没有转过身来："说实话，我更希望叛逃的不是萨里而是辛妮。"

"这就不可理解了，"克雷尔说，"辛妮的成绩在西亚是最好的，但在世界上排名连前二十都进不了，更别提和埃玛比了。"

将军继续走去，留下一句话："我害怕她的眼睛。"

马拉松

新闻媒体早就把第二十九届奥运会称为寂静的奥运会，辛妮看到，开幕式时广阔而空旷的体育场现在已被由十万人组成的人海所覆盖，但寂静依旧。这人海中的寂静是最沉重的寂静，辛妮之所以没有在精神上被压垮，是因为埃玛的出现吸引了她的注意力。

西亚共和国在模拟战争中的彻底失败已成定局，萨里的离去使西亚人在精神上也彻底垮掉了，西亚体育代表团已先于他们的国家四分五裂了。代表团中的一些有钱或有关系的官员已经不知去向，哪里也去不了的运动员们则把自己关在奥运村公寓的房间里，等待着命运的发落。没有人还有精神去观看最后一场比赛和参加闭幕式。当辛妮走向起跑点时，只有克雷尔陪着她，在十万人的注视下，她显得那么孤单弱小，像飘落在广阔运动场中的一片小枯叶，随时都会被风吹走。

与她那可怜的对手相反，弗朗西丝·埃玛是被前呼后拥着走向起跑点的，她的教练班子有五个人，包括一位著名的运动生理学家，医疗保健组由六个医生和营养专家组成，仅负责她跑鞋和服装的就有三个人。埃玛现在确实已成为半人半神的明星。早在上世纪80年代初，就有人根据世界女子马拉松最好成绩的增长速度预言，除去射击和棋类等非体力竞赛，马拉松将是女子超过男子的第一个运动项目。这个预言在三年前的芝加哥国际马拉松大赛上变为现实：埃玛创造了超过男子的世界最好成绩。对此，一些男性体育评

311

论员酸溜溜地认为，这是男女分赛所致，在那次女子比赛的过程中风速条件明显比男子好，如果当时斯科特（男子冠军）与她们一同跑，是一定能超过埃玛的。这个自我安慰的神话在2004年雅典奥运会上被打破了，男女混合跑完全程，埃玛到达终点时把斯科特落下了五百多米，并首次使马拉松的世界最好成绩降到两小时以下，她由此成为本世纪初最为耀眼的运动明星，被称为地球神鹿。

这个叫埃玛的黑人女孩儿一直是辛妮心中的太阳，在自己那几件可怜的财产中，她最珍爱的是一本破旧的剪贴簿，里面收集着她从旧报纸和杂志上剪下来的上百张埃玛的照片。她在难民营的窄小的上铺旁边，贴着一张大大的埃玛的彩色运动照，那是一本挂历中的一张。辛妮去年在货摊上看到了那本挂历，但她买不起，就等着别人买，她跟踪了一个买主，看着那个杂货店主把新挂历挂到柜台边的墙上。埃玛的照片在三月那张，辛妮就渴望地等了三个月，她常常跑到杂货店去，趁人不注意掀开前面的画页看一眼埃玛那张，在四月一日清晨，她终于从店主那里得到了那张已成为废页的挂历，那是她最高兴的一天。现在，在起跑点上，辛妮偷偷打量着距自己几米远处的对手，这时体育场和人海都已在辛妮的眼中隐去，只有埃玛在那里，辛妮觉得她周围有一个无形的光晕，她在光晕中呼吸着世外的空气，沐浴着世外的阳光，尘世的灰尘一粒都落不到她身上。

这时，克雷尔轻轻一推使辛妮警醒过来，他低声说："别被她吓住，她没你想象的那么可怕，我观察过，她的心理素质很差。"听到这话，辛妮转过脸瞪大眼睛看着他，克雷尔读懂了她的意思："是的，她曾和世界上跑得最快的男人竞赛并战胜了他们，但这又怎么样？那一次她没有任何压力，但这次不同，这是一次她绝对不能失败的比赛！"他斜瞟了埃玛一眼，声音又压低了些，"她肯定要采取先发制人的战术，起跑后达到最高速度，企图在前十公里甩开你，记住，一开始就咬住她，让她在领跑中消耗，只要在前二十公里跟住她，她的精神就会崩溃！"

辛妮恐慌地摇摇头。

"孩子，你能做到的！那片药会帮助你！那是一种任何药检都检测不出的药，像核燃料一样强有力，难道你没有感觉出来吗？你已经是世界冠军了孩子！"

这时，辛妮感到了一种莫名的亢奋，一种通过奔跑来释放某种东西的强烈欲望。她又看了一眼埃玛，后者已做完了辛妮从未见过的冗长而专业的准备活动，与她并肩站在起跑线后面，埃玛一直高傲地昂着头，从未向辛妮这边看过一眼，仿佛她并不存在一样。

发令枪终于响了，辛妮和埃玛并排跑了出去，开始以稳定的速度绕场一周。她们所到之处，观众都站了起来，在看台上形成一道汹涌的人浪，人群站起的声音像远方沉闷的滚雷，但除此之外没有别的声音，人们默默地看着她们跑过。

在以往的训练中，每次起跑后辛妮总是感到一种安宁，仿佛她跑起来后就暂时离开了这个冷酷的世界，进入了自己的时空，那里是她的乐园。但这次，她的心中却充满了焦虑，她渴望尽快跑完这一圈，进入体育场外的世界，她渴望尽快到达一个地方，那里有她想要的东西，一种叫GMH—6的药。

她奔跑在医院昏暗的走廊中，空气中有刺鼻的药味，但她知道，医院里已经没有多少药能给病人了，走廊边靠墙坐着和躺着许多无助的病人，他们的呻吟声在她耳中转瞬即逝。妈妈躺在走廊尽头的一间同样昏暗的病房中，在病床肮脏的床单上她的皮肤白得刺眼，这是一种濒死的白色，就在这白皮肤上正有点点血珠渗出，护士已懒得去擦，妈妈周围的床单湿了殷红的一圈。这是最近很多人患上的怪病，据说是由于最近那次轰炸中一种含铀的炸弹引起的。刚才，医生对辛妮说妈妈没救了，即使医院有那种药，也只是再维持几天而已。辛妮在医生面前拼命地比划着，问现在哪里还有那种药，医生费了很大劲儿才搞懂了她的意思。那是一种联合国救援机构的医生们最近带来的药，也许在市郊的救援基地有。辛妮从自己的书包中抓出一张纸和一支铅笔，一起伸到医生面前，她那双大眼睛中透出的燃烧的焦虑和渴望让医生叹了口气，那是西欧的新药，连正式名字都没有，只有一个代号。算了吧孩子，那药不是给你们这样的穷人用的，其实，饿死和病死有什么区别？好好，我给你写……

辛妮跑出了医院的大门，好高好宏伟的大门啊，门的上方燃着圣火，像天国的明灯。她记得三天前自己曾跟随着国旗通过这道大门，现在，祖国的运动员方阵在哪儿？现在引导她的不是国旗，是埃玛，她心中的神。正如克雷尔所料，一出大门，埃玛开始迅速加速，她像一片轻盈的黑羽毛，被辛妮感觉不到的强风吹送着，她那双修长的腿仿佛不是在推动自己奔跑，而只是抓住地面避免自己飞到空中。辛妮努力地跟上埃玛，她必须跟上，她自己的两脚在驱动着妈妈的生命之轮。这是首都的大街吗？什么时候变得这么宽阔了？旁边有华丽的高楼和绿色的草坪，但却没有弹坑。路的两边人山人海，那些人整洁白净，显然都是些能吃饱饭的人。她想搭上一辆车，但这一天戒严，说是有空袭，路上几乎没有车，好像只有那辆在埃玛前面时隐时现的引导车，可以看到上面对着她们的几台摄像机。辛妮的意识深处知道自己不能搭那辆车，原因……很清楚，她已经到过那里了，她已经跑到联合国救援基地了，在一幢白房子里，她给那些医生看那张写着药名的纸，噢，不，一名会讲西亚语的医生对她说，不，这种药不属于救援品，你需要买的，哦，你当

314

然买不起，我都买不起。那么，埃玛你还跑什么？我得不到那药了，妈妈……当然，我们要跑下去的，要快些回到妈妈那里，让她再最后看我一眼，让我再最后看她一眼。想到这里辛妮心里焦虑的火又烧了起来，她下意识地加速了，赶上了埃玛，几乎要超过她了——让她在领跑中消耗！辛妮想起了克雷尔的嘱咐，又减速跟到埃玛身后。埃玛觉察到辛妮的举动，立刻开始了第二轮加速，她们已经跑出了五公里，这个西亚毛孩子还没有被甩掉，埃玛有些恼怒了，地球神鹿显示出疯狂的一面，像一团黑色的火焰在辛妮前面燃烧。辛妮也跟着加速，她必须跟上埃玛，她希望埃玛再快些，她想妈妈……啊，不对，路不对，埃玛这是要去哪里？前方远处那根刺入天空的巨针是什么？电视塔？首都的电视塔好像早就被炸塌了。但不管去哪里，她要跟着埃玛，跟着她心中的神……她知道妈妈已经不在人世了。

浑身泥土和汗水的辛妮推开病房的门，看到妈妈已经没有生命的躯体被盖在一张白布下，有两个人正想移走遗体，但辛妮像发狂的小野兽似的阻挠着，他们只好作罢。那个给她写药名的医生说："好吧，孩子，你可以陪妈妈在这里呆一晚上，明天我们为你料理母亲的后事，然后你就得离开了，我知道你没地方可去，但这里是医院，孩子，现在谁都不容易。"于是辛妮静静地坐在妈妈的遗体旁，看着白布上有几点血渍出现，后来惨白的月光从窗中照进来，血渍在月光中变成了黑色。不知过了多长时间，月光已移到了墙上，有人进门开了灯，辛妮没有看那人，只觉得他过来抓住了自己的手，那双粗糙的手按着她的手腕一动不动地过了一会儿，她听那人说："五十二下。"她的手被轻轻放下，那人又说："天黑前我在楼上远远看着你跑过来，他们说你到救援基地去了，今天没有车的，那你就是跑去的？再跑回来，二十公里左右，才用了一小时十几分钟，这还要算上你在救援基地里耽误的时间，而你的心跳现在已恢复到每分钟五十二下。辛妮，其实我早注意到你了，现在更证实了你的天赋。你不记得我了？我是斯特姆·奥卡，体育教师，带过你们班的体育课。你这个学期没来上学，是因为妈妈的病？哦，就在你妈妈去世时，我的孙子在楼上出生了，辛妮，人生就是这样，来去匆匆。你真想像妈妈这样，在贫穷中挣扎一辈子，最后就这么凄惨地离开人世？"最后一句话触动了辛妮，她终于从恍惚状态中醒来，看了奥卡一眼，认出了这个清瘦的中年人，她缓缓地摇摇头。"很好，孩子，你可以过另一种生活，你可以站在宏伟的奥运赛场中央的领奖台上，全世界的人都用崇敬的眼光看着你，我们苦难的祖国的国旗也会因你而升起。"辛妮的眼中并没有放出光来，但她很注意地听着，"关键在于，你打算吃苦吗？"辛妮点点头。"我知道你一直在吃苦，但我说的苦不一样，孩子，那是常人无法忍受的，你肯定能忍受吗？"辛妮站了起来，更坚定地点点头。"好，辛妮，跟我走吧。"

埃玛保持着恒定的高速度，她的动作精确划一，像一道进入死循环的程序，像一架奔驰的机器。辛妮也想把自己变成机器，但是不可能。她在寻找着下一个目的地，而目的地消失了，这让她恐惧。但她竟然支撑下来了，她竟然跟上了地球神鹿，她知道那神奇的药起了作用，她能感觉到它在自己的血管中燃烧，给她无尽的能量。路线转向九十度，她们跑到了这条叫长安街的世界上最宽的大街。应该更宽的，只因为路的两侧应该是无际的沙漠。在延续几年的每天不少于20公里的训练中，辛妮最喜欢的就是城外的这条路。每天，辽远的沙漠在清晨的暗色中显得平滑而柔软，那条青色的公路笔直在伸向天边，世界显得极其简单，而且只有她一个人，那轮在公路尽头升起的太阳也像是属于她一人的。那段日子，虽然训练是严酷的，辛妮仍生活得很愉快。与她擦肩而过的男人和女人都不由回头看她一眼，他们惊奇地发现，这个哑女孩儿的脸色居然是红润的。与其他女孩一色儿的菜色面容相比，并不漂亮的她显得动人了许多。辛妮自己也很惊奇，在这个饥饿国度里她竟然能吃饱！奥卡把辛妮安置在学校的一间空闲的教工宿舍中，每天吃的饭奥卡都亲自给她送来，面包、土豆之类的主食管够，这已经相当不错了，还不时有奶酪、牛羊肉和鸡蛋之类的营养，这类东西只能在黑市上买到，且贵得像黄金，辛妮不知道奥卡哪儿来的那么多钱，作为教师，他一个月的工资还不够自己吃一个星期的饱饭。辛妮问过好几次，但他总是假装不懂她的哑语……

在亚洲大陆的另一端，西亚共和国已处于分裂的边缘，政府已经瘫痪，已被宣布为战犯的人都开始潜逃，普通公民则麻木地等待着。少数还在看奥运马拉松直播的人开始把消息传开来，越来越多的人回到电视机和收音机前。

路更宽了，宽得辛妮不敢相信，她知道自己奔跑在世界最大的广场上，左边是一座金碧辉煌的东方古代建筑，她知道那后面是一个古代大帝国的宏伟王宫；右边的广场上是这个古老又年轻的广阔国家的国旗，辛妮最初以为这是一个王国，但人们告诉她这也是一个共和国，而且遭受过比她自己的共和国更大的苦难。这时她看到了红色的标志牌从身边移过，上书"21公里"，马拉松半程已过，辛妮仍紧跟着埃玛。埃玛回头看了辛妮一眼，这是她第一次正眼看自己的对手。辛妮捕捉到了她的眼神，很是震惊：眼中的傲慢已荡然无存，辛妮从中看到了——恐惧。辛妮在心里大喊：埃玛，我的神，你怕什么？我必须跟上你！虽是没有目的地的路，可辛妮有东西要逃避，她要逃开奥卡老师家的那些人，他们正在学校等着她呢！他们推着奥卡来到她的住处，来的有奥卡的抱着婴儿的妻子，有他的三个兄弟，还有其他几个辛妮不认识的亲戚。他们指着辛妮愤怒地质问奥卡，这个野孩子你是从哪儿弄来的？奥卡说她是马拉松天才！他们说奥卡是浑蛋，在这每天都有人饿死的时代，谁还会想起马拉松？我们都知道你是个不可救药的梦想家，可你不该把那本老版经书卖掉，那上面的字用金粉写成，很值钱，那可是祖传的宝物，全家挨饿这么长时间都没舍得卖。而你竟用那些钱供这个小哑巴过起公主一样的日子来，你自己的孙子还没奶吃呢！你没有听到他整夜哭吗？你看看他瘦成了什么样子……后来有传言说，辛妮是奥卡和威伊娜（辛妮的母亲）的私生子。开始，这种说法似乎不成立，因为在辛妮出生的前后几年，威伊娜一直居住在一座北方的城市中，这是有据可查的。而那段时间，奥卡作为一名陆军少尉正在南方参加第一次西亚战争，还负过伤。但又有传言说，奥卡的战争经历是他自己撒的一个弥天大谎，他根本没有参加过战争，也没有去过南方战线，在第一次战争时期，他实际上是和威伊娜在北方度过的。

三十公里，辛妮仍然紧跟着埃玛。赛况传出，举世关注，空中出现了两架摄像直升机。在西亚共和国，所有人都聚集在电视机和收音机前，屏住呼吸注视着这最后的马拉松。

这时，缺氧造成的贫血已使世界在辛妮的眼中变成了一团黑雾，她感觉到心跳如连续的爆炸，每一次都使胸腔剧疼，大地如同棉花，踏上去没有着落。她知道，那片药的作用已经过去。黑雾中冒出金星，金星合为一团，那是奥运圣火。我的火要灭了，辛妮想，要灭了。韦斯特将军举着火炬，露着父亲般的微笑，辛妮，要想让火不灭，你得把自己点燃，你想燃烧自己吗？点燃我吧！辛妮大喊，将军伸过火炬，辛妮感觉自己轰地燃烧起来……

那天夜里，辛妮收拾好自己简单的行李到教工宿舍奥卡的房间去，他几天前就从家里搬出来住了。辛妮用哑语说：我要走了，老师回家吧，让小孙子有奶吃。奥卡摇摇头，他的头发这几天变得花白，辛妮，你知道，这是我们共同的事业……你非走不可吗？你还是觉得我为你所做的这些没理由？那好吧，我给你一个理由：他们说的是真的，我是你父亲，我只是在赎罪而已。辛妮本来对那些传言半信半疑，听到奥卡这话她全信了，她并没有扑到父亲怀里哭，他欠她们母女的太多了，这使她很平静地接受了这个事实，但那仍然是辛妮有生以来最幸福的时刻，她毕竟有爸爸了。

这时，有一个女孩子的哭声隐隐传来，是埃玛，竟是埃玛，她边跑边哭，断续地说着什么，那几个词很简单，只有初一文化程度的辛妮几乎都能听懂："上帝……我该怎么办……告诉我……我该怎么办……"辛妮这时几乎要可怜她了，我的神，你要跑下去，没有你我该怎么办？我不知道目的地。埃玛得到了回答，那声音是从她右耳中的微型耳机传出的，不是上帝，是她的主教练。"别怕，我们能肯定她已经耗尽体力了，她现在是在拼命，而你的潜力还很大，需要的只是冷静一下。听着，埃玛，慢下来，让她领跑。"

当埃玛慢下来时，辛妮曾有过短暂的兴奋感，但当她觉察到埃玛紧跟在自己身后时，才意识到已遇到了致命的一招。辛妮目前只有三个选择：一是随对手慢下来，形成两人慢速并行的局面，这将使埃玛在体力和心理上都得到恢复；二是以现有速度领跑，这样埃玛将有机会在心理上得到恢复（这也是目前她最需要的）。以上任何一种选择，都将使埃玛恢复她作为马拉松巨星的超一流战斗力，在最后一段距离的决斗中辛妮必败无疑。唯一取胜的希望是第三种选择：迅速加速，甩开对手。以辛妮目前已经耗尽的体力，这几乎是不可能成功的，但她还是做出了这个选择，开始加速。即使对于经验丰富的长跑运动员，领跑也是一个沉重的心理负担，正因为如

319

此，在马拉松比赛的大部分赛程中，参赛者都是分成若干个集团以一种约定速度并行前进，每个集团中如有人发起挑衅开始加速，除非他（她）有把握最后甩开对手，否则只能作为领跑者，成为其跟随者通向胜利的垫脚石。而辛妮的比赛经验几乎为零，当前面的道路无遮挡地展现在她面前，夏天的热风迎面扑来时，她像一名跟着一艘小艇在大洋中游泳的人，那小艇突然消失，只有她漂浮在无际的波涛之中。她极需一个心理上的依托，一个目的地，或一个目的，她找到了，她要去父亲那里。

奥卡把辛妮送到郊区的一名失业的田径教练那里，让教练对她的训练进行一段时间的指导。五天后，辛妮就得到了父亲去世的消息，她立刻赶回去，只拿到了斯特姆·奥卡的骨灰盒。辛妮在最后那段日子里看着父亲的身体一天天虚弱，但她不知道，她这一段的训练是靠他卖血支撑的。辛妮走后，奥卡在一次上体育课时突然栽倒在地，再也没有站起来。同妈妈去世的那天晚上一样，辛妮静坐在学校的那个小房间里，惨白的月光透过窗子照在父亲的骨灰上。但时间不长，门被撞开了，奥卡的妻子和那群亲戚闯了进来，逼问辛妮奥卡给她留下了什么东西，同时在屋里乱翻起来。学校的老校长跟了进来，斥责他们不要胡来，这时有人在辛妮的枕头下找到了奥卡留给辛妮的一件新运动衫，里面缝了一个口袋，撕开那个口袋拿出一个信封，上面注明是给辛妮的遗产。看来奥卡早就意识到自己的身体支持不了多久了。老校长一把抢过了信封，说辛妮是奥卡老师的女儿，有权得到它！双方正在争执中，奥卡的妻子端着骨灰盒贴着耳朵不停地晃，说里面好像有个金属东西，肯定是结婚戒指！话音未落骨灰盒就被抢去，白色的骨灰被倒了一桌子，一群人在里面翻找着。辛妮惨叫一声扑过去，被推倒在地，她爬起来又扑过去时，有人已经在骨灰里找到了那块金属，但他立刻把它扔在地上，他的手被划破了，血在沾满了骨灰的手掌上流出了醒目的一道。老校长小心地把那东西从地上拾起来，那是一块小小的菱形金属片，尖角锋利异常。他告诉大家，这是一块手榴弹的弹片。天哪，这么说奥卡真的在南方打过仗？！有人惊呼道。一阵沉默后，他们看出了这事的含义：辛妮，奥卡不是你父亲，你也不是他女儿，你没权继承他的遗产！校长撕开了信封，说让我们看看奥卡老师留下了什么吧，他从信封中抽出了一张白纸，在一群人的注视下，他盯着白纸看了足足有三分钟，然后庄重地说："一笔丰厚的遗产。"奥卡的妻子一把从他手中抢去了那张纸，老校长接着说出了后半句话："可惜只有辛妮能得到它。"一群人盯着纸片也看了好长时间，最后，奥卡的妻子困惑地看看辛妮，把纸片递给她，辛妮看到纸片上只有几个字，那是她的老师、教练、虽不是父亲但她愿意成为其女儿的人，用尽生命的最后力气写下的，笔迹力透纸背——

光荣与梦想

辛妮以自己的极限速度跑出了三公里，没能甩掉埃玛。这段时间，有领跑者作为依托，埃玛的心理稳定下来，她由一名惊慌失措的女孩儿重新变回为一名马拉松巨星，地球神鹿唤醒了自己沉睡的力量，开始反击了。一阵疯狂加速后，她超过了辛妮，并将两人的间距很快拉大。看着埃玛渐渐消失的背影，力竭的辛妮知道一切都结束了，三十五公里的标志牌出现，还有七公里，这段距离对辛妮已是无限长了。她似乎在黏液中奔跑，速度很快减下来，最后变得几乎像行走一般。这时，她在路边的人群中看到了西亚体育代表团，她的同伴们在对她喊着，她听不到声音，但从口形看出他们在喊什么：

辛妮，跑到头！！

辛妮看到了克雷尔，他拼命冲她挥着双拳，其中的一只手中攥着一个小药瓶，给辛妮的那片神力无比的药就是从这瓶中拿出的，这只是一瓶维生素C。

辛妮看到前方道路两旁的人群中，所有人都用手指着左上方，形成一片手臂的森林。他们指着路边一面巨大的显示屏，辛妮抬头看去，她认出了显示屏上出现的地方，那是西亚共和国首都的英雄广场，她每天早晨的训练都是从那里起跑的。现在，广场上一片沸腾的人海。镜头移近，她又认出了所有人的口形，那几十万同胞在一齐高呼：

辛妮，跑到头！

接着辛妮听到了声音，这是两侧的观众发出的，这成千上万名中国人居然在短时间内同时学会了一句西亚语，这届奥运会的寂静被打破了，他们齐声高喊：

辛妮，跑到头！

黑雾又笼罩了辛妮的双眼，韦斯特将军在黑雾中出现，手拿已经熄灭的火炬：辛妮，你的圣火要灭了，你燃尽了自己。一团红光浮现，奥卡举着燃烧的火炬站起身来：不，孩子，还有东西可以燃烧，记得我留给你的遗产吗？韦斯特笑着摇摇头：别再燃烧了，辛妮，你不是圣女贞德，一切都已失败，燃尽一切，你什么都得不到。奥卡挥动火炬，火焰呜呜作响：不，孩子，分裂的祖国正因你而重新连为一体，你的圣火不能灭！辛妮冲奥卡大喊：点燃它！奥卡把手中的火炬伸向前来。

轰然一声，光荣与梦想熊熊燃烧起来。

埃玛冲过终点后，体育场中的十万人静静地等待着。这时北京

322

的天空乌云密布电闪雷鸣，闪电两次击中了体育场的避雷针，闪出耀眼的火球。十分钟后，辛妮进入了体育场，步伐沉重地绕场一周后越过终点线，然后扑倒在地。十万人同时站了起来，同全世界一起注视着静卧在体育场中的那个小小的身影。一片死寂中，只有奥运圣火在暴雨前的急风中轰轰作响。当人们把一面五环旗和一面西亚共和国的国旗盖在辛妮已没有生命的身体上时，吃惊地发现她竟面带微笑。

她实现了自己的光荣与梦想。

跑到头的国家

"这届伟大的奥运会标志着一个新纪元的开始，和平视窗将使人类最终抛弃野蛮进入真正的文明，人类的道德水平将与技术进步同步上升。这一天来得太晚了，但终于来到了！从此，一个国家的体育水平将是其国力的重要标志，而竞技体育的最高水平是以全民的体育普及为基础的，所以，各国将把用于军备的巨大开支转移到提高人民的健康水平上，将出现一种新的更为健康文明的社会生活和国际政治形势。人类大同的理想社会还很遥远，但它的光辉已照到我们身上！"

这番讲话是国际奥委会主席在飞往西亚共和国的专机上发表的，他同奥委会的其他主要成员去西亚庆祝和平视窗计划的第一次成功。同机的还有从北京返回的西亚体育代表团，以及美国体育代表团的部分成员，后者都参加过比赛，他们不但获得了奥运金牌，还得到了总统颁发的自由勋章，因而都显得容光焕发。

奥委会主席指着美国代表团说："你们是人类战争史上最崇高的战胜者，我想，从苦难中解脱出来的西亚人民会把你们当作英雄欢迎的！"他又转向西亚代表团方向："你们也不是失败者，这届奥运会没有失败者，你们都是人类战胜野蛮的勇士，用体育为世界赢来了和平。"

两国运动员们相互握手致意，开始还很勉强，后来大家都泪流满面地拥抱在一起。

这时机长走了过来，神色严峻地对所有人宣布："先生们，西亚上空已经被宣布为飞行危险区，我们是在邻国降落还是返回北京，请你们尽快决定。"

大家都不知所措地看着他。

"对西亚的全面军事打击已经启动，现在正在进行第一轮空袭。"

人们花了很长时间才理解了这话的含义，"你们背信弃义！"一名西亚运动员指着美国代表团怒吼。克雷尔站起身制止了冲动的西亚运动员们："大家冷静，我想，背信弃义的可能是我们西亚人。"

"是的，"机长说，"据我们刚得到的消息，按和平视窗协议接管西亚首都的多国部队遭遇猛烈抵抗。"

"可……西亚军队已经解散了，所有的重武器都收缴了啊？"奥委会主席说。

"但轻武器都散落到民间，现在，如果有一阵狂风吹开西亚所有的屋顶，您会看到每扇窗前都有一个射手。"

"这是为什么？"奥委会主席泪如雨下，抓着克雷尔激动地说，"你们的城市将是一片火海，你们的人民将血流成河，母亲将失去孩子，孩子将失去父亲，活下来的人将在垃圾堆中寻找食物……而最后，你们还是注定彻底战败，所有的结果还是一样。"

"这就是命运了。"克雷尔微笑着对主席说，然后转向所有人，"其实我早就预料到这一点，和平视窗计划只是个美丽的童话，竞赛代替不了战争，就像葡萄酒代替不了鲜血。"他走到舷窗前，看着外面的云海，"至于西亚共和国，她只是像辛妮一样，想跑到头而已。"

亚力克·萨里辗转回到战火中的祖国，已是战争爆发一个星期后了。

奥运会闭幕式之后，在雷雨中的看台上，萨里站了很久，他凝视着辛妮倒下的地方，最后自语道："我，还是回家吧。"

首都保卫战正处于最后阶段，城市已大半失陷，虽然大势已去，但从外地增援的部队仍源源不断地进入仍在战斗的城区，这些部队由杂乱的各种人组成，有穿军装的，更多的是扛枪的平民。萨里向一名军官要一支冲锋枪，那人认出了他，笑着说："呵呵，我们可请不起救世主了。"

"不，普通一兵。"萨里微笑着说，接过了枪，加入了高唱国歌的队伍，在被火光映红了一半的夜空下，在颤动的土地上，向激战中的城市走去。